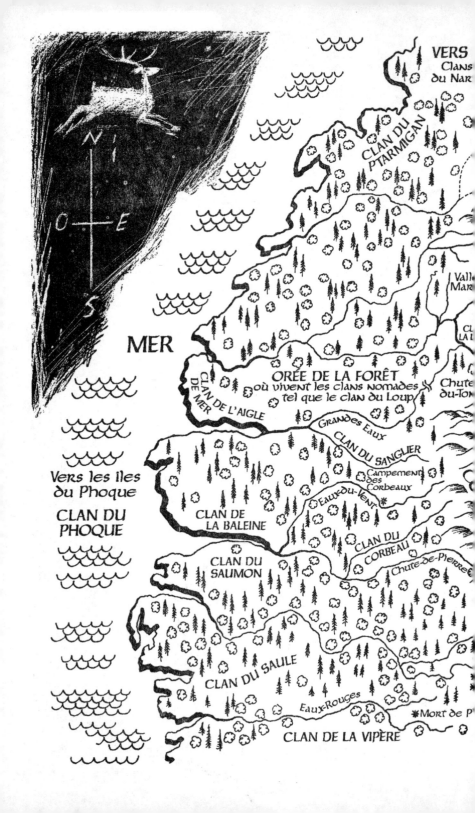

GRAND NORD

Renard Blanc,
Ptarmigan,
du Morse
Campement des
Corbeaux

Montagne de
l'Esprit
du Monde

Ravin

Récifs
de
glace

Versants
de la Grotte

COLLINES

CLAN DU
LIÈVRE DE
MONTAGNE

Rivière
de
Glace

CLAN DU
CYGNE

HAUTES MONTAGNES

FORÊT
PROFONDE

Clans de la Chauve-
Souris, du Grand Cerf,
du Cheval Sauvage,
du Lynx, de l'Aurochs

Gorge de Loup
d'Aurochs

CLAN DU
SORBIER

LANDE

Frère de Loup

Michelle Paver

Frère de Loup

Traduit de l'anglais par Bertrand Ferrier

des Chroniques Temps Obscurs

HACHETTE
Jeunesse

Ce livre a été publié, pour la première édition,
par Orion Children's Books,
une division d'Orion Publishing Group Ltd, Londres,
sous le titre *Chronicles of Ancient Darkness*
WOLFBROTHER

Torak se réveilla en sursaut. Il n'avait jamais voulu s'endormir.

Devant lui, le feu était presque éteint. Le garçon s'accroupit dans la faible lumière et scruta l'obscurité menaçante de la Forêt. Il ne voyait rien. N'entendait rien. Était-Il revenu ? Était-Il dehors, en ce moment, en train de le fixer de ses yeux brûlants de tueur ?

Torak se sentait vide. Il avait froid. Il savait qu'il avait besoin de se nourrir. Que son bras lui faisait mal. Que ses yeux fatigués le piquaient. Mais il n'éprouvait rien de tout cela. La nuit durant, il avait regardé les épicéas se consumer et son père se vider de son sang. Comment était-ce possible ?

La veille – la veille seulement... –, ils avaient dressé le camp. Le crépuscule bleu de l'automne tombait. Torak avait lancé une plaisanterie ; son père avait éclaté de rire. Et la Forêt avait explosé. Les corbeaux avaient hurlé, les pins craqué. Derrière les arbres, dans l'obscurité, une forme encore plus sombre s'était découpée. Une menace énorme. Déchaînée. Une menace qui avait l'apparence d'un ours.

L'instant d'après, la mort était sur eux. Une frénésie de griffes. Un tonnerre assourdissant, à faire saigner les oreilles. En un éclair, la Créature avait réduit leur abri en morceaux. Puis elle s'était fondue dans la Forêt et s'était dissipée comme un brouillard qui se lève.

Mais quel ours traquait des hommes... puis disparaissait sans même les tuer ? Quel ours jouait avec ses proies ?

Et... où était-Il, à présent ?

Torak ne parvenait pas à voir au-delà de ce qu'éclairait le feu. Cependant, il savait que la clairière était remplie d'arbres brisés et de bruyère piétinée. Il sentait l'odeur de résine de pin. Il sentait l'odeur de la terre retournée. Il entendait le glougloutement doux et triste du ruisseau qui coulait à trente pas de là.

L'Ours pouvait être n'importe où.

*
* *

À côté de Torak, P'pa grogna. Lentement, il ouvrit les yeux et regarda son fils sans le reconnaître.

Le cœur du garçon se serra.

— C'est moi, P'pa..., murmura-t-il. Comment ça va ?

Le visage de son père, maigre et buriné, était convulsé par la douleur. Sur ses joues grisâtres, les tatouages du clan se voyaient à peine. De la sueur maculait sa longue chevelure sombre.

La blessure était si profonde que, lorsque Torak nettoya le ventre de son père avec un peu de mousse, il aperçut une partie de ses entrailles qui brillaient à la lueur des flammes. Il dut serrer les dents pour retenir un haut-le-cœur. Il espéra que P'pa n'avait rien remarqué. Mais P'pa avait remarqué. Évidemment. C'était un chasseur. Il remarquait tout.

— Torak..., lâcha-t-il dans un souffle.

Il tendit la main. Ses doigts chauds agrippèrent ceux de Torak. Il avait réagi comme un enfant. Le garçon déglutit. C'était aux fils de prendre la main de leurs pères. Pas l'inverse.

Il essaya d'être logique : puisque son père se comportait en enfant, lui allait se comporter comme un homme. Pas comme un petit garçon.

— J'ai encore des feuilles d'achillée, déclara-t-il en fouillant dans son sac à remèdes avec sa main libre. Peut-être réussiront-elles à arrêter le...

— Garde-les. Tu saignes, toi aussi.

— Mais je n'ai pas mal, moi, affirma Torak.

Il mentait. L'Ours l'avait projeté contre un bouleau. Ses côtes étaient touchées. Son avant-bras gauche était largement entaillé.

— Torak... Pars. Maintenant. Avant qu'Il ne revienne.

Torak fixa son père. Il ouvrit la bouche. Aucun son n'en sortit.

— Il le faut, insista P'pa.

— Non. NON ! Je ne peux pas te...

— Je me meurs, Torak. Quand le soleil se lèvera, je ne serai plus là.

Torak serra son sac à remèdes contre lui. Un rugisse-ment s'éleva en lui.

— P'pa...

— Donne-moi ce dont j'ai besoin pour le Voyage mortuaire. Puis prends tes affaires. Et va-t'en.

— Le Voyage mortuaire... Non ! NON !

Mais le visage de l'homme était sévère.

— Mon arc, dit-il. Trois flèches. Garde le reste pour toi. Là où je vais... la chasse est facile.

Les jambières en peau de daim que portait Torak étaient déchirées au niveau des genoux. Le garçon planta un ongle dans sa chair. C'était douloureux. Il se força à se concentrer sur cette souffrance.

— Pour la nourriture..., continua son père. Tu... Tu emportes tout.

Le genou de Torak s'était mis à saigner ; et le garçon continuait d'y enfoncer son ongle. Il essayait de ne pas imaginer son père lors du Voyage mortuaire. Il essayait de ne pas s'imaginer seul dans la Forêt. Il n'avait que douze étés[1]. Il ne survivrait pas tout seul. Il ne savait pas comment on survivait seul.

— Dépêche-toi, Torak ! lança P'pa.

Le garçon cligna des yeux avec vigueur pour ne pas pleurer. Il saisit les armes de son père et les déposa à son côté. Il divisa les flèches. Passa les doigts sur les pointes acérées en silex. Puis glissa son arc et son car-quois sur son dos et inspecta les débris, à la recherche de sa petite hache noire en basalte. Son paquetage en bois de noisetier avait été détruit dans l'attaque. Il devrait porter le reste dans son gilet – ou alors l'atta-cher à sa ceinture.

---

1. Un été équivaut à un an.

Il tendait la main vers son sac de couchage en peau de daim quand son père l'arrêta :

— Prends le mien. Tu n'as jamais... réparé le tien... Et prends... prends plutôt mon couteau...

Torak était horrifié :

— Pas ton couteau ! Tu vas en avoir besoin !

— Moins que toi. Laisse-moi le tien. Comme ça je... j'aurai quelque chose de toi... pour le Voyage...

— P'pa... S'il te plaît... Ne p...

Dans la Forêt, une branche craqua.

Torak se retourna d'un bond.

L'obscurité était complète. Où qu'il regardât, il voyait des silhouettes d'ours se détacher dans la pénombre.

Pas un souffle de vent.

Pas un chant d'oiseau.

Juste le crépitement du feu et le tambour de son cœur. La Forêt elle-même retenait sa respiration.

Le père de Torak lécha la sueur sur ses lèvres.

— Il n'est pas là. Pas encore. Bientôt, Il... Il reviendra me chercher... Vite ! Les couteaux !

Le garçon ne voulait pas échanger leurs couteaux. Ce serait le début de la fin. Mais son père le regardait avec une intensité qui ne lui permit pas de refuser.

Torak serra la mâchoire si fort qu'elle lui fit mal. Il se décida, saisit son couteau et le plaça dans la main de P'pa. Ensuite, il ôta le fourreau en peau de daim attaché à la ceinture de son père.

Le couteau de P'pa était magnifique et redoutable. La lame était en ardoise bleue et avait la forme d'une feuille de saule. Le manche était taillé dans la ramure d'un élaphe, qu'on avait recouverte d'un tendon d'élan afin d'assurer une meilleure prise.

Lorsque Torak le regarda, la vérité le frappa de plein fouet. Il se préparait à vivre sans P'pa.

— Je ne te quitterai pas ! s'écria-t-il. Je Le combattrai, je...

— NON ! Personne ne peut combattre cet Ours.

Des corbeaux fendirent l'air.

Torak en oublia de respirer.

— Écoute-moi, lâcha son père. Un ours... n'importe quel ours... c'est le plus terrible chasseur de la Forêt... Tu le sais... Mais cet Ours-ci... est beaucoup, beaucoup plus fort...

Torak eut la chair de poule. Il plongea ses yeux dans ceux de son père ; vit les veinules écarlates sur les bords, et, au centre, le noir insondable de l'iris.

— Que veux-tu dire ? chuchota-t-il. Que...

— Il est... possédé..., souffla P'pa.

Son visage était grimaçant. Il ne lui ressemblait plus. Pourtant, P'pa poursuivit :

— Un démon... qui vient de l'Autremonde... possède cet Ours... et il a fait de lui un tueur...

Une braise éclata. Les ombres des arbres semblèrent s'approcher pour écouter le mourant.

— Un *démon* ? répéta Torak.

P'pa ferma les yeux et rassembla ses forces. Enfin, il réussit à répondre :

— Oui, un démon... Son seul but, c'est tuer... Et, chaque fois qu'il tue, il devient plus fort... Il attaquera tout ce qu'il trouvera sur son chemin... Les proies... Les clans... Et tous mourront... La Forêt mourra, et...

Sa voix se brisa.

— Dans une lune..., parvint-il à émettre. Dans une lune, il sera trop tard... Le démon... sera trop fort...

— Une lune ? Mais qu'est-ce qui...

— Réfléchis, Torak... Quand le Grand Œil Rouge est au plus haut, la nuit, dans le ciel... c'est alors que les démons sont les plus puissants... Tu le sais, ça aussi... Et c'est alors que l'Ours deviendra... invincible...

L'homme était hors d'haleine. À la lueur des flammes, Torak voyait le sang battre faiblement dans sa gorge. Si faiblement qu'il semblait pouvoir s'arrêter n'importe quand.

P'pa reprit la parole :

— Je... je veux que tu me promettes... quelque chose...

— Tout ce que tu voudras !

— Va vers le nord... Loin... À des journées de marche... Trouve la Montagne de... de l'Esprit du Monde...

Torak fronça les sourcils. Son père ouvrit les paupières. Il scrutait les branchages au-dessus de lui et semblait voir des réalités invisibles aux autres humains.

— Trouve-la..., dit-il. C'est le seul espoir...

— Mais... mais personne ne l'a jamais trouvée... C'est impossible...

— Toi, tu peux le faire...

— Moi ? Comment ? Je ne...

— Ton guide..., le coupa P'pa. Ton guide te... te rejoindra...

Torak était stupéfait. Son père ne parlait pas comme ça, d'habitude ! Il s'exprimait simplement, en chasseur !

— Je ne comprends rien à ce que tu racontes ! protesta le garçon. Quel guide ? Pourquoi je dois trouver la Montagne ? Est-ce que je serai hors de danger, là-bas ? C'est pour ça ? J'y serai à l'abri de l'Ours ?

Lentement, le regard de son père descendit du ciel pour se poser sur le visage de son fils. Il paraissait évaluer ce que Torak était capable d'assumer.

— Ah... tu es trop jeune..., soupira-t-il. Je pensais que j'aurais plus de temps... Je... j'aurais eu tant à te dire, encore... Ne me déteste pas, plus tard... pas pour ça...

Torak ne le quittait pas des yeux, choqué. Puis il bondit sur ses pieds et cria :

— Je ne peux pas trouver la Montagne tout seul. Il vaudrait mieux que j'essaye de trouver des gens...

— NON ! tonna son père avec une force qui fit sursauter le garçon. Toute ta vie, je t'ai gardé à l'écart... Même à l'écart de... de notre Clan du Loup... Reste loin des hommes... S'ils découvrent ce que... ce que tu es capable de faire...

— Comment ça, ce que je suis capable de faire ?

— Pas le temps d'expliquer... Jure... maintenant... Jure sur mon couteau... Jure que tu trouveras la Montagne... Jure que tu la trouveras ou que tu périras en la cherchant...

Torak se mordit les lèvres. À l'est, derrière les arbres, une lumière grise poignait.

« Pas encore, pensa-t-il, paniqué. Pas encore, s'il vous plaît... »

— Jure ! insista P'pa.

Torak s'agenouilla et prit le couteau. Il était lourd. Un couteau d'homme. Trop grand pour lui. Il le posa maladroitement à l'endroit où son avant-bras saignait. Puis il le plaça sur son épaule, là où un morceau de fourrure de loup – le totem de son clan – était cousu à son gilet. Et, d'une voix mal assurée, il prononça son serment :

— Je jure, sur mon sang qui macule cette lame, et sur chacune de mes trois âmes, que je trouverai la Montagne de l'Esprit du Monde... ou que je périrai en la cherchant.

Son père souffla, soulagé :

— Bien... C'est bien... À présent, marque-moi des Signes mortuaires... Vite... L'Ours n'est... plus loin...

Le goût salé des larmes envahit la bouche de Torak. Furieux, il les essuya.

— Je n'ai pas d'ocre, murmura-t-il.

— Prends le... le mien...

La vue brouillée, Torak tâtonna pour trouver le petit récipient en andouiller qui avait appartenu à sa mère. Le regard plus trouble que jamais, il ôta le bouchon noir en chêne et fit tomber un peu d'ocre rouge dans le creux de sa paume.

Soudain, il s'arrêta :

— Je ne peux pas.

— Si, répondit son père. Pour moi.

Torak cracha dans sa paume et réalisa une pâte collante avec l'ocre – ce sang rouge sombre de la terre. Puis il entreprit de dessiner les petits cercles qui permettraient aux trois âmes de se reconnaître parmi les autres et de rester ensemble après la mort.

Pour ce faire, il commença par ôter avec mille précautions les bottes en peau de castor que portait son père, avant de dessiner un cercle sur chaque talon pour marquer l'âme-du-nom.

Puis il dessina un autre cercle, sur le cœur, pour marquer l'âme-du-clan. Ce ne fut pas facile, car la poitrine de son père était barrée par la cicatrice d'une vieille blessure. Torak ne put tracer qu'un ovale. Il espérait que cela conviendrait.

Enfin, il dessina sur le front de son père la marque la plus importante – celle qui représentait le Nanuak, l'âme-du-monde.

Quand il eut fini, des torrents de larmes dévalaient ses joues.

— Mieux..., lâcha son père.

Mais Torak, terrorisé, vit que son pouls battait moins fort. Il éclata :

— Tu *ne* peux *pas* mourir !

Son père le regarda. Ses yeux disaient sa souffrance et sa tristesse.

— J'te quitt'rai pas, P'pa ! affirma le garçon. Je...

— Tu as juré, Torak...

De nouveau, l'homme ferma les yeux et dit :

— Pars... maintenant... Emporte la corne... Je n'en ai plus besoin... Prends tes affaires... Va me chercher de l'eau au ruisseau... Vite... Puis va-t'en...

« Je ne pleurerai plus », se jura Torak tout en roulant les affaires de couchage de son père.

Il passa la hache à sa ceinture et glissa le sac à remèdes dans son gilet. Ensuite, sautant sur ses pieds, il alla chercha la gourde en peau. Elle était déchirée. Il lui faudrait apporter de l'eau dans une feuille de patience.

Il allait s'éloigner quand il entendit son père qui l'appelait faiblement.

— Oui, P'pa ?

— Souviens-toi... Quand tu chasses, regarde derrière toi...

Il essaya de sourire et dit :

— Je... je te le dis toujours... et toi... tu oublies à chaque fois...

Torak acquiesça. Il tenta de sourire à son tour. Puis il bondit vers le ruisseau à travers les fougères mouillées.

La luminosité augmentait. Une odeur fraîche et discrète montait de la terre.

Autour du garçon, les arbres saignaient. De la sève dorée suintait là où les griffes de l'ours avaient lacéré les écorces. Quelques esprits-des-arbres gémissaient doucement dans la brise de l'aube.

Torak atteignit le courant. La brume flottait au-dessus des fougères. Les saules pleureurs plongeaient leurs longs doigts dans l'eau glacée. Le garçon jeta un coup d'œil autour de lui. Il arracha une feuille de patience et s'avança. Ses bottes s'enfonçaient dans la boue rougeâtre.

Brusquement, il se figea.

À côté de sa botte droite, une empreinte d'ours. L'empreinte d'une patte avant. Deux fois la taille de sa propre tête. Très récente – au point que l'on pouvait distinguer les marques que les longues serres vicieuses avaient laissées là où elles s'étaient posées.

« Regarde derrière toi, Torak... »

Il pivota.

Des saules. Un aulne. Un sapin.

Pas d'ours.

Un corbeau s'envola d'un buisson voisin. Le garçon sursauta. L'oiseau replia ses ailes noires et le fixa d'un regard insistant ; puis il rejeta la tête en arrière en croassant avant de s'envoler.

Torak regarda dans la direction qu'il avait semblé indiquer.

Un if sombre. Des épicéas ruisselants. Denses. Impénétrables.

Mais derrière, à une dizaine de pas, un bruit de branches. Il y avait quelque chose, là-bas.

Quelque chose d'énorme.

Torak essaya de contenir sa panique. Il ne devait pas fuir. Cependant, il avait du mal à réfléchir.

« Un ours peut se déplacer presque sans bruit, lui avait appris son père. Il peut te guetter à dix pas de distance sans que tu ne te doutes de rien. Contre un ours, nous sommes sans défense. Il court plus vite que nous. Il grimpe plus haut que nous. Impossible de l'affronter d'égal à égal. La seule chose à faire, c'est d'apprendre ses habitudes et d'essayer de le persuader que, pour lui, tu n'es ni une proie ni une menace. »

Torak s'obligea à rester immobile. « Ne cours pas, s'ordonna-t-il. Ne cours surtout pas. Il ne sait peut-être pas que tu es là. »

Un sifflement bas. Et de nouveaux craquements de branches.

Il entendit le frémissement furtif de la créature qui se dirigeait vers leur campement. Vers son père. Il attendit. Rigide. Silencieux.

« Lâche ! hurla-t-il dans sa tête. Tu vas le laisser attaquer P'pa sans intervenir ?

— Mais qu'est-ce que je peux faire ? » protesta la petite partie de son esprit qui avait gardé une once de raison.

P'pa savait ce qui allait arriver. Voilà pourquoi il l'avait envoyé chercher de l'eau. Pas pour l'eau : parce qu'il avait senti que la créature venait le chercher.

— Torak ! cria son père sauvagement. Cours !

Des corneilles s'envolèrent. Un rugissement fit vibrer la Forêt – longtemps, si longtemps que la tête de Torak se mit à tourner.

— P'PA !

— COURS !

La Forêt trembla de nouveau. De nouveau, son père cria. Puis, soudain, plus rien.

Torak se mordit le poing.

À travers les arbres, il aperçut une grande ombre noire près des décombres de leur abri.

Il pivota et se mit à courir.

DEUX

Torak détala à travers des buissons d'aulnes et s'enfonça jusqu'aux genoux dans les marais. Des bouleaux murmuraient sur son passage. En silence, il les supplia de ne pas alerter l'ours.

Sa blessure au bras le brûlait. À chaque respiration, ses côtes le faisaient souffrir ; mais il n'osait pas s'arrêter. La Forêt était pleine d'yeux. Le garçon imagina l'ours revenant sur lui. Il accéléra le pas.

Il effraya un jeune sanglier qui grignotait des conopodes. Torak grommela une vague excuse pour éviter une attaque de l'animal. Le sanglier poussa un grognement énervé avant de le laisser passer.

Un carcajou l'avertit de rester loin de lui ; le garçon répondit sur le ton le plus menaçant possible, car les carcajous ne respectent que ceux qui les agressent. L'animal décida que l'adversaire était sérieux ; il sauta par-dessus un tronc et disparut.

À l'est, le ciel grisonnait comme une fourrure de loup. Le tonnerre gronda. Dans la lumière sombre de la tempête qui se préparait, les arbres prirent une teinte vert vif. « Pluie en montagne, risque de foudre », se rappela automatiquement Torak. Il devrait prendre garde.

Il essaya de se concentrer sur cette idée afin d'oublier l'horreur qu'il venait de vivre. En vain. Alors, il continua de courir.

*
* *

Quand il fut à bout de souffle, il s'écroula contre un chêne. Alors qu'il levait la tête vers la canopée verte qui tremblait, il entendit les arbres qui se chuchotaient des secrets et le tenaient à l'écart.

Pour la première fois de sa vie, il était seul. Tout seul. Il n'avait plus l'impression de faire partie de la Forêt. Comme si son Nanuak, son âme-du-monde, avait coupé le lien qui unissait tous les êtres vivants entre eux : l'arbre et l'oiseau, le chasseur et sa proie, le torrent et la pierre... Rien ni personne ne savait ce que Torak ressentait à cet instant précis. Et rien ni personne n'en avait cure.

La douleur au bras le tira de ses pensées. De sa bourse à remèdes, il tira la dernière écorce de bouleau et banda grossièrement sa blessure. Puis il se releva, s'éloigna de l'arbre et regarda autour de lui.

Il avait grandi dans ce coin de la Forêt. Le moindre relief, la plus petite clairière lui étaient familiers. Dans la vallée, à l'ouest, coulait l'Eau-Rouge. Trop peu profonde pour y naviguer en canoë, mais parfaite pour y pêcher au printemps, quand le saumon remontait de la Mer. À l'est, le long de la route qui menait à la Forêt Profonde, s'étendaient les vastes bois baignés de soleil. Les proies y étaient grasses en automne ; on y trouvait des baies et des noix à profusion. Au sud s'étendait la lande où les rennes venaient en hiver se nourrir de lichens.

P'pa disait que le plus appréciable, dans ce coin de la Forêt, c'est que peu de gens s'y risquaient. Parfois, quelques membres du clan du Saule occupaient la partie ouest, vers la Mer ; parfois, le clan de la Vipère s'aventurait au sud. Ni les uns ni les autres n'y restaient jamais longtemps. Ils ne faisaient que passer. Ils chassaient en liberté, comme tout le monde dans la Forêt. Ils ignoraient que Torak et son père y chassaient aussi ; et c'était très bien.

Le garçon ne s'en était pas étonné jusqu'à présent. Il vivait ainsi. Seul avec P'pa. Loin des clans. Mais, maintenant, les gens lui manquaient. Il voulait crier. Appeler au secours. Trouver de l'aide.

Hors de question : P'pa lui avait conseillé de se tenir à l'écart des autres.

Et, en criant, il risquait d'attirer l'Ours.

L'Ours...

La panique lui serra la gorge. Il la combattit, inspira à fond et détala vers le nord plus régulièrement que lorsqu'il avait fui le campement.

*

* *

Dans sa course, il repéra des traces de gibier. Des marques d'orignal. Des crottes d'auroch. Le bruit d'un cheval qui galopait dans les fougères. Eux, l'Ours ne les avait pas effrayés. Ils ne s'étaient pas sauvés. Du moins, pas encore.

Alors, son père s'était-il trompé ? Avait-il perdu la raison à l'approche de la fin ?

« Ton père est fou ! » avaient lancé des enfants à Torak, cinq ans plus tôt. P'pa et lui avaient voyagé jusqu'au rivage pour la rencontre annuelle du clan. Torak y assistait pour la première fois ; et ç'avait été un désastre. P'pa ne l'avait plus jamais emmené.

« Il paraît qu'il a respiré l'haleine d'un fantôme, avaient affirmé ces enfants en ricanant. C'est pour ça qu'il a dû quitter le clan et vivre tout seul. »

Torak, qui avait sept ans à l'époque, avait été furieux. Il se serait battu avec eux si son père n'était pas intervenu pour l'éloigner.

« Ignore-les ! avait conseillé P'pa avec un grand rire. Ils ne savent pas ce qu'ils disent. »

Il avait eu raison. Évidemment.

Mais pour l'Ours ? Avait-il exagéré ?

*
* *

Plus loin, les arbres laissaient place à une clairière. Torak s'y rendit. L'endroit était baigné de soleil... et puait la putréfaction.

Le garçon s'arrêta.

Des chevaux sauvages gisaient là. L'Ours les avait abandonnés comme des jouets cassés. Nul charognard n'avait osé s'attaquer aux cadavres. Même les mouches restaient à l'écart des carcasses.

Les corps ne ressemblaient pas aux corps que laissaient d'ordinaire les ours derrière eux. Lorsqu'un ours

– un ours normal – tuait, il dépeçait ses proies, dévorait les entrailles et les antérieurs avant d'emporter le reste pour plus tard. Comme n'importe quel chasseur, il ne gâchait rien. Mais cet ours-ci n'avait pris qu'une unique bouchée de chaque animal. Il n'avait pas tué pour se nourrir. Juste pour le plaisir.

Aux pieds de Torak était allongé un poulain. Mort. Ses sabots étaient encore maculés par l'argile de la berge où il avait bu une dernière fois. Le garçon se raidit. Quelle sorte de créature s'attaquait à une horde entière ? Quelle sorte de créature tuait sans raison valable ?

Il se rappela les yeux de l'Ours. Son cœur rata un battement. Il n'avait jamais vu de tels yeux. Dedans, on ne lisait rien d'autre qu'une rage sans fin et une haine absolue de tous les êtres vivants. Dedans brûlait le chaos bouillonnant, la fournaise de l'Autremonde.

Son père avait encore eu raison. Ce n'était pas *un* ours. C'était l'Ours. Un démon. Qui tuerait et tuerait encore, jusqu'à la mort de la Forêt.

« Personne ne peut combattre cet ours », avait dit P'pa. Voulait-il dire que la Forêt était condamnée ? Dans ce cas, pourquoi Torak devait-il trouver la Montagne de l'Esprit du Monde ? La Montagne que personne n'avait jamais vue ?

La voix de son père résonna dans sa tête : « Ton guide te trouvera. »

Comment ? Et quand ?

*
* *

27

Torak quitta la clairière et plongea un moment sous le couvert des arbres pour se réfugier. Puis il se remit à courir.

Il courut longtemps. Sans s'arrêter. Il courut jusqu'à ne plus sentir ses jambes. Il finit par atteindre un coteau boisé. Là, il dut stopper. Il avait un point de côté. Sa poitrine le brûlait.

Et, soudain, il eut très faim. Il fouilla dans ses réserves. Écœuré, il grogna : il n'y avait plus rien. Il se rappela les savoureux lambeaux de daim séché qu'il avait oubliés dans leur abri. Trop tard.

Quel imbécile ! Il avait tout gâché dès le premier jour qu'il passait *seul*.

C'était impossible. P'pa n'était pas parti pour toujours !

Un faible gémissement s'éleva. Le bruit provenait de l'autre côté de la colline.

Il tendit l'oreille. Un petit animal appelait sa mère.

Son sang ne fit qu'un tour. « Merci, ô Esprit ! » pensa-t-il. Une proie facile. Son ventre gargouilla : miam, un peu de viande fraîche ! Viande de quoi ? Torak s'en moquait. Il avait si faim qu'il aurait dévoré une chauve-souris. Crue.

Il se jeta sur le sol et rampa vers le fourré de bouleaux qui couronnaient la colline.

En contrebas, il avisa une ravine d'où sourdait un étroit cours d'eau au débit rapide. Il l'identifia. En été, P'pa et lui campaient souvent près du fleuve, plus à l'ouest. Ils récoltaient de l'écorce de tilleul pour en tresser des cordes. Pourtant, il ne reconnaissait pas cet endroit. Il comprit pourquoi.

Très récemment, il y avait eu une crue subite. Les eaux avaient dévalé la montagne. Depuis, elles s'étaient retirées, laissant derrière elles des tas de broussailles et d'arbustes couverts d'herbe. L'inondation avait aussi détruit une tanière de loups, sur l'autre versant de la colline. Là, derrière un gros rocher rouge dont la forme rappelait celle d'un aurochs endormi, gisaient deux loups. Morts. Noyés. Pareils à des manteaux de fourrure gorgés d'eau. Trois louveteaux sans vie flottaient dans une grosse flaque.

À côté se tenait un quatrième petit. Tremblant, mais vivant.

Le rescapé devait avoir environ trois mois. Il était efflanqué et trempé. Il se lamentait doucement en poussant un gémissement bas et continu.

Torak frissonna. Tout à coup, ce son avait suscité une vision stupéfiante dans son esprit. Une fourrure noire. Une ombre chaude. Du lait riche, gras. La Mère nettoyant son louveteau à coups de langue. Les marques de petites griffes. La caresse de petits nez froids. Les autres louveteaux gambadant autour du nouveau venu dans la litière.

La vision perdurait, aussi vive qu'un éclair éblouissant. Que pouvait-elle bien signifier ?

Sa main se serra sur le couteau de son père. Il décida que le sens de cette vision n'avait pas d'importance. Ce n'étaient pas des visions qui le nourriraient. « Si tu ne manges pas cet animal, tu seras trop faible pour chasser, pensa-t-il. En plus, tu as le droit de manger la créature de ton clan si cela t'évite de mourir de faim. Tu le sais. »

Le louveteau leva la tête et poussa un hurlement glaçant.

Torak l'écouta. Et le *comprit*.

Il ignorait pourquoi. Il n'avait pas d'explication à ce phénomène. Mais il reconnaissait ces sons aigus et vibrants. Ils lui étaient familiers. Il se les rappelait.

« Impossible », songea-t-il.

Il écoutait les gémissements du louveteau. Il les sentait pénétrer dans sa tête comme des gouttes d'eau.

— Pourquoi vous ne jouez plus ? demandait le petit animal aux siens. Qu'est-ce que j'ai encore fait ?

Et il continuait ainsi. Et, tandis que Torak l'écoutait, le garçon sentit quelque chose s'éveiller en lui. Les muscles de son cou se tendirent. Au plus profond de sa gorge, il sentit une réponse se former. Il éprouva le besoin urgent, irrépressible, de rejeter sa tête en arrière et de hurler à son tour.

Que lui arrivait-il ? Il n'était plus le même Torak. Il n'était plus un garçon. Plus un fils. Plus un membre du clan du Loup. Ou plus *seulement* cela. Il était aussi un loup.

Une brise souffla. Sa caresse glaça sa peau.

Au même moment, le louveteau cessa de hurler et lui fit face. Il regardait ailleurs, mais il avait dressé ses grandes oreilles, comme s'il avait été en train de flairer. Il avait repéré l'odeur de Torak.

Celui-ci regarda le petit louveteau apeuré. Mais il décida d'être impitoyable, tira son couteau de sa ceinture et entama la descente.

TROIS

Le louveteau ne comprenait pas le moins du monde ce qu'il lui arrivait. Il avait exploré la Tanière depuis que, un soir d'orage, la terrible Eau Rapide avait tout emporté. À présent, sa mère, son père et ses frères de litière gisaient dans la boue. *Et ils faisaient comme s'il n'avait pas existé !*

Bien avant que la Lumière ne commençât de poindre, il les avait touchés. Il leur avait mordu la queue. Mais ils ne bougeaient toujours pas d'un poil. Ils n'émettaient pas un bruit. Et il émanait d'eux une odeur bizarre : celle des proies. Pas des proies qui s'enfuient. Des proies Sans-Souffle. Celles qu'on mange.

Le louveteau avait froid. Il était trempé. Et il avait très faim. Plusieurs fois, il avait léché le museau de sa mère pour lui demander de lui donner à manger. Elle n'avait pas réagi. Qu'avait-il fait de mal, cette fois ?

Des quatre louveteaux, il était le plus turbulent. On le lui reprochait sans arrêt. Mais c'était plus fort que lui. Il ne pouvait pas s'en empêcher. Il aimait trop essayer de nouveaux jeux ! Donc, là, ce n'était vraiment pas juste : pour une fois qu'il restait dans la Tanière comme un bon petit louveteau, personne ne le remarquait !

Il s'avança vers le bord de la grande flaque où étaient couchés ses frères. Il lapa un peu de l'Eau Calme. Elle avait mauvais goût.

Il mangea un peu d'herbe et quelques araignées.

Il se demanda ce qu'il allait faire, après.

Et il commença d'avoir peur. Il rejeta la tête en arrière et hurla. Hurler le soulageait. Ça lui rappelait des souvenirs. Ah ! Toutes ces fois où ils avaient hurlé ensemble...

Mais il s'interrompit en plein cri. Il avait senti un loup.

Il se retourna. Vacilla un peu, à cause de la faim. Il redressa ses oreilles et renifla. Oui, un loup approchait bruyamment. Il descendait la ravine de l'autre côté de l'Eau Rapide. C'était un mâle. Pas encore adulte. Et pas un membre de sa meute.

Cependant, il y avait quelque chose d'étrange. L'inconnu sentait le loup *et le non-loup*. Le cerf. Et le daim. Et le castor. Et le sang frais. Et autre chose. Une odeur nouvelle. Le louveteau n'en avait jamais rencontré de pareille.

Curieux. À moins que... À moins que cette odeur signifiât que le non-loup-quand-même-loup avait mangé beaucoup de proies différentes, et qu'il en apportait au louveteau !

Celui-ci frissonna avec appétit. Agita la queue. Et poussa un retentissant glapissement de bienvenue.

*

* *

En entendant son appel, le loup bizarre s'arrêta quelques instants. Puis il se remit en marche. Le louveteau ne parvenait pas à le voir précisément. Sa vue n'était pas aussi bonne que son odorat et son ouïe. Mais quand l'inconnu franchit l'Eau Rapide, le louveteau comprit qu'il s'agissait d'un loup très, très bizarre.

Il marchait sur ses pattes arrière. Sur la tête, il avait des poils noirs si longs qu'ils atteignaient ses épaules. Et le plus étonnant... c'est qu'il n'avait pas de queue !

Pourtant, il parlait loup. Il émettait un son entre grondement et jappement, qui semblait signifier : « Ne t'inquiète pas, je suis un ami. » Ce qui était rassurant, malgré l'accent de l'étranger : ses jappements dérapaient un peu dans les aigus.

Cependant, quelque chose n'allait pas. Derrière la tonalité amicale, le louveteau entendait une fausse note qui trahissait la tension de l'inconnu. Bien que celui-ci sourît, le louveteau savait que ce n'était qu'une façade.

Aussi son glapissement de bienvenue se mua-t-il en un cri interrogatif : « Tu me chasses ? Pourquoi ?

— Non, non », répondit le grondement-jappement amical-et-pas-amical.

Puis le loup bizarre cessa de gronder-japper pour avancer en silence.

Effrayant, ce silence.

Trop faible pour s'enfuir, le louveteau recula.

Le loup bizarre se pencha, attrapa le petit animal par la peau du cou et le leva haut.

Sans force, le louveteau agita la queue comme s'il s'était apprêté à attaquer.

Le loup bizarre leva son autre patte et pressa une énorme serre contre le ventre du louveteau...

... qui hurla. Terrorisé, il glissa sa queue entre ses jambes.

Mais le loup bizarre avait peur, lui aussi. Ses pattes tremblaient. Sa gorge était nouée ; sa mâchoire, serrée. Le louveteau devinait sa solitude. Son doute. Sa douleur.

Soudain, le loup bizarre déglutit et écarta sa très grande serre de l'estomac du louveteau. Puis il s'assit lourdement dans la boue, et il serra le louveteau contre sa poitrine.

*
* *

En un éclair, la terreur du louveteau disparut. Le loup bizarre-et-sans-fourrure sentait plus le non-loup que le loup ; mais le louveteau percevait un bam-bam rassurant. Celui même qu'il entendait dans le ventre de son père quand il faisait un petit somme contre lui.

Le louveteau se dégagea des pattes du loup bizarre. Il plaça ses pattes à lui sur la poitrine du nouveau venu... et lui lécha son étrange museau.

Pas content, le loup bizarre le repoussa. Le louveteau retomba en arrière. Stupéfait, il se remit d'aplomb et observa le visage du loup bizarre.

Qu'il était étrange ! Pas un poil de fourrure ! Ses lèvres n'étaient pas noires, comme celles d'un bon loup : elles étaient pâles. Ses oreilles aussi étaient pâles, *et elles ne bougeaient pas du tout* ! Mais ses yeux lumineux étaient gris argent. C'étaient des yeux de loup.

Le louveteau se sentit mieux qu'il ne s'était jamais senti depuis que l'Eau Rapide était venue. Il avait trouvé un nouveau frère de meute.

QUATRE

Torak était furieux. Il s'en voulait de ne pas avoir tué le louveteau. Qu'allait-il manger, maintenant ?

L'animal caressa les côtes blessées du garçon avec son museau. Torak hurla.

— Va-t'en ! cria-t-il en repoussant le loup. Va-t'en ! Tu comprends ? Tu ne me sers à rien ! File !

Il n'essaya même pas de parler en langage de loup. Il avait compris qu'il lui restait des progrès à faire. Il n'en maîtrisait que les rudiments : quelques gestes et quelques intonations. Mais le louveteau reçut son message cinq sur cinq. Il s'éloigna de quelques pas. Puis il s'assit et posa sur lui un regard plein d'espoir, sa queue balayant le sol.

Torak se remit debout. Le monde tourna. Le garçon n'était pas bien. Il devait manger. Vite.

Il scruta la rive, à la recherche de nourriture. Il ne vit que les cadavres des loups. Ils sentaient trop mauvais. Inutile d'y penser.

Une vague de désespoir inonda le garçon. Le soleil était bas à l'horizon. Qu'allait-il faire ? Que *pouvait*-il faire ? Camper ici ? Mais l'Ours ? En avait-il fini avec P'pa ? S'était-il déjà lancé sur les traces de Torak ?

Son cœur se serra. Ne pas songer à P'pa. Se concentrer sur ce qui l'attendait. Maintenant. « Si l'Ours m'avait suivi, se dit-il, il m'aurait déjà attaqué à l'heure qu'il est. Alors, peut-être suis-je en sécurité, ici. Au moins pour cette nuit. »

Il constata que les carcasses des loups étaient trop lourdes. Impossible de les sortir de leur grosse flaque d'eau. Il décida donc de s'installer plus haut, en amont. Au préalable, toutefois, il allait découper l'un des loups pour tendre un piège, dans l'espoir d'attraper quelque chose à manger pendant la nuit.

Ce ne fut pas facile. Il dut appuyer une pierre plate contre un bâton ; puis poser une autre branche en travers pour servir de déclencheur. Si le garçon avait de la chance, un renard viendrait se restaurer, percuterait la branche et ferait tomber la pierre. Sa viande n'aurait pas bon goût ; mais faute de grives...

Il venait d'installer son piège quand le louveteau s'en approcha pour le renifler, intrigué. Torak lui attrapa le museau et le projeta contre le sol.

— Non ! lança-t-il avec fermeté. Tu ne touches pas à ça !

Le louveteau se secoua et s'éloigna d'un air offensé.

« Mieux vaut être vexé que mort », songea Torak.

Le garçon avait conscience d'avoir été injuste. Il aurait dû avertir l'animal d'un grognement avant de lui attraper le museau, au cas où sa mise en garde aurait été insuffisante. Cependant, il était trop fatigué pour s'embarrasser de ces détails.

D'ailleurs, pourquoi l'avait-il averti ? Que le louveteau soit tombé *sur* le piège pendant la nuit et ait trouvé la mort ainsi, quelle importance ? Ils se comprenaient ; et alors ? Torak se fichait de savoir pourquoi. Comprendre le louveteau ne lui servait à rien.

Il se redressa... et ses genoux fléchirent. « Oublie le louveteau, pensa-t-il. Déniche-toi quelque chose à manger. »

Il s'obligea à grimper jusqu'au gros rocher rouge, à la recherche de framboises jaunes. Et ce n'est qu'une fois hissé au sommet qu'il se rappela... que les framboises jaunes poussaient dans la lande et les sous-bois. Pas dans les bosquets de bouleaux. Et pas à cette époque non plus. L'année était trop avancée.

Il remarqua sur le sol des déjections de lagopèdes des bois. Il laissa donc quelques lacets, au cas où. Deux près du sol, deux autres sur une branche basse (ces oiseaux aimaient se promener sur ce type de perchoir). Il prit la peine de les recouvrir de feuilles pour les rendre invisibles, puis il redescendit vers la rivière.

Trop épuisé pour tenter de harponner un poisson, il opta pour la pêche à la ligne. D'une branche d'épineux il fit une canne. Au bout de la ligne, il fixa un hameçon qu'il garnit avec des limaces d'eau. Ensuite, il remonta la rivière en quête de baies et de racines comestibles.

Le louveteau le suivit sur quelques pas, avant de s'asseoir et d'appeler le garçon pour qu'il revienne. L'animal ne voulait pas s'éloigner des siens.

« Parfait, pensa Torak. Reste là. J'ai pas besoin que tu viennes m'embêter. »

Le soleil descendit et l'air devint glacé. L'haleine brumeuse de la Forêt faisait briller la tunique du garçon. Torak se dit qu'il aurait intérêt à se construire un abri au lieu de chercher à manger. Il y renonça. Il avait trop faim.

Il finit par dénicher une poignée de cassis sauvages. Il les avala. Puis il tomba sur des baies de bruyère tardives, quelques escargots, un pied de champignon jaunâtre, pas mauvais quoique véreux.

La nuit était presque tombée lorsqu'il aperçut un conopode. Avec un bâton solide, il creusa sous la plante avec précaution, jusqu'à atteindre les petites racines noueuses. Il mâchonna la première. Elle avait un goût sucré de noix... mais elle n'offrait guère qu'une bouchée. Le garçon continua de creuser. C'était épuisant. Cependant, ses efforts furent récompensés : il en déterra quatre autres, en croqua deux sur-le-champ et décida de garder les deux dernières pour plus tard.

La nourriture lui remit du cœur au ventre. Pourtant, il avait toujours une drôle de difficulté à réfléchir. « Et maintenant, je fais *quoi* ? se demandait-il. Pourquoi mon esprit est-il aussi brouillé ? »

Construire un abri. Voilà. C'était ça. Puis allumer un feu. Puis dormir.

Et puis après, on verrait bien.

*
* *

Le louveteau l'attendait dans la clairière. Il frissonna et jappa de joie en voyant son ami revenir. Il se jeta sur lui avec un grand sourire de loup : un sourire qui va très au-delà d'un museau qui frémit et de lèvres qui s'étirent ;

un sourire qui irradie tout le corps, qui fait rejeter les oreilles en arrière et pencher la tête sur le côté et bondir haut dans les airs.

Ce spectacle étourdit Torak. Il préféra l'ignorer. D'autant qu'il devait construire son abri.

Il chercha du bois mort. L'inondation avait presque tout emporté. Il lui faudrait couper quelques arbustes. S'il en avait la force.

Il tira la hache de sa ceinture. Se dirigea vers un bosquet de bouleaux. Posa la main sur le plus petit. Murmura un bref avertissement à l'attention de l'esprit de l'arbre, afin qu'il trouvât rapidement un autre foyer. Et il se mit à la tâche.

L'effort le fit vaciller. La blessure de son avant-bras le lançait sauvagement. Mais il s'obligea à continuer de couper du bois.

Et il s'enfonça dans un tunnel sombre et sans fin, où il coupait des arbres et arrachait des branches et coupait encore des arbres. Pourtant, lorsqu'il n'eut plus de force dans les bras, au point de ne pouvoir lever sa hache, il constata avec inquiétude qu'il n'avait réussi à couper que deux jeunes bouleaux efflanqués et un tout petit épicéa.

Ils feraient l'affaire. Pas le choix.

Avec une racine d'épicéa, il noua les branchages entre eux pour former une manière de cabane, qu'il couvrit sur trois côtés de rameaux d'épineux. Il étala quelques branchages pour se coucher dessus.

C'était risible. Mais il n'arriverait à rien de mieux. Il n'avait pas le courage de s'isoler avec des feuilles. S'il se mettait à pleuvoir, il n'aurait plus qu'à espérer que ses couvertures le maintiendraient au sec... et que l'esprit de la rivière n'enverrait pas une nouvelle inondation. Il avait construit son abri trop près de la berge.

Il mit un champignon dans la bouche avant d'inspecter la clairière en y cherchant du bois pour le feu. Il venait d'avaler sa bouchée quand son estomac se tordit et l'obligea à le recracher...

... pour le plus grand bonheur du louveteau, qui le dévora en jappant de joie.

« Qu'est-ce qui m'est arrivé ? s'étonna Torak. Le champignon n'était pas bon ? »

Non. Ce n'était pas un champignon toxique. C'était autre chose. Il transpirait. Tremblait. Et, bien qu'il n'eût plus rien à vomir, il se sentait encore terriblement malade.

Un soupçon terrible s'empara de lui. Il défit le bandage qui protégeait son avant-bras. Et la peur l'enveloppa tel un brouillard glacé. La blessure était gonflée. Rouge vif. Elle puait. Il la sentait brûler. Quand il la toucha, la douleur explosa.

Un sanglot monta de sa poitrine. Il était à bout. Épuisé. Affamé. Il avait peur. Il voulait P'pa. Et voilà qu'il avait une nouvelle ennemie.

La fièvre.

CINQ

Torak devait allumer un feu. C'était une course entre la fièvre et lui. Sa vie était en jeu.

Il chercha son briquet d'amadou à sa ceinture. Ses mains tremblaient quand il ramassa quelques morceaux d'écorce de bouleau. Il battit sa pierre à briquet sans parvenir à faire jaillir l'étincelle salvatrice. Il grondait de colère quand il atteignit enfin son objectif.

Entre-temps, il n'arrivait plus à maîtriser ses tremblements. C'est à peine s'il sentait la chaleur des flammes. Les bruits alentour lui parvenaient anormalement puissants. Le gargouillis de la rivière. Le ululement de la chouette. Le jappement affamé de ce louveteau – il n'arrêtait donc jamais ? Il ne pouvait pas le laisser tranquille ?

Il s'approcha de la rivière en titubant pour y puiser à boire. Mais il se souvint juste à temps de ce qu'avait dit P'pa, quand il s'était penché sur l'eau : « Quand on est malade, il ne faut jamais voir le reflet de son âme dans l'eau. On risque de se trouver mal, de tomber et de périr noyé. »

Les yeux clos, Torak but à satiété, puis il revint à petits pas vers son abri. Il rêvait de repos. Cependant, il devait s'occuper de son bras. Sinon, il n'aurait aucune chance de vaincre la fièvre.

Il prit un morceau d'écorce de saule séchée dans sa bourse à remèdes, et il la mâchonna. La violente amertume de l'écorce lui arracha un haut-le-cœur. Il étala la pâte sur son avant-bras. Puis il pansa de nouveau sa blessure avec le bandage en bouleau. Il eut si mal qu'il manqua de s'évanouir. Ensuite, il eut à peine la force d'ôter ses bottes et de ramper jusqu'à son couchage. Le louveteau voulut se coucher près de lui. Torak le repoussa.

Gémissant, claquant des dents, le garçon regarda l'animal s'approcher du feu et l'observer avec curiosité. Il étendit une grande patte grise pour toucher les flammes. Et il bondit en arrière avec un cri outragé.

— Ça t'apprendra, murmura Torak.

Le louveteau s'ébroua et s'éloigna dans l'obscurité.

Le garçon se roula en boule. Il se tenait le bras qui le faisait souffrir, et récapitulait tristement tout ce qu'il avait gâché...

*
* *

Torak avait toujours vécu dans la Forêt avec P'pa. Ils dressaient le camp et repartaient le lendemain matin, ou le jour d'après au pire. C'étaient les règles : ne pas s'attarder dans son abri. Ne pas faire d'effort inutile pour trouver sa nourriture. Ne pas attendre qu'il soit trop tard pour lever le camp.

Il n'avait passé qu'un jour seul. Et il avait déjà brisé une règle. C'était effrayant. Aussi effrayant que s'il avait oublié comment marcher.

De sa main valide, il toucha les tatouages de son clan, suivant les deux lignes en pointillé qui soulignaient ses fossettes. P'pa les lui avait dessinés sur sa peau percée pour ses sept ans, avec du jus de busserole. Il n'en était pas digne. Il ne les méritait pas. S'il mourait, ce serait sa faute. Il avait brisé les règles.

Un nouvel accès de culpabilité lui serra le cœur. Jamais, auparavant, il n'avait dormi seul. Jamais sans son P'pa. Pour la première fois, aucune main rugueuse et douce à la fois ne se poserait sur lui pour lui souhaiter bonne nuit. Il ne sentirait plus cette odeur familière de peau de daim et de sueur.

Les yeux de Torak devinrent piquants. Il serra les paupières et se laissa glisser dans des cauchemars terrifiants.

*
* *

Il fuit, de la mousse jusqu'aux genoux. L'Ours est à ses trousses. Les cris de son père résonnent à ses oreilles. L'Ours arrive.

Il essaye de courir. Mais il continue de s'enfoncer davantage dans le marécage. La mousse l'aspire. Son père crie. Encore.

Les yeux de l'Ours brûlent du feu létal de l'Autre-monde. Le feu du démon. Le monstre se dresse sur ses

45

pattes arrière. La menace surplombe Torak. Le plantigrade est énorme, à un point inimaginable. Il actionne ses mâchoires gigantesques pour rugir sa haine à la Lune, et...

*

* *

Un cri réveilla Torak.

Le dernier hurlement de l'Ours se réverbérait à travers la Forêt. Lui, il ne l'avait pas rêvé. Il était bien réel.

Le garçon retint son souffle. À travers les interstices de sa cabane, il voyait la lueur bleutée de la Lune, ainsi que le feu, qui était sur le point de s'éteindre.

Et la Forêt trembla de nouveau. Les arbres semblèrent se tendre pour écouter. Mais, cette fois, Torak se rendit compte que les cris étaient lointains. À plusieurs jours de marche vers l'ouest. Lentement, il relâcha sa respiration.

Planté à l'entrée de l'abri, le louveteau le regardait. Ses yeux en amande avaient une teinte étrange, dorée et sombre. « Ambre », songea Torak. Il se rappelait le petit sceau-amulette que portait son père sur un lacet, autour du cou.

Il trouva cela curieusement rassurant. Au moins, il n'était plus seul.

Comme les battements de son cœur redevenaient normaux, l'intensité de la fièvre reprit le dessus. Sa peau se hérissa. Son crâne allait éclater. Il voulut mâcher un morceau d'écorce de saule. Mais il laissa tomber sa bourse, et il ne réussit pas à la retrouver dans la semi-obscurité.

Il alla jeter une autre branche dans le feu, puis se recoucha, haletant.

Il n'arrivait pas à chasser les cris de l'Ours de sa tête. Où était le monstre, à présent ? Les carcasses des chevaux morts se trouvaient au nord du courant. Là où il avait attaqué P'pa. Pourtant, il semblait s'être dirigé vers l'ouest. Allait-il continuer dans cette direction ? ou avait-il senti l'odeur de Torak, et fait demi-tour ? Combien de temps lui faudrait-il pour revenir et le surprendre ainsi, malade, sans défense, à sa merci ?

Une voix calme et posée s'éleva dans son esprit. Presque comme si P'pa avait été avec lui. « Si l'Ours arrive, le louveteau t'avertira, disait la voix. Souviens-toi, Torak : l'odorat d'un loup est si fin qu'il peut sentir l'haleine d'un poisson ; et son ouïe est si perçante qu'il peut entendre les nuages passer. »

« Exact, songea Torak. Le louveteau m'avertira. C'est déjà ça. Je veux mourir les yeux ouverts. En faisant face à l'Ours. Comme un homme. Comme P'pa. »

Quelque part au loin, un chien aboya. Un chien, pas un loup.

Torak fronça les sourcils. S'il y avait des chiens, il y avait des hommes. Or, il n'y avait jamais personne dans cette partie de la Forêt.

À moins que...

Le garçon se laissa de nouveau aspirer par l'obscurité. Les griffes de l'Ours l'y attendaient avec impatience.

Il faisait presque nuit quand Torak se réveilla. Il avait dormi toute la journée.

Il avait faim, et terriblement soif. Cependant, sa blessure le brûlait moins. La souffrance s'était atténuée. La fièvre était partie.

Le louveteau aussi.

Torak se demanda s'il était arrivé quelque chose à l'animal. Ce qui le surprit. Pourquoi s'en soucier ? Le louveteau n'était rien pour lui.

Il se dirigea vers la rivière et s'y désaltéra. Ensuite, il ranima le feu mourant en y jetant de nouvelles bûches. Après cet effort, il tremblait de tout son corps. Il se reposa. Mangea la dernière racine. L'accompagna des feuilles d'oseille qu'il avait trouvées sur la berge. Elles étaient dures et très aigres. Mais aussi revigorantes.

Le louveteau n'était toujours pas là...

Torak pensa à l'appeler en hurlant. Il ne le fit pas. Si l'animal revenait, il voudrait manger. Et Torak n'aurait rien à lui donner. En plus, hurler risquait d'attirer l'Ours. Le garçon préféra remettre ses bottes et aller relever ses pièges.

Les hameçons étaient vides, sauf l'un, où un poisson avait mordu. Il n'en restait que les arêtes.

Torak eut plus de chance avec les lacets. Un lagopède s'était pris dans l'un d'eux. Il se débattait faiblement. « De la viande ! » songea le garçon.

Il souffla un rapide remerciement à l'esprit de l'oiseau ; puis il brisa le cou du volatile, lui ouvrit le ventre et lui dévora le foie avec avidité. C'était amer et visqueux. Mais Torak avait trop faim.

Après, il se sentit un peu mieux. Il accrocha l'oiseau à sa ceinture et jeta un coup d'œil dans la mare aux loups. À son grand soulagement, il n'y vit pas le cadavre du louveteau d'hier. Celui-ci était bien vivant, près de sa mère, dont il tapotait la carcasse puante avec une patte.

Lorsqu'il entendit Torak approcher, il bondit vers lui et se retourna ostensiblement vers la louve morte en jappant, indigné. Il voulait que Torak arrangeât la situation.

Torak soupira. Comment expliquer la mort à quelqu'un quand on ne la comprend pas soi-même ?

— Viens, dit-il, sans prendre la peine de parler en loup.

Les grandes oreilles du louveteau pivotèrent pour suivre le son. Le garçon s'impatienta :

— Il n'y a rien, ici ! Allez, viens...

De retour dans l'abri, il pluma et vida le lagopède. Puis il le fit rôtir. Le louveteau tenta de s'en emparer. Torak lui prit le museau et le plaqua contre terre.

— Non ! grogna-t-il en loup. C'est à moi !

Le louveteau se coucha, obéissant et immobile, la queue battant le sol. Quand Torak relâcha son museau, l'animal roula sur le dos, découvrant son ventre pâle et duveteux. Il adressa au garçon un sourire d'excuse silencieux.

Torak l'accepta, satisfait. Il fallait que le louveteau apprît qui était le chef de meute. Sinon, ce serait une source d'ennuis in-fi-nis pour l'avenir...

Le garçon sursauta. L'avenir ? Quel avenir ? Dans le sien, il n'y avait pas de place pour le louveteau...

Cependant, l'odeur de la viande rôtie ôta toute autre pensée de son esprit. De la graisse grésillait sur le feu. Torak saliva. Vite, il découpa une cuisse du lagopède et y plongea une fourchette qu'il s'était confectionnée avec une branche de bouleau. Il dédia cette cuisse au gardien de son clan, puis se mit à manger.

Il n'avait jamais rien mangé d'aussi bon. Il ne laissa pas la moindre parcelle de viande ou de graisse sur les os. Il croqua jusqu'au dernier bout de cette peau salée et craquante. Surtout, il s'appliqua à ignorer les grands yeux d'ambre qui le regardaient enfourner bouchée après bouchée.

Quand il eut fini, il s'essuya la bouche avec le dos de la main. Le louveteau suivait chacun de ses mouvements.

Torak poussa un grand soupir.

— Bon, bon, d'accord..., murmura-t-il.

Il arracha la deuxième cuisse du lagopède et la lui jeta.

L'animal la croqua en deux temps trois mouvements. Puis ses yeux se posèrent de nouveau sur Torak, pleins d'espoir.

— J'en ai plus, dit le garçon.

Le louveteau jappa pour manifester son impatience. Il regardait la carcasse que le garçon tenait dans ses mains.

Torak avait nettoyé les os. Il comptait s'en servir pour faire des aiguilles, des hameçons... et du bouillon. Quoique. Sans récipient, il allait avoir du mal à préparer du bouillon.

Bien qu'il sentît que ce n'était pas une bonne idée, il lança la moitié de la carcasse à son compagnon.

Celui-ci la déchiqueta en quelques puissants coups de mâchoires. Puis il se lova et s'endormit instantanément. Le fauve remuant n'était plus qu'une boule de fourrure grise parcourue de douces palpitations.

Torak aurait voulu dormir, lui aussi. Mais il savait qu'il en serait incapable.

Avec l'arrivée de la nuit, le froid était devenu vif. Le garçon regardait le feu. À présent qu'il avait vaincu la fièvre et mangé un peu de viande, il avait enfin les idées plus claires.

Alors, il songea aux cadavres des chevaux et à la lueur démoniaque dans les yeux de l'Ours. « Il est possédé, avait dit P'pa, par un démon qui vient de l'Autremonde et l'a transformé en tueur. »

Mais, au fond, qu'est-ce qu'un démon *exactement* ? Torak se posa la question et s'aperçut qu'il ignorait la réponse. Tout ce qu'il savait, c'est que les démons détestent les êtres vivants. Sans exception. Parfois, ils s'échappent de l'Autremonde. Ils font trembler la terre. Ils déclenchent la maladie et la famine.

En y réfléchissant, Torak s'aperçut qu'il en savait long sur les chasseurs et les proies. Il en savait long sur les lynx et les carcajous. Et sur les aurochs. Les chevaux. Le gibier en général. Par contre, il ne connaissait presque rien sur les autres créatures de la Forêt.

On lui avait seulement appris que les gardiens du clan veillent sur les campements. Que les fantômes gémissent dans les branchages dénudés des arbres, par les nuits de tempête, cherchant éternellement les clans qu'ils avaient perdus. Que les Peuples Cachés vivent dans les pierres et les rivières, comme les clans dans leurs abris. Que ces créatures semblent magnifiques, jusqu'à ce qu'on les voie de dos : alors, on s'aperçoit qu'elles sont vides telles des souches mortes.

Quant au Monde des Esprits, qui envoie la pluie et la neige et le gibier... c'était un mystère complet pour Torak. Jusqu'à présent, il ne s'y était même pas intéressé. Il considérait que cet univers était trop distant. Un esprit incroyablement puissant vivait loin, très loin, sur la Montagne. Un esprit que personne n'avait jamais vu. Un esprit dont on racontait cependant qu'il errait, l'été, sous l'apparence d'un homme pourvu des bois d'un cerf ; et qu'il vaguait, l'hiver, pareil à une femme, avec de longues branches nues de saule pleureur pour chevelure.

Torak posa la tête sur ses genoux. Le poids du serment qu'il avait fait à P'pa pesait sur lui comme un roc.

Soudain, le louveteau se redressa et poussa un grognement tendu.

Torak bondit sur ses pieds.

Les yeux du louveteau fixaient l'obscurité. Ses oreilles étaient rigides. Ses poils du cou, hérissés. Il fila hors de la lumière du feu et disparut.

Torak se tenait droit. Immobile. La main sur la poignée du couteau de P'pa. Il sentait le regard des arbres sur lui. Il les entendait se murmurer des secrets.

Quelque part, non loin, un rouge-gorge commença de chanter sa plaintive mélopée nocturne. Le louveteau réapparut. Ses poils n'étaient plus hérissés. Son museau était immobile. Il avait un petit sourire.

Torak relâcha sa prise sur la garde. Ce qui l'avait inquiété était parti ou n'était pas une menace. Si l'Ours avait été dans les parages, le rouge-gorge n'aurait pas chanté. Le garçon en était sûr.

Il se rassit.

« Je dois trouver la Montagne de l'Esprit du Monde avant la prochaine lune », se rappela-t-il.

C'étaient les mots de P'pa : « Quand le Grand Œil Rouge est au plus haut... c'est alors que les démons sont les plus puissants... Tu le sais... »

« Oui, je le sais, pensa Torak. Je connais le pouvoir le Grand Œil Rouge. Je l'ai vu de mes yeux... »

Chaque automne, le grand taureau Aurochs – le plus puissant des démons de l'Autremonde – sort dans le ciel nocturne. Au début, il a la tête baissée vers la Terre, de sorte qu'on ne voit que l'éclat étoilé de son épaule. Mais, lorsque vient l'hiver, il se dresse et devient plus fort. À cette période, on peut distinguer ses cornes étincelantes et son œil injecté de sang.

Le Grand Œil Rouge de l'hiver.

Quand vient la Lune du Saule Rouge, Aurochs chevauche plus haut dans le ciel. Son pouvoir maléfique est au zénith. Et les démons sortent. « C'est alors que l'Ours deviendra invincible... »

Torak jeta un œil à travers les branches. Il vit le scintillement froid du ciel. À l'est, juste devant la lointaine silhouette sombre des Hautes Montagnes, il la distingua. L'épaule étoilée du Grand Aurochs.

La Lune des Cerfs Rugissants touchait à son terme. Lors de la prochaine lune, la Lune de l'Épine Noire, l'œil rouge apparaîtrait. Le pouvoir de l'Ours serait plus fort. Quand viendrait la Lune du Saule Rouge, l'Ours serait invincible.

« Va vers le nord..., avait dit P'pa. Loin... À des journées de marche d'ici... »

Torak ne voulait pas aller plus au nord. Cela l'obligerait à quitter la petite parcelle de Forêt dont il était familier. Il se trouverait plongé dans l'inconnu. Et pourtant... P'pa avait dû croire qu'il avait une chance de réussir. Sinon, il ne lui aurait pas demandé de jurer.

Il prit un bâton et tisonna les braises.

Il savait que les Hautes Montagnes étaient à l'est, au-delà de la Forêt Profonde. Il savait qu'elles s'incurvaient du nord vers le sud, émergeant de la Forêt tel l'aileron d'un énorme requin. Et il savait que, d'après ce qu'on disait, l'Esprit du Monde était situé tout au nord de cette montagne. Mais personne ne s'en était approché. Jamais. Car l'Esprit frappait toujours les intrus. Il les enveloppait de blizzards rugissants. Il les recouvrait d'avalanches traîtresses. On ne les retrouvait jamais.

Toute la journée, Torak avait couru vers le nord. Et il était toujours au niveau des contreforts situés à l'extrémité sud des Hautes Montagnes. Comment réussirait-il à aller aussi loin seul ? Il n'en avait pas la moindre idée.

Il était encore faible après son accès de fièvre. Il n'était absolument pas en état d'entreprendre son voyage.

« Donc inutile de le commencer, conclut-il. Je ne vais pas commettre deux fois la même erreur : paniquer et manquer de mourir par pure stupidité. Je vais rester ici un jour ou deux, reprendre des forces, puis partir. »

Avoir pris une décision le rasséréna.

Il mit d'autres bûches dans le feu et s'aperçut, étonné, que le louveteau le regardait. Les yeux de l'animal étaient fixes. Et ce n'étaient pas les yeux d'un louveteau. C'étaient ceux d'un loup.

De nouveau, des mots de P'pa lui revinrent en mémoire : « Les yeux des loups ne sont semblables à nuls autres. Sauf à ceux des hommes. Les loups sont nos frères les plus proches. On le voit dans leurs yeux. La seule différence entre les leurs et les nôtres, c'est la couleur. Les loups ont des yeux dorés ; les hommes les ont gris. Mais les loups ne s'en rendent pas compte, car, dans leur monde, les couleurs n'existent pas. Pour eux, tout est argent et gris. »

Quand Torak avait demandé à son père comment il avait appris cela, P'pa s'était contenté de sourire et de secouer la tête. Il avait promis qu'il le lui expliquerait quand il serait plus vieux. Il avait promis d'expliquer beaucoup de choses, quand Torak serait plus vieux.

Et il n'accomplirait pas sa promesse.

Le garçon grimaça et se frotta le visage.

Le louveteau le regardait toujours.

L'animal possédait déjà des prémices de la beauté du loup adulte. Un fin museau gris pâle. De grandes oreilles argentées au liseré noir. D'élégants yeux bordés de noir.

Ces yeux... Aussi clairs que le reflet du soleil dans une eau de source...

Soudain, Torak eut l'étrange et absolue certitude que le louveteau *savait* ce qu'il pensait.

« Les loups nous ressemblent davantage que tous les autres chasseurs de la Forêt, murmura P'pa dans son esprit. Ils chassent en meute. Ils aiment parler et jouer. Ils aiment férocement leur compagne et leurs petits. Et chaque loup travaille dur pour le bien de la meute. »

Torak se redressa. Était-ce cela que P'pa essayait de lui dire ?

« Ton guide te trouvera... »

Cela signifiait-il que... que le louveteau était son guide ?

Il décida d'en avoir le cœur net. Il se racla la gorge. Se mit à quatre pattes. Il ne savait pas dire « montagne » en langage loup. Il essaya donc de faire autrement. De la tête, il désigna les contreforts et demanda – dans ce jappement-grondement grave et intense qu'utilisent les loups pour communiquer entre eux – si le louveteau connaissait le chemin.

Le louveteau plia les oreilles et le regarda. Puis, poli, il détourna les yeux – chez les loups, fixer longtemps quelqu'un était une manière de le menacer. Ensuite, l'animal se leva, s'étira et agita paresseusement sa queue. Dans ses mouvements, rien n'indiquait à Torak qu'il avait compris sa question. Son compagnon était redevenu un simple louveteau.

Au moins en apparence.

Mais ce regard de loup... Torak l'avait-il imaginé ?

SEPT

Cela faisait de nombreuses Ombres et Lumières que le Grand Sans Queue était venu.

Au début, il avait dormi tout le temps. À présent, il commençait à se comporter comme un loup normal. Quand il paraissait triste, il était silencieux. Quand il était en colère, il grognait. Il aimait jouer à chat avec lui. Quand le louveteau le touchait, l'autre roulait au sol, émettant d'étranges grondements-jappements. L'animal supposait que c'était sa façon de rire.

Parfois, le Grand Sans Queue hurlait avec lui. En chœur, ils chantaient ce qu'ils éprouvaient envers la Forêt. Le cri de Grand Sans Queue était grossier. Brut. Peu mélodique, mais très expressif.

Le reste de son langage était à l'avenant : primaire, mais compréhensible. Certes, il lui manquait une queue.

Ses oreilles étaient minuscules. Il ne pouvait pas hérisser sa fourrure, ni pousser des hurlements vraiment aigus. Cependant, en général, il arrivait à se rendre à peu près intelligible.

Donc, sur nombre des points, il était semblable à n'importe quel loup.

À quelques exceptions près. Pauvre Grand Sans Queue avait un odorat et une ouïe calamiteux. Quand venait l'Ombre, il aimait à regarder le Brillant-monstre-à-la-morsure-brûlante. De temps en temps, il ôtait ses antérieurs – rien que ça ! Une fois, il avait même enlevé sa fourrure.

Le plus étrange, c'est qu'il dormait pendant des *siècles*. Comme s'il n'avait pas su qu'un loup ne doit dormir que par petits bouts. Il était préférable de se lever régulièrement, s'étirer et faire une ronde afin de parer à toute éventualité...

Le louveteau avait essayé d'apprendre à Grand Sans Queue à se réveiller plus souvent en le poussant du museau ou en lui mordillant les oreilles. Au lieu de lui en être reconnaissant, Grand Sans Queue s'était mis très, très en colère. Le louveteau avait fini par le laisser dormir. La Lumière suivante, après un somme ridiculement long, Grand Sans Queue s'était réveillé d'une humeur massacrante. Eh bien, à quoi d'autre s'attendait-il, s'il n'avait pas voulu que son frère de meute ne le réveillât ?

Aujourd'hui, néanmoins, Grand Sans Queue s'était réveillé avant la Lumière. Son humeur était très différente de d'habitude. Le louveteau sentait qu'il était nerveux.

Curieux, il observa Grand Sans Queue s'avancer le long de l'Eau. Une chasse ?

Le louveteau bondit à sa suite, puis il jappa pour l'arrêter. Ce n'était pas une chasse. Et Grand Sans Queue n'allait pas dans la bonne direction.

Non seulement il suivait le courant que le louveteau craignait et haïssait plus que tout à présent ; mais en plus... en plus, ce n'était pas la bonne direction parce que, pour arriver à destination, il fallait traverser la colline puis continuer le chemin pendant des Lumières et des Ombres.

Le louveteau ignorait comment il l'avait appris. Mais il le sentait. En lui. Un tiraillement léger et profond. Comme celui qui le ramenait à la Tanière quand il s'était aventuré trop loin. Plus léger, néanmoins, car il venait de très loin.

Grand Sans Queue avançait toujours, inconscient de ce qui se passait.

Le louveteau poussa un aboiement bas, une sorte de « Wouf ! » pareil à ceux qu'émettait sa mère quand elle voulait qu'il rentre à la Tanière *à l'instant même*.

Grand Sans Queue se retourna et demanda quelque chose dans son langage (cela sonnait un peu comme « Kessya ? »).

— Wouf ! répéta le louveteau.

Il trotta jusqu'au pied de la colline et fixa le bon chemin. Puis il regarda Grand Sans Queue, avant de revenir au bon chemin. « Pas par-là. Par ici ! »

Grand Sans Queue répéta sa question, une nuance d'impatience dans la voix. Le louveteau attendit qu'il le rejoignît.

Grand Sans Queue se gratta la tête. Il dit autre chose dans son langage Sans Queue. Et il se décida à suivre le louveteau.

HUIT

Torak observa le corps de Loup. Il était tendu.

L'animal pencha les oreilles vers l'avant. Sa truffe noire s'agita. Torak suivit son regard. Il ne voyait rien derrière le rideau de noisetiers et d'épilobes. Mais il se doutait que leur proie était par-là. Parce que Loup le disait. Et le garçon avait appris à faire confiance à Loup.

L'animal se tourna vers Torak. Ses yeux d'ambre effleurèrent le garçon, puis revinrent vers la Forêt.

Silencieusement, Torak arracha un brin d'herbe et l'écrasa avec l'ongle de son pouce, laissant les fines graines s'envoler dans la brise. Bien. Ils étaient sous le vent. Il ne repérerait pas leur odeur. Avant de partir, comme toujours, Torak avait dissimulé la sienne en se couvrant de cendre.

Sans un bruit, il prit une flèche dans son carquois et l'encocha. C'était un petit chevreuil mâle. Si Torak réussissait à l'abattre, il obtiendrait ainsi son premier grand trophée. Il en avait besoin. Le gibier était plus rare qu'il n'aurait dû l'être à cette époque de l'année.

Le louveteau baissa la tête.

Torak s'accroupit.

Ensemble, ils avancèrent en rampant.

*
* *

Ils avaient traqué ce chevreuil toute la journée.

Toute la journée, Torak avait suivi ses traces. Les branchages arrachés. Les empreintes sur le sol.

Toute la journée, le garçon s'était mis à la place de l'animal pour imaginer ce qu'il ressentait, et ce qu'il allait faire l'instant d'après.

« Pour traquer une proie, il faut d'abord apprendre à la connaître comme son propre frère. Découvrir ce qu'il mange, et quand, et comment. Trouver où il dort, comment il bouge. » P'pa avait bien enseigné la chasse à Torak. Le garçon savait traquer son gibier. Il savait qu'il fallait s'arrêter souvent pour l'écouter, afin d'ouvrir ses sens à ce que la Forêt essayait de dire...

En ce moment précis, il savait que le chevreuil fatiguait. Plus tôt, ce jour-là, les empreintes de ses petits sabots étaient profondes et tournées vers le dehors. Ce qui signifiait que l'animal galopait. À présent, les empreintes étaient plus superficielles et plus rapprochées. Le chevreuil avait ralenti.

Il devait avoir faim, car il n'avait pas eu le temps de brouter. Et soif, aussi : il était resté à l'abri des fourrés épais, où l'on ne trouve pas de point d'eau.

Torak chercha les signes annonciateurs d'une rivière. À l'ouest, derrière un noisetier, à une trentaine de pas du sentier, il aperçut un bosquet d'aulnes. Ces arbres ne poussent qu'à proximité de l'eau. C'est sûrement là que s'était réfugié le chevreuil.

Le garçon et le louveteau s'avancèrent à couvert. La main en pavillon autour de l'oreille, Torak entendit un léger glougloutement.

Soudain, Loup s'immobilisa, les oreilles en avant, une patte levée.

— Oui !

Là. Derrière les aulnes. Le chevreuil s'était arrêté pour boire.

Torak visa avec précaution.

Sa proie leva la tête. De l'eau gouttait de son museau.

Torak l'observa humer l'air et gonfler la pâle fourrure qui couvrait sa croupe. Il allait s'enfuir. Le garçon lâcha son trait.

La flèche fila se planter dans les côtes du chevreuil, juste derrière l'encolure. L'animal eut un frisson plein de grâce, fléchit les genoux et s'effondra sur le sol.

Torak poussa un cri de victoire et jaillit des fourrés pour se jeter sur sa victime. Loup courut aussi, le distança aisément... et revint sur ses pas pour attendre Torak. Il avait appris à respecter son chef de meute.

Haletant, Torak atteignit le chevreuil. L'animal respirait encore, mais la fin était proche. Ses trois âmes s'apprêtaient à le quitter.

Torak se raidit. À présent, il devait accomplir ce qu'il avait vu P'pa faire un nombre incalculable de fois. Pour lui, ce serait une première. Et il devait réussir.

Il s'agenouilla près du chevreuil. Il étendit la main vers l'animal pour flatter sa joue rugueuse et couverte de sueur. Le chevreuil ne bougea pas au contact de sa paume.

— Tu t'es bien comporté, lui dit Torak d'une voix rauque. Tu as été vaillant et intelligent. Tu n'as jamais renoncé, toute la journée. Je te promets d'honorer le pacte avec l'Esprit du Monde. Je jure de te traiter respectueusement. Tu peux partir en paix.

Il regarda l'ombre de la mort envahir les grands yeux noirs.

Il se sentait reconnaissant envers le chevreuil. Mais aussi fier de lui-même. C'était son premier gros gibier. Où que P'pa en fût de son Voyage mortuaire, il serait content de son fils.

Torak se tourna vers Loup. Il pencha la tête, fronça le nez et découvrit ses dents pour décocher un sourire de loup à son compagnon :

— Bravo... et merci !

Loup bondit sur Torak. Il le renversa presque. Le garçon éclata de rire et lui donna une poignée de mûres qu'il piocha dans sa bourse à nourriture. Loup les avala tout rond.

*
* *

Sept jours. Sept jours qu'ils avaient quitté l'Eau-Vive. Et toujours pas de trace de l'Ours. Pas d'empreinte. Pas de fourrure accrochée aux ronces. Pas de cris ébranlant la Forêt.

Pourtant, quelque chose clochait.

À cette époque de l'année, la Forêt aurait dû retentir des brames des grands cerfs, et des claquements de leurs ramures signalant leurs combats pour les femelles. Mais tout était silencieux. Comme si la Forêt s'était vidée peu à peu. Comme si le gibier avait fui une menace invisible.

En sept jours, Torak n'avait rencontré que des oiseaux et des campagnols. Et, une fois, surgi si soudainement que le garçon avait cru que son cœur allait s'arrêter, un groupe en train de chasser. Trois hommes. Deux femmes. Un chien.

Par chance, il avait réussi à passer inaperçu. « Reste à l'écart des hommes, avait dit P'pa. S'ils découvrent ce que tu es capable de faire... »

Le sens de cette phrase restait mystérieux. Cependant, P'pa avait raison. Torak avait grandi loin des gens. Il ne voulait avoir aucun lien avec eux. D'autant qu'il avait Loup, désormais.

Chaque jour qui passait, le garçon et le louveteau se comprenaient mieux. Torak découvrait au fur et à mesure que le langage des loups est un mélange complexe de gestes, de regards, d'odeurs et de sons. Les loups peuvent hérisser leurs poils, bouger leur museau, leurs oreilles, leurs pattes, leur queue, leur poitrail, ou carrément le corps en entier. De nombreux mouvements sont subtils – une infime torsion, un rictus discret... La plupart sont silencieux. À force, Torak avait fini par en décoder beaucoup... même s'il n'avait pas l'impression de les *apprendre*, mais plutôt de se les *rappeler*.

Toutefois, faute d'être un loup, il avait conscience qu'il ne contrôlerait jamais ce qu'il s'était mis à désigner comme le « sens du loup ». Le louveteau était incroyablement doué pour lire ses pensées et deviner son état d'esprit.

Ce qui ne l'empêchait pas d'avoir ses humeurs.

Tantôt, il était le louveteau qui adore les baies, incapable de se tenir tranquille. Ainsi, il n'avait pas arrêté de gigoter pendant que Torak le baptisait avec de la sève d'aulne. Il s'était empressé de se lécher les pattes après coup ! Car, contrairement à Torak, nerveux devant l'importance de ce qu'il accomplissait, Loup n'avait pas paru impressionné. Il avait juste hâte que la cérémonie fût terminée.

Tantôt, au contraire, Loup devenait le guide. Il était mystérieusement sûr du chemin qu'il devait prendre. Si Torak le questionnait pour comprendre ce qui se passait, Loup ne prenait pas la peine de lui répondre. Ou si peu :

« Je sais, c'est tout », disait-il.

Et, en effet, c'était tout.

*
* *

Après la chasse au chevreuil, Loup ne se comporta pas comme le guide qu'il aurait pu être. Il redevint un louveteau. Son museau barbouillé du pourpre des mûres, il jappait avec force pour en avoir encore.

Torak le repoussa en riant :

— Non, c'est fini ! J'ai du travail...

Loup s'ébroua et sourit. Puis il s'éloigna pour dormir.

Le garçon commença de découper la carcasse du chevreuil. Il lui fallut deux jours. Il avait fait une promesse au chevreuil, et il la tiendrait : il ne perdrait rien. C'était le pacte qui unissait l'Esprit du Monde et les chasseurs depuis des temps immémoriaux. Les chasseurs s'engagent à traiter leur gibier avec respect ; en échange, l'Esprit leur envoie d'autres proies.

La curée est une tâche décourageante. Il faut des étés de pratique pour ne pas gâcher. Torak n'était pas un expert irréprochable ; mais il fit de son mieux.

D'abord, il ouvrit le ventre du chevreuil. Il coupa un morceau du foie, qu'il offrit au gardien de son clan. Le reste, il le trancha pour le mettre à sécher. Puis il céda aux supplications de Loup et en donna un bout à l'animal, qui le goba aussitôt.

Ensuite, Torak dépeça la carcasse. Il nettoya la peau avec son grattoir en bois de ramure. Il lava l'intérieur avec de l'eau mêlée d'écorce de chêne pilée afin d'en ôter les poils. Puis il l'étendit en hauteur entre deux arbustes. Loup aurait beau sauter, il ne l'attraperait pas ! Après quoi, le garçon gratta les poils qui étaient restés accrochés à la peau – et son manque d'expérience lui fit faire plusieurs trous. Il assouplit le cuir en l'imprégnant de la cervelle du chevreuil, qu'il avait écrasée. Il lui fallut encore mettre à tremper la peau, puis la sécher ; mais, à l'arrivée, il avait obtenu un résultat assez correct pour qu'il pût se confectionner des vêtements en cuir ou tresser des lignes de pêche.

Pendant que le cuir séchait, il tailla la viande en fines tranches, qu'il suspendit au-dessus d'un feu de bouleau. Lorsque les lambeaux furent secs, il les plaça entre deux pierres pour les aplatir, et il les roula très serré. La viande était délicieuse. Un morceau le rassasierait largement pour une demi-journée.

Il lava les entrailles, les plongea dans l'eau d'écorce de chêne et les accrocha à un buisson de genévrier, le temps de les laisser sécher. L'estomac deviendrait une gourde ;

la vessie, une bourse de rechange ; quant aux intestins, ils serviraient de réserve à noix. Les poumons, c'était la part de Loup – mais pas pour tout de suite. Torak devrait les mâcher au préalable, à midi comme le soir, puis les recracher pour les donner au louveteau.

Comme il n'avait pas de récipient de cuisine, il ne pouvait fabriquer de la colle. Il offrit donc les sabots à Loup. Celui-ci joua avec durant un grand moment avant de les déchiqueter.

Torak s'attaqua alors aux longs nerfs dorsaux qu'il avait réservés. Il les aplatit, puis démêla les fibres étroites afin d'en faire des fils. Il les sécha et les frotta avec de la graisse pour les assouplir. Le résultat était loin d'être à la hauteur de ceux qu'obtenait P'pa. Mais ce n'était pas si mal ! Moins souples, moins réguliers, ils étaient quand même extrêmement solides et dureraient plus longtemps que les tissus qu'ils serviraient à coudre.

Pour finir, Torak s'occupa de la ramure et des longs os. Il les nettoya et les lia : plus tard, il y taillerait des hameçons, des aiguilles et des pointes pour ses flèches.

Le second jour était déjà très avancé quand il termina sa tâche. Il s'assit devant le feu, heureux d'avoir mangé de la viande à satiété, et il entreprit de sculpter un sifflet dans un os de grouse. Il voulait trouver une façon d'appeler le louveteau quand celui-ci s'éloignait de lui. Une façon plus discrète qu'un hurlement. Les chasseurs qu'il avait croisés étaient peut-être toujours dans les parages. Il ne pouvait pas prendre le risque de hurler.

Il acheva son sifflet et l'essaya. Déception : pas un son. P'pa avait sculpté des tas de sifflets pareils à celui-ci. Et tous produisaient un son clair, proche d'un chant d'oiseau. Pourquoi ça ne marchait pas ?

Agacé, Torak retenta sa chance. Il souffla le plus fort qu'il put. Toujours pas de son. Mais, stupeur ! Loup avait bondi sur ses pattes comme s'il avait été piqué par un frelon.

Le regard du garçon alla du louveteau surpris au sifflet. Il souffla de nouveau.

De nouveau, aucun son. Cette fois, Loup poussa un bref aboiement, puis un petit gémissement. Il montrait qu'il était un peu énervé, tout en cherchant à ne pas offenser Torak.

Le garçon s'excusa en le gratouillant entre les oreilles. Le louveteau se recoucha. Cependant, son expression était claire : Torak ne devrait l'appeler ainsi qu'en cas de nécessité.

*
* *

Le lendemain, l'aube était belle et claire. Quand ils repartirent, Torak se sentait plein de courage.

Douze jours plus tôt, l'Ours avait tué P'pa. Depuis, Torak avait combattu la faim. Vaincu la fièvre. Trouvé Loup. Et tué son premier gros gibier.

Il avait aussi commis beaucoup d'erreurs. Mais il était vivant.

Il imagina son père. Son voyage dans la Terre des Morts. La terre où les flèches sont légion. Où la chasse est toujours couronnée de succès. « Au moins, il a ses armes avec lui, songea Torak. Et mon couteau pour l'accompagner. Et beaucoup de viande séchée. » Cette idée atténua quelque peu son sentiment de culpabilité.

Torak savait qu'il n'effacerait jamais la perte de son père. Elle serait toujours en lui. Il la porterait dans son cœur toute sa vie. Comme une pierre. Néanmoins, ce matin, la pierre n'était pas si lourde. Il avait survécu jusque-là. Son père devait être fier de lui.

Il était presque joyeux quand il sortit des fourrés pour se retrouver dans un sentier forestier tacheté de soleil. Des grives filèrent au-dessus de lui. Le louveteau était gras et content. Il restait près de Torak ; sa queue argentée aux poils en bataille était haute.

Loup était gras, content *et insouciant*.

Torak entendit une branche craquer derrière lui. Juste après, une main puissante l'attrapa par son gilet ; et le garçon quitta le sol.

NEUF

Trois chasseurs. Trois armes mortelles. Pointées sur Torak.

Le garçon réfléchissait très vite. Impossible de bouger. Ou de voir Loup.

L'homme qui le tenait par le gilet était énorme. Il avait une barbe rousse en bataille. Une horrible cicatrice barrait l'une de ses joues. L'animal qui l'avait mordu lui avait aussi arraché une oreille. De sa main libre, il tenait un couteau acéré dont il menaçait la jugulaire de Torak.

Près de lui se tenaient un jeune homme de haute taille et une fille qui devait avoir l'âge de Torak. Ils avaient tous les deux des cheveux roux foncé. Leurs visages étaient lisses. Impitoyables. Et, avec leurs flèches, ils visaient la poitrine du garçon.

Torak essaya de déglutir. Il espérait paraître moins effrayé qu'il ne l'était.

— Laissez-moi ! souffla-t-il.

Il tenta de frapper le colosse. En vain.

— Voilà donc notre voleur ! grogna son adversaire.

Il souleva Torak encore plus haut. Désagréablement plus haut. Le garçon toussa.

— Je ne suis pas... un voleur..., protesta-t-il en se tenant la gorge.

— Il ment, rétorqua le jeune homme d'une voix glaciale.

— Tu as volé notre chevreuil, intervint la fille.

Elle se tourna vers le colosse et dit :

— Je crois que tu es en train de l'étouffer, Oslak !

Le colosse reposa Torak par terre. Sans le lâcher. Son couteau toujours pointé vers la gorge de Torak.

La fille replaça sans se presser la flèche dans son carquois ; et elle remit son arc sur son dos. Pas le jeune homme. Une lueur dans ses yeux montrait qu'il trouvait clairement la situation plaisante. Il n'hésiterait pas à tirer.

Torak toussa de nouveau et se massa la gorge. Discrètement, il glissa une main vers son couteau.

— Je m'occupe de ça, gronda Oslak.

Et il soulagea le garçon de ses armes, qu'il tendit à la fille.

Celle-ci observa avec curiosité le couteau de P'pa :

— Tu as volé ça aussi ?

— Non ! affirma Torak. C'était... c'était à mon père...

Les autres échangèrent un regard : il était évident qu'ils n'en croyaient pas un mot.

Le garçon fixa la fille :

— Tu prétends que je vous ai pris votre chevreuil. Mais pourquoi ce chevreuil aurait-il été « à vous » ?

— Ici, c'est notre partie de la Forêt, annonça le jeune homme.

— V... votre partie ? répéta Torak, ébahi. La Forêt n'appartient à personne, et...

— Maintenant, si. Les clans l'ont décidé à la suite de ...

Il grimaça et se reprit :

— Ce n'est pas le sujet. Tu nous as volé une proie. Tu mourras.

Torak se mit à transpirer. *Mourir ?* Pour un chevreuil ? C'était absurde !

Sa bouche était si sèche qu'il eut du mal à parler :

— Si... si c'est après le chevreuil que vous en avez, prenez-le et laissez-moi tranquille. Il est dans mon sac. Je n'en ai pas beaucoup mangé.

Oslak et la fille s'entreregardèrent. Mais le jeune homme secoua sa tête d'un air buté.

— Ce n'est pas aussi simple, déclara-t-il. Tu es mon prisonnier. Oslak, attache-lui les mains. Direction Fin-Kedinn.

— Où est-ce ? s'enquit Torak.

— « *Qui* est-ce », rectifia Oslak. Fin-Kedinn est un homme.

— Tu ne sais donc rien ? ricana la fille.

— Fin-Kedinn est mon oncle, dit le jeune homme en se dressant de toute sa hauteur. C'est le chef de notre clan. Et moi, Hord, je suis le fils de son frère.

— De quel clan parles-tu ? Où m'emmenez-vous ?

Personne ne lui répondit.

Oslak le poussa en avant. Torak tomba à genoux. En se relevant, il jeta un coup d'œil derrière lui. Et il vit avec effroi que Loup était revenu le chercher. L'animal se tenait à une vingtaine de pas, incertain de la conduite à suivre. Il reniflait l'odeur des inconnus.

Le trio ne l'avait pas repéré. Que feraient-ils si cela arrivait ? Torak espéra qu'ils respectaient la loi de jadis, qui interdit à un chasseur de tuer un autre chasseur. Mais que se passerait-il s'ils chassaient Loup ? Torak l'imagina perdu dans la Forêt. Affamé. Hurlant.

Pour enjoindre à Loup de rester caché, il lâcha un avertissement bas et pressant :

— Woufff !

Ce qui signifiait : « Danger ! »

Oslak faillit en tomber de surprise.

— Qu'as-tu dit ? demanda-t-il.

— Woufff ! répéta Torak, docile.

Consterné, il vit que Loup n'avait pas reculé. Au contraire, l'animal plia les oreilles vers l'avant et courut droit sur Torak. Oslak se baissa, attrapa l'animal par la peau du cou et murmura :

— Qu'est-ce que c'est ?

Loup se tortilla et jappa pour se dégager de l'énorme poigne.

— Laisse-le ! cria Torak en se débattant. Laisse-le, ou je te tuerai !

Oslak et la fille éclatèrent de rire.

— Mais laisse-le ! insista Torak. Il ne t'a pas fait de mal !

— Allez, chasse-le ! maugréa Hord, agacé.

— NON ! gémit Torak. C'est mon gui... non !

— Ton *quoi* ? demanda la fille, suspicieuse.

— Il... il est avec moi, souffla le garçon.

Pas question de parler de sa quête de la Montagne. Ni de révéler qu'il pouvait communiquer avec Loup.

— Viens, Renn ! On perd du temps.

Mais la fille n'avait pas quitté Torak du regard. Elle se tourna vers Oslak.

— Donne-le-moi, exigea-t-elle.

De sa besace, elle sortit un autre sac en peau de chevreuil. Elle y fourra le louveteau, ferma la cage improvisée de manière hermétique, puis mit sur son dos le sac agité de soubresauts, d'où s'échappaient des jappements.

— Tu as intérêt à ne pas faire d'histoires, dit-elle à Torak. Sinon, je le lance contre un arbre.

Le garçon la jaugea. Elle ne mettrait sans doute pas sa menace à exécution. En attendant, elle s'était assurée de son obéissance plus efficacement qu'Oslak et Hord.

Le colosse poussa de nouveau Torak en avant. Et le cortège se mit en route.

*
* *

Les liens en cuir brut qui entravaient Torak étaient serrés. Ses poignets commençaient de le lancer. « M'en fiche », pensa-t-il. Il s'en voulait. « Regarde derrière toi », lui avait dit son père. Torak n'avait pas regardé derrière lui. Et il l'avait payé. Et Loup aussi.

Depuis un moment, on n'entendait plus japper le louveteau. Suffoquait-il ? Était-il mort ?

Torak supplia Renn d'ouvrir un peu le sac pour que le louveteau pût respirer.

— Pas la peine, répondit la fille sans se retourner. Je viens de le sentir bouger.

Le garçon serra les dents et continua d'avancer tant bien que mal. Il devait trouver un moyen de s'échapper.

Oslak lui emboîtait le pas. Hord était devant. Il semblait avoir environ dix-neuf étés. Il était costaud et bien proportionné. Chose étrange, il paraissait à la fois arrogant et mal à l'aise. On voyait qu'il mourait d'envie d'être le premier ; et il crevait de peur à l'idée qu'il pourrait ne rester que second.

Ses vêtements étaient de belle facture. Colorés. Son gilet et ses pantalons avaient été cousus avec du nerf teint en rouge, et brodés avec une espèce de peau de volatile teinte en vert. Sur sa poitrine, il portait un magnifique collier de dents de cerf.

Torak n'y comprenait rien. Depuis quand un chasseur cherchait-il à se faire remarquer en arborant une tenue aux couleurs vives ? Sans parler du collier qui cliquetait, et qui était la dernière chose dont on avait besoin pour chasser en toute discrétion !

La silhouette de Renn ressemblait à celle de Hord. Torak se demanda si elle était sa sœur. La fille avait au minimum quatre à cinq étés de moins que le jeune homme. Ses tatouages de clan – trois fines marques bleu foncé sur ses fossettes – étaient très visibles sur sa peau pâle. Elles mettaient en valeur son regard perçant et méfiant. Pas la peine de rêver : elle n'aiderait pas Torak à s'échapper.

Le gilet en peau et les jambières de Renn étaient fatigués ; mais son arc et son carquois étaient superbes. Les flèches avaient été habilement munies de plumes de chouette, qui rendaient leur vol silencieux.

Et d'autant plus dangereux.

La jeune fille portait des protections de cuir au niveau du pouce, de l'index et, sur le poignet, d'autres protections en ardoise verte polie. On voyait qu'elle était habituée à vivre avec son arc. « C'est ce qui compte à ses yeux, pensa-t-il. Pas les beaux vêtements, contrairement à Hord... »

Cependant, à quel clan appartenait-elle ? Le garçon aperçut, cousu sur le côté gauche de sa tunique – ainsi que sur les tuniques de Hord et d'Oslak – un bout de peau de leur créature fétiche, recouverte de plumes noires. Cygne ? Aigle ? Les plumes étaient trop usées, et Torak ne réussit pas à les identifier.

La matinée durant, ils marchèrent. Ils ne s'arrêtèrent pas pour manger ou pour boire. Ils traversèrent des vallées bourbeuses où chuchotaient des trembles. Ils gravirent des collines assombries par de hauts pins sempervirents. Lorsque Torak passa sous leurs branchages, les arbres poussèrent un triste soupir : on aurait dit qu'ils étaient déjà en train de regretter sa mort.

Des nuages obscurcirent le soleil, et Torak ne sut plus se repérer. Toutefois, le cortège descendait une pente au sol hérissé de nids de termites. Or, les termites ne construisaient leurs nids qu'au sud des arbres. Torak en déduisit qu'ils se dirigeaient vers l'ouest.

Ils finirent par s'arrêter au bord d'un ruisseau pour se désaltérer.

— On va beaucoup trop lentement, grogna Hord. Il faut encore traverser une vallée entière avant d'atteindre la Rivière-du-Vent.

Torak tendit l'oreille. Il venait peut-être d'apprendre un indice utile...

Renn se rendit compte qu'il écoutait.

— La Rivière-du-Vent se trouve à l'ouest, lui expliqua-t-elle en détachant chaque mot comme si elle avait parlé à un bébé. Elle coule dans la vallée où nous campons en automne. Et à quelques journées de marche, vers le nord, se situe les Grandes Eaux, où nous campons en été. À cause du saumon. C'est du poisson. Tu en as peut-être entendu parler.

Torak sentit qu'il rougissait. Mais, à présent, il savait où ils se rendaient. Au campement d'automne de ses ravisseurs. C'était inquiétant. Qui dit campement, dit plus d'ennemis. Donc plus de difficultés pour s'échapper...

*
* *

Ils se remirent en marche. Le Soleil descendait sur l'horizon. Tous les sens de Torak étaient en alerte. Il s'arrêtait souvent afin d'écouter et d'observer ceux qui l'avaient enlevé.

Il supposa qu'ils étaient au courant, pour l'Ours. Peut-être était-ce la raison pour laquelle ils avaient inventé cette histoire de proie qui leur appartenait – du jamais vu dans l'histoire de la Forêt. Mais le gibier devenait rare. L'Ours le faisait fuir.

Ils dévalèrent la pente d'une grande vallée où poussaient chênes, frênes et sapins. Et, bientôt, ils atteignirent une vaste étendue d'eau argentée. Sûrement la Rivière-du-Vent.

Soudain, Torak sentit une odeur de bois brûlé. Ils approchaient du campement.

DIX

Oslak, Renn, Hord et Torak traversèrent la rivière en empruntant un petit pont de bois. Le garçon regarda le courant. Il pensa à s'y jeter. Mais ses mains étaient liées. Il se noierait. Et même s'il ne se noyait pas et réussissait à s'échapper, il ne pouvait pas abandonner Loup.

À dix pas en amont, il y avait une clairière. Torak reconnut l'odeur du pin brûlé et de la sève fraîche. Il vit quatre grandes cabanes qui ne ressemblaient à rien qu'il connût. Le nombre de gens alentour le stupéfia. Tous travaillaient dur et ne semblaient même pas l'avoir remarqué. Torak, en revanche, aiguillonné par la peur, observait la scène et notait le moindre détail.

Sur la berge, deux hommes dépeçaient un sanglier, qu'ils avaient suspendu à un arbre. Après lui avoir ouvert le ventre, ils avaient rengainé leurs couteaux et travaillaient à présent à la main, afin d'éviter de déchirer la peau. Ils étaient torse nu et portaient des tabliers en peau de poisson sur leurs jambières. Ils arboraient des cicatrices impressionnantes sur leurs bras musclés, et paraissaient si forts qu'ils en devenaient terrifiants.

Du sang tombait lentement de la carcasse dans un seau en écorce de bouleau.

Plic. Ploc.

Au bord de la rivière, deux filles en tunique de cuir riaient en rinçant les intestins du sanglier, tandis que trois bambins à la mine solennelle confectionnaient des pâtés de boue qu'ils décoraient avec des branches de sycomore. Deux canoës en cuir aux lignes élégantes étaient sortis de l'eau. Autour d'eux, le sol était luisant d'écailles de poissons. Deux molosses y cherchaient des restes comestibles.

Au milieu de la clairière, près d'un grand feu de camp où brûlait du pin, quelques femmes se tenaient assises sur des matelas en branches de saule. Elles parlaient à voix basse en cassant des noisettes et en triant des baies de genièvre dans un panier. Aucune d'entre elles ne ressemblait le moins du monde à Hord ou à Renn. Torak se demanda un instant si, comme lui, ses ravisseurs avaient perdu leurs parents...

Un peu à l'écart du groupe, une vieille femme s'occupait des pointes de flèche. Elle prenait des morceaux de silex acérés et les collait sur des hampes avec un mélange de sève de pin et de cire d'abeille. Une amulette – un os rond qui se terminait en spirale – était cousue sur la poitrine de son gilet. En avisant cette amulette, Torak déduisit que la vieille était du clan des Mages. P'pa lui avait parlé des Mages. Ils savaient guérir les malades. Ils voyaient dans leurs rêves où se cachaient les proies... et quel temps il ferait le lendemain. Mais cette vieille femme paraissait capable d'exploits beaucoup plus dangereux.

Près du feu, une jolie fille était penchée au-dessus d'un récipient de cuisine. De la fumée dansa dans ses cheveux lorsqu'elle prit un bâton fourchu pour attiser les pierres chauffées à blanc. L'odeur de viande qui s'en dégagea – peu importait de quelle viande il s'agissait – fit saliver Torak.

Près d'elle, un homme plus âgé, à genoux, était en train de dépecer des lièvres. Il avait la même chevelure brun-roux que Hord et une petite barbe rousse. Mais la ressemblance s'arrêtait là. Son visage était d'une fermeté inébranlable. Il dégageait une telle impression de solidité que Torak pensa à une sculpture de grès.

Le garçon oublia l'odeur de cuisine. Sans qu'on le lui eût dit, il avait compris que cet homme était puissant.

Oslak défit ses liens et poussa son prisonnier en avant. Les chiens bondirent, aboyant avec férocité. La vieille femme trancha l'air avec sa paume, et les molosses se contentèrent de grogner. À présent, tout le monde regardait Torak. Tout le monde, sauf l'homme devant le feu, qui continuait calmement à dépecer ses lièvres. Il finit son travail, se nettoya les mains dans la poussière, et c'est seulement alors qu'il se releva. Les nouveaux venus approchèrent.

La jolie fille regarda Hord et lui adressa un sourire timide.

— On t'a gardé un peu de bouillon..., murmura-t-elle.

« Soit c'est déjà sa fiancée, conclut Torak, soit elle compte bien le devenir. »

Renn se tourna vers Hord en grimaçant.

— Oh, comme c'est touchant ! s'exclama-t-elle d'une voix moqueuse. Dyrati t'a gardé du bouillon !

« Pas de doute, Renn est la sœur de Hord », devina le garçon.

Hord les ignora toutes les deux. Il s'approcha de l'homme debout près du feu. En quelques mots, il résuma ce qui était arrivé. Torak remarqua qu'il arrangeait l'histoire pour laisser croire qu'il avait personnellement attrapé le « voleur ».

Lui, et non Oslak.

Celui-ci ne semblait pas s'en soucier. Renn, elle, jeta un regard furibond à son frère.

Pendant ce temps, les chiens avaient reniflé Loup. Les poils du cou hérissés, ils marchèrent jusqu'à Renn.

— Reculez ! ordonna la jeune fille.

Ils obéirent.

Renn alla dans l'abri le plus proche et en revint avec une corde en écorce tissée. Elle attacha un bout au sac qui contenait Loup, puis fixa l'autre extrémité à une branche de chêne et hissa le sac à bonne hauteur du sol, largement hors de portée des chiens.

« Et hors de *ma* portée aussi », songea Torak.

Maintenant, même s'il avait une chance de s'échapper, il ne pourrait pas en profiter. Il ne partirait pas sans Loup.

Renn surprit son regard et lui adressa un sourire ironique. Torak lui rendit sa grimace. Mais, à l'intérieur, il était mort de peur.

*

* *

Hord avait fini de parler. L'homme près du feu fit un geste de la tête pour indiquer à Oslak de pousser Torak vers lui. Ses yeux étaient d'un bleu intense, sans défaut, étonnamment vivants dans ce visage de pierre.

Torak eut du mal à les fixer longtemps. Et encore plus de mal à détourner les yeux.

— Comment t'appelles-tu ? demanda l'homme d'une voix d'autant plus inquiétante qu'elle était calme.

Le garçon s'humecta les lèvres et dit :

— Torak. Et vous ?

Mais il se doutait de la réponse.

Ce fut Hord qui la donna :

— C'est Fin-Kedinn. Le chef du clan du Corbeau. Et toi, misérable petite vermine, je te conseille d'être plus respectu...

Fin-Kedinn réduisit Hord au silence d'un simple regard. Puis il s'adressa au garçon :

— De quel clan es-tu ?

— Le clan du Loup, annonça Torak en levant le menton.

— Tiens-tiens, quelle surprise ! lâcha Renn.

Plusieurs spectateurs se mirent à rire.

Pas Fin-Kedinn.

Ses yeux bleus ne quittaient pas le visage de Torak.

— Que fais-tu dans cette partie de la forêt ?

— Je vais au nord.

— Je lui ai dit qu'il était sur nos terres, signala aussitôt Hord.

— Comment aurais-je pu le savoir ? rétorqua Torak. Je n'étais pas à la réunion des clans.

— Pourquoi ? voulut savoir Fin-Kedinn.

Torak ne répondit pas.

Les yeux du chef du clan du Corbeau se plantèrent dans ceux de son prisonnier :

— Où sont les autres membres de ton clan ?

— Je l'ignore. Je n'ai jamais vécu avec eux. Je vis avec... Je *vivais* avec mon père.

— Où est-il ?

— Il est mort. Un ours l'a... l'a tué.

Un murmure parcourut l'assistance. Certains jetèrent un regard inquiet derrière eux. D'autres touchèrent leurs plumes de corbeau. D'autres encore firent un signe de la main pour éloigner le Mal.

La vieille femme laissa ses flèches et vint vers Torak.

Fin-Kedinn, lui, ne semblait pas ému.

— Qui était ton père ? demanda-t-il.

Torak se raidit. On n'a pas le droit de prononcer le nom d'une personne décédée pendant les cinq étés qui suivent sa mort : on ne peut que se référer à elle en nommant ses parents. Fin-Kedinn le savait pertinemment.

P'pa avait très peu parlé de sa famille. Juste assez pour que Torak eût appris le nom de ses grands-parents, ainsi que leur origine. La mère de P'pa appartenait au clan du Phoque ; son père au clan du Loup.

Torak les nomma tous les deux à Fin-Kedinn.

Quand on est surpris, il est très difficile de le cacher. Même Fin-Kedinn n'y réussit pas complètement.

« Il connaissait P'pa, pensa Torak, ébahi. Mais comment ? P'pa n'avait jamais parlé de cet homme, ni du clan du Corbeau ! Qu'est-ce que ça veut dire ? »

Il regarda Fin-Kedinn passer son pouce lentement sur sa lèvre inférieure. Impossible de deviner si le père de Torak avait été son meilleur ami ou son pire ennemi.

Enfin, le chef du clan du Corbeau reprit la parole.

— Partagez les affaires de ce garçon entre vous, déclara-t-il à Oslak. Puis emmenez-le en aval du fleuve. Et tuez-le.

ONZE

|||||

Torak sentit ses jambes se dérober sous lui.

— M... mais je ne savais même pas que c'était votre chevreuil ! s'exclama-t-il. Comment puis-je être coupable, alors que je n'étais pas au courant que...

— C'est la loi, lâcha Fin-Kedinn.

— Pourquoi ? Hein, pourquoi ? Parce que *vous* l'avez décidé !

— Parce que les clans l'ont décidé.

Oslak posa sa lourde main sur l'épaule de Torak.

— Non ! s'écria le garçon. Attendez ! Vous dites que c'est la loi ? Moi, je connais une autre loi...

Il reprit son souffle.

— On peut jouer le verdict sur un combat, dit-il.

Il n'en était pas sûr. Il lui semblait que P'pa avait évoqué cette possibilité lorsqu'il lui avait enseigné la loi des clans. Cependant, Fin-Kedinn avait plissé les yeux.

— J'ai raison, n'est-ce pas ? insista Torak, en tâchant de soutenir le regard du chef. Vous n'êtes pas convaincu que je sois coupable, car vous n'êtes pas sûr que je savais que le chevreuil vous appartenait. Alors, combattons. Vous et moi. Si je gagne, je suis innocent, et vous me laisserez la vie sauve. Enfin, au loup et à moi. Si je perds, vous me mettrez à mort.

Certains hommes se mirent à rire. Une femme se frappa le front et secoua la tête.

— Je ne me bats pas contre les gamins, gronda Fin-Kedinn.

Renn intervint :

— N'empêche qu'il dit vrai. C'est la plus vieille loi qui soit. Il a le droit de se battre.

— Je le ferai à ta place, décida Hord en avançant d'un pas. Je suis plus proche de lui en âge. Ce sera plus juste.

— Tu parles ! grommela Renn.

Elle était adossée à l'arbre où Loup était suspendu. Torak vit qu'elle avait écarté l'ouverture du sac, par laquelle le louveteau avait passé la tête. Il était un peu étranglé, mais il regardait avec curiosité les deux chiens qui se déchaînaient sous lui.

— Qu'en dis-tu, Fin-Kedinn ? demanda la mage. Le garçon a raison. Laissons-les se battre.

Fin-Kedinn plongea ses yeux dans ceux de la vieille. Pendant un moment, leurs deux volontés parurent s'affronter. Puis, lentement, l'homme acquiesça.

Un sentiment de soulagement s'empara de Torak.

Les membres du clan les rejoignirent, excités par la perspective du combat. Ils parlaient par groupes en frappant du pied. De la buée sortait de leurs bouches, tant l'air nocturne était glacé.

Oslak tendit à Torak le couteau de son père.

— Tu vas en avoir besoin, lui annonça-t-il. Ainsi que d'une lance. Et d'un protège-bras.

— Un quoi ?

Le colosse se gratta la cicatrice, à l'endroit où, jadis, il avait eu une oreille.

— Tu ne sais pas te battre ?

— Non, avoua le garçon.

Oslak leva les yeux au ciel. Il alla dans l'abri le plus proche et en rapporta deux objets : une lance en bois de tremble, qui se terminait par une redoutable pointe en basalte ; et une espèce de bande de cuir à triple épaisseur.

Torak prit la lance maladroitement. Hébété, il regarda Oslak lui attacher la protection autour du bras droit. C'était encombrant et lourd comme un quartier de viande de cerf. Il se demanda à quoi diable cela pouvait lui servir.

Oslak désigna du menton le bandage que Torak avait sur l'autre bras. Il grimaça.

— On dirait que les esprits sont contre toi, commenta-t-il.

« Juste un peu », songea Torak.

*
* *

Lorsque le garçon avait proposé un combat, il avait imaginé un assaut à mains nues, ou alors avec un couteau pour impressionner, pas pour tuer. Le genre de lutte que P'pa et lui avaient l'habitude de pratiquer assez souvent. Comme un jeu. Mais, pour les Corbeaux, il était évident que le combat était tout autre chose.

« Y a-t-il des règles spéciales ? » se demanda Torak. Et comment les réclamer sans que l'adversaire prenne cela pour un aveu de faiblesse ?

Fin-Kedinn attisa les flammes. Des étincelles volèrent. Torak le voyait à travers un halo brûlant de flammes.

— Il n'y a qu'une règle, déclara le chef comme s'il avait lu dans les pensées du garçon. Interdit d'utiliser le feu. Tu as compris ?

Son regard plongea dans celui de Torak. Et ne s'en détacha pas.

Torak opina distraitement. Ne pas se servir du feu ? C'était le cadet de ses soucis.

Car, derrière Fin-Kedinn, il voyait Hord. Son adversaire. On était en train de lui attacher son protège-bras. Il avait ôté son gilet. Torse nu, il paraissait énorme. Fort à faire peur. Torak décida de ne pas ôter sa tunique. Inutile d'accentuer le contraste.

Il enleva tout ce qu'il avait à la ceinture. L'empila sur le sol. Noua un lacet d'herbes tressées autour de son front : ainsi, ses cheveux ne lui tomberaient pas devant les yeux. Il avait les mains moites de sueur. Il se pencha et les couvrit de poussière.

Quelqu'un lui toucha l'épaule. Il se retourna en sursaut.

Renn lui tendait un cruchon en bois de bouleau.

Reconnaissant, il le lui prit des mains et but. Bonne surprise : c'était du jus de baies de sureau. Le liquide acide le rasséréna.

Renn s'aperçut de son étonnement. Elle haussa les épaules :

— Hord a eu à boire. Pourquoi pas toi ?

Elle désigna un seau près du feu :

— Il y a de l'eau, si tu as soif.

— Je ne crois pas qu'il y en aura pour longtemps, répondit Torak en lui rendant le cruchon.

— Qui sait ? rétorqua-t-elle d'une voix hésitante.

*
* *

Le silence retomba. Les spectateurs formaient un cercle à l'orée de la clairière. Torak et Hord se tenaient au centre, près du feu. Il n'y eut pas de formalité. Le combat commença.

Les adversaires se tournèrent autour, la mine agressive.

Malgré sa grande taille, Hord se mouvait avec la grâce d'un lynx, les genoux souples, les doigts bien positionnés sur le couteau et la lance. Son visage était grave, mais un petit sourire étirait ses lèvres : il adorait être au centre de l'attention.

Pas Torak. Son cœur cognait contre ses côtes. Il était vaguement conscient que l'assistance encourageait Hord avec force cris. Pourtant, les voix lui parvenaient étouffées, comme s'il s'était trouvé sous l'eau.

Hord projeta sa lance vers la poitrine de son adversaire, qui bondit de côté juste à temps. Torak sentit la sueur couler sur son front.

Il tenta le même coup, en espérant qu'on prendrait cela pour de la stratégie, alors qu'il s'agissait d'une simple imitation.

— Arrête de faire comme lui, ça ne marchera pas ! cria Renn.

Le visage du garçon s'empourpra.

Les deux combattants bougeaient plus vite. Par endroits, le sang du sanglier avait rendu le sol glissant. Torak dérapa et manqua de tomber.

Il se doutait qu'il ne devait pas compter sur sa force pour gagner. Mieux valait jouer au plus fin. Le problème, c'est qu'il ne connaissait que deux ruses de lutte. Et il ne les avait pas pratiquées souvent.

Il plaça néanmoins une première attaque. Il propulsa sa lance vers la gorge de Hord. Avec son bras arrière, le jeune homme bloqua le coup. Aussitôt, Torak enchaîna en plongeant son arme vers le ventre de son adversaire. Hord para la tentative avec une facilité déconcertante. La lance de Torak s'écarta sans mettre en danger son ennemi.

« Il connaissait ce truc, lui aussi », pensa le garçon.

Pis encore : à chaque mouvement de Hord, il devenait évident que le jeune homme était un lutteur confirmé.

— Allez, Hord, étrille-le ! cria un homme.

— Laisse-m'en le temps ! grogna Hord en retroussant sa lèvre supérieure.

Des rires éclatèrent.

Sans grande illusion, Torak essaya sa deuxième botte secrète. Pour cela, il feignit l'incompétence la plus totale. Pas trop difficile. Frappa au hasard avec violence, découvrant ainsi son torse. C'était trop tentant. Hord mordit à l'hameçon. Envoya sa lance vers la poitrine du garçon. Mais, en même temps, Torak avait avancé son bras droit pour l'éviter. La pointe de la lance de Hord s'enfonça dans l'épaisse protection de cuir. Torak faillit tomber sous le choc. Il parvint cependant à exécuter son mouvement en relevant brusquement le bras. Prise entre deux mouvements contradictoires, la lance se brisa en deux. Les spectateurs grognèrent.

Hord n'avait plus que son couteau.

Torak était sidéré. Il ne s'était pas attendu à réussir !

Son adversaire ne tarda pas à se reprendre. Plongeant en avant, il projeta son couteau vers la main de Torak qui tenait la lance. Torak cria quand la lame s'enfonça entre son index et son pouce. Cette fois, il tomba et lâcha sa lance. Hord se fendit de nouveau. Torak eut à peine le temps de rouler sur le côté et de se relever.

Les adversaires étaient revenus à égalité. Sans lance. Chacun avec son couteau.

Pour reprendre son souffle, Torak s'éloigna derrière le feu. Sa poitrine se soulevait violemment. Sa main blessée le faisait souffrir. Des gouttes de sueur couraient sur ses flancs. Il regretta amèrement de ne pas avoir ôté son gilet, à l'instar de son ennemi.

— Vite, Hord, dépêche-toi ! exigea une femme. Achève-le !

— Allez, Hord ! renchérit un homme. C'est ça, ce que l'on t'a appris, dans la Forêt Profonde ?

À présent, toutefois, les encouragements n'étaient plus réservés à Hord. Quelques-uns s'adressaient à Torak. Le garçon se doutait que c'était moins l'admiration que la surprise de le voir durer plus longtemps que prévu.

Cependant, le combat touchait à sa fin. Torak fatiguait. Vite. Il avait utilisé toutes ses astuces. Hord prenait le contrôle de la situation.

« Désolé, Loup, lâcha-t-il en silence. Je ne vois pas comment nous pourrions nous tirer de ce mauvais pas. »

Du coin de l'œil, il aperçut le louveteau. Haut dans l'arbre. Il se tortillait et jappait dans un nuage de buée.

« Que se passe-t-il ? demandait l'animal. Pourquoi ne viens-tu pas me libérer, au lieu de jouer ? »

Torak esquiva d'un saut un coup de couteau destiné à lui trancher la gorge. Il devait se concentrer. Oublier Loup.

Pourtant, quelque chose le titillait. Quelque chose qui avait un rapport avec Loup. Mais quoi ?

Il jeta un coup d'œil à l'animal qui gémissait dans l'arbre.

« Interdit d'utiliser le feu », avait dit Fin-Kedinn.

Soudain, l'esprit de Torak s'éclaircit. Il sut ce qu'il lui restait à faire. Donnant une volée de coups, qu'il alternait avec des feintes de corps, il s'éloigna sur le côté et passa une deuxième fois derrière le feu.

— Tu te caches encore ? se moqua Hord.

Du menton, Torak désigna le seau en écorce de bouleau :

— Je veux boire un coup. D'accord ?

— Si t'en as besoin... minus !

Sans quitter Hord des yeux, Torak s'accroupit pour boire. Lentement. Afin de laisser penser à Hord qu'il préparait un coup avec le seau d'eau. Et pas avec le récipient qui bouillonnait sur le feu.

Bien vu. Hord s'approcha du feu et se pencha par-dessus pour intimider Torak.

— T'en veux aussi ? proposa le garçon, toujours accroupi.

Le jeune homme ricana.

Et Torak se lança. Il enfonça son couteau dans le cuir solide. Le jus de baie de sureau gicla sur les braises ardentes. Des nuages de fumée sautèrent au visage de son adversaire.

Les spectateurs poussèrent un cri. Torak saisit sa chance... et le poignet de Hord, qu'il tordit. Celui-ci, aveuglé, hurla de douleur et lâcha son couteau. Torak le jeta au loin puis projeta Hord face contre terre. S'assit sur le dos de son adversaire hors de combat. Lui maintint les mains dans le dos. Le sang rugit à ses oreilles. Sa vue se tinta de rouge. Et il eut une envie folle de tuer. Il prit une poignée de cheveux roux foncé de Hord pour lui cogner le visage sur le sol.

Puis il sentit des mains puissantes sur ses épaules qui l'éloignaient.

— C'est fini, dit la voix de Fin-Kedinn derrière lui.

Torak se débattit. Hord se releva et se dirigea vers son couteau d'une démarche incertaine. Les adversaires, haletants, se faisaient face en se lançant des regards meurtriers.

— J'ai dit : c'est fini ! reprit sèchement Fin-Kedinn.

Les spectateurs étaient furieux. Pour eux, ce n'était pas fini du tout ! Ils s'invectivaient entre eux :

— Il a triché ! Il a utilisé le feu !

— Non, il a gagné comme il fallait.

— Mais personne n'a gagné ! Ils vont devoir remettre ça !

Torak et Hord parurent effondrés lorsqu'ils entendirent cette suggestion.

— Le garçon a gagné, trancha Fin-Kedinn en relâchant Torak.

Celui-ci se détendit, essuya la sueur qui dégoulinait sur son visage, et regarda Hord rengainer son couteau. Le jeune homme était furieux. Contre Torak ou contre lui-même ? Impossible de le déterminer. Dyrati posa une main sur son bras. Se dégageant, il se fraya un chemin parmi la foule et disparut dans l'un des abris.

*
* *

Depuis que l'envie de tuer l'avait quitté, Torak se sentait faible et malade. Il rengaina son couteau et regarda autour de lui. Il vit alors Fin-Kedinn qui l'observait.

— Tu as enfreint la règle, fit observer calmement le chef du clan du Corbeau. Tu t'es servi du feu.

— C'est faux, répondit Torak, qui n'en était pas si sûr. Je n'ai pas utilisé le feu, mais la vapeur.

— J'aurais préféré que tu te serves de l'eau plutôt que du bouillon, grommela Fin-Kedinn. Toute cette nourriture gâchée...

Torak ne dit rien.

Fin-Kedinn l'observait toujours. Une lueur amusée passa un instant dans ses yeux bleus.

Oslak s'interposa. Il avait le sac contenant Loup dans les bras.

— Voilà ton louveteau ! s'exclama-t-il en jetant son fardeau à Torak avec une force qui fit vaciller le garçon.

Loup glapit et lécha le visage de Torak et lui raconta combien il avait souffert – tout cela en même temps. Torak voulut le réconforter, mais il se retint. Ce n'était pas le moment de s'attarder.

— La loi est la loi, reprit Fin-Kedinn. Tu as gagné. Tu es libre de partir.

— NON !

Une voix de fille venait de s'élever. Toutes les têtes se tournèrent vers elle. C'était Renn.

— On ne peut pas le laisser partir ! insista-t-elle.

Elle s'approcha en courant.

— Et pourtant si, répliqua Torak. Tu l'as entendu. Je suis libre.

Renn s'adressa à son oncle.

— On ne peut pas le laisser partir, répéta-t-elle. C'est trop important. Et s'il était...

Elle se plaça au côté de Fin-Kedinn et lui murmura quelque chose à l'oreille d'un ton pressant.

Torak ne réussit pas à entendre ce qu'ils disaient. Mais d'autres s'approchèrent pour écouter. La Mage grimaça et acquiesça. Même Hord émergea de son abri pour savoir ce qui se disait. Il adressa un regard étrange et venimeux à Torak.

— Tu es certaine de ce que tu avances ? demanda Fin-Kedinn à Renn.

Il était pensif.

— Non, avoua-t-elle. Peut-être l'est-il. Peut-être pas. Il faudra du temps pour s'en assurer.

Fin-Kedinn caressa sa barbe.

— Qu'est-ce qui te fait penser..., commença-t-il.

— La manière dont il a battu Hord. Et j'ai trouvé ceci dans ses affaires.

Elle tendit sa paume. Torak vit le sifflet en os de grouse.

— Ça sert à quoi, ça ? s'enquit le chef.

— À appeler mon louveteau, répondit Torak.

Renn souffla dans le sifflet. Loup s'agita. Un frisson de malaise parcourut l'assistance. Renn et Fin-Kedinn s'entre-regardèrent.

— Pas le moindre bruit ! commenta la fille.

Torak se tint coi.

Il venait de se rendre compte que les yeux de Renn n'étaient pas bleu clair, comme ceux de son frère, mais noirs. Noirs comme une tourbière. Il se demanda si elle était une Mage, elle aussi.

— Nous devons le garder le temps de vérifier...

— Elle a raison, confirma la Mage. Tu sais aussi bien que moi ce qu'on dit. Tout le monde le sait.

— Pas moi ! intervint Torak. De quoi parlez-vous ? Fin-Kedinn, nous avions un pacte : si je gagnais, Loup et moi serions libres !

— Menteur ! Nous avions décidé que vous vivriez. Et vous allez vivre. Pour le moment. Oslak, attache-le.

— JE NE VEUX PAS ! cria Torak.

— Tu dis que ton père a été tué par un ours, signala Renn. Nous connaissons cet animal. Certains d'entre nous l'ont même vu.

À son côté, Hord frémit et se mordit un ongle.

— Il est venu, précisa Renn sur un ton égal. Il y a de cela une lune. Telle une ombre, il s'est abattu sur la Forêt et a tué comme bon lui semblait. Il a même tué d'autres chasseurs. Des loups. Un lynx. On aurait dit que... qu'il cherchait quelque chose.

Elle se tut quelques instants. Puis poursuivit :

— Treize jours plus tard, il a disparu. Un traqueur du clan du Sanglier l'a localisé au sud. Nous pensions en être débarrassés. Nous avons même remercié le gardien de notre clan. Et maintenant, il est de retour. Hier, nos guetteurs sont revenus de l'ouest. Ils ont trouvé de nombreux cadavres, le long de la Mer. Le clan du Requin leur a appris que, trois jours auparavant, il avait emporté un enfant.

— Et alors ? s'enquit Torak. Quel rapport avec moi ?

— Notre clan a une prophétie, continua Renn comme si le garçon n'avait pas parlé. « Une Ombre attaquera la Forêt, et nul ne pourra s'y opposer. »

Sa voix se brisa. La vieille Mage compléta ses paroles :

— « Alors viendra Celui-qui-écoute. Son arme, c'est l'air ; et son langage, le silence. »

Ses yeux se posèrent sur le sifflet que tenait Renn.

Personne ne parlait. Chacun fixait Torak.

— Je ne suis pas Celui-qui-écoute, dit le garçon.

— Ce n'est pas notre avis.

Torak se repassa la Prophétie. « Son arme, c'est l'air »... En effet, il avait utilisé l'air. La vapeur, précisément.

— Et que... que lui arrive-t-il, à Celui-qui-écoute ? demanda-t-il à voix basse. Que dit la Prophétie à son sujet ?

Il avait un terrible pressentiment. Dans la clairière, le silence s'alourdit. Torak scruta ces visages effrayés. Puis ses yeux tombèrent sur le couteau en silex qu'Oslak portait à la ceinture. Et sur la carcasse luisante du sanglier, qui pendouillait à l'arbre. Et sur les gouttes de sang noir qui tombaient dans le seau, posé au-dessous.

Il sentit que Fin-Kedinn le regardait. Il se tourna pour affronter son regard bleu brûlant.

— « Celui-qui-écoute donnera le sang de son cœur à la Montagne, cita l'homme. Et l'Ombre se dissipera. »

Le sang de son cœur.

Sous l'arbre, le sang du sanglier continuait de tomber dans la bassine. Doucement.

Plic.

Ploc.

Plic.

Ploc.

DOUZE

— Qu'allez-vous me faire ? demanda Torak à Oslak.

Le colosse lui noua les mains puis les lia à un poteau couvert d'un toit.

— Qu'allez-vous me faire ? répéta le garçon.

— Tu vas bientôt le savoir, lâcha Oslak. Fin-Kedinn veut que tout soit réglé à l'aube.

« À l'aube ! » pensa Torak.

Derrière lui, il vit Oslak qui essayait d'attacher Loup au même poteau que lui, à l'aide d'une courte et fine laisse de cuir.

Le garçon se mit à claquer des dents.

— Qui va décider de mon sort ? souffla-t-il. Pourquoi n'ai-je pas le droit de me défendre moi-même ? Qui sont ces gens autour du feu ?

— Ouïe ! cria Oslak en portant à la bouche son doigt mordu. Fin-Kedinn avait envoyé des messagers pour inviter les clans à parler de l'Ours. Ils vont pouvoir trancher ton cas en même temps...

Torak apercevait les silhouettes rassemblées autour du grand feu. Vingt ou trente hommes et femmes, dont les visages s'éclairaient à la lueur des flammes. Il ne donnait pas cher de sa peau.

« À l'aube... »

D'une manière ou d'une autre, il devait s'enfuir avant. Mais comment ? Il était emprisonné dans une cabane. Attaché à un poteau. Sans armes. Sans sac. Et même s'il réussissait par miracle à s'échapper, le camp était très surveillé. À la tombée de la nuit, des feux avaient été allumés tout autour. Des hommes armés de lances et de cornes en écorce de bouleau montaient la garde. L'Ours était dans les parages. Et Fin-Kedinn ne voulait prendre aucun risque.

Oslak ôta les bottes de Torak et lui lia les chevilles. Puis il partit, emportant les bottes avec lui.

*
* *

Torak n'entendait pas ce qui se disait autour du feu. Mais il pouvait au moins le *voir*, grâce à la curieuse construction de l'abri. Le toit en cuir de renne descendait en pente derrière le garçon ; cependant, sa vision n'était barrée que par des solives entrecroisées, qui reflétaient la fumée du petit feu brûlant juste devant.

Torak s'efforça de suivre la scène. Il vit les gens se lever à tour de rôle pour parler. D'abord un homme à la carrure impressionnante, qui brandissait une hache énorme. Puis une femme avec de longs cheveux bruns aux reflets noisette – au niveau de sa tempe, de l'ocre rouge était mêlée à une mèche. Enfin une fille au regard féroce, dont le crâne était curieusement badigeonné de craie jaune pour lui donner l'apparence rugueuse de l'écorce d'un chêne.

Fin-Kedinn était dissimulé au regard de Torak. Par contre, la Mage était accroupie dans la poussière, un peu à l'écart des autres. Elle observait un grand corbeau luisant. L'oiseau sautillait sans crainte, lâchant régulièrement son traditionnel « croâââ ! ».

Torak se demanda si c'était le gardien du clan. Qu'essayait-il de dire à la vieille femme ? la manière de sacrifier le garçon ? s'il valait mieux l'ouvrir comme un saumon ou le dépecer comme un lapin ?

Jamais Torak n'avait entendu parler de sacrifice humain perpétré dans les clans. Sinon il y a très, très longtemps. Quand l'époque était dure. Après la Grande Vague. Mais, jusqu'alors, il n'avait jamais non plus entendu parler du clan du Corbeau. Et pourtant...

« Fin-Kedinn veut que tout soit réglé à l'aube... Celui-qui-écoute donnera le sang de son cœur à la Montagne... »

P'pa avait-il eu vent de cette Prophétie ? Non. Impossible. Il n'aurait pas envoyé son propre fils à la mort. Même pour sauver la Forêt.

Sauf qu'il avait fait jurer à Torak de se rendre à la Montagne. Et il avait ajouté : « Ne me déteste pas plus tard. »

Plus tard.

« Quand tu comprendras... »

La langue râpeuse du louveteau sur ses poignets le ramena au présent. Loup aimait le goût du cuir. Torak eut une lueur d'espoir. S'il arrivait à ordonner à Loup l'ordre de *mordre* au lieu de juste *lécher*...

Torak réfléchissait au moyen d'exprimer cela dans la langue des loups quand un homme quitta le grand feu, traversa la clairière et se dirigea vers lui.

C'était Hord.

D'un grognement appuyé, Torak intima à Loup l'ordre d'arrêter. Mais le louveteau avait trop faim pour s'en soucier. Il continua de lécher.

Heureusement, Hord n'avait cure de l'animal. Il se tenait près du petit feu brûlant devant le seuil. Mâchonnait un ongle. Fixait Torak.

— Tu n'es pas Celui-qui-écoute, grogna-t-il. C'est impossible.

— Va le dire aux autres, rétorqua Torak.

— Nous n'avons pas besoin d'un gamin pour nous aider à tuer cet ours. Nous le ferons nous-mêmes. Je peux le faire. Je sauverai les clans.

— Tu n'aurais pas l'ombre d'une chance, déclara le garçon.

Il sentit que Loup commençait de mordiller ses liens avec ses dents tranchantes. Torak se tenait immobile pour que Hord ne le remarquât pas. Il espéra que Hord ne regarderait pas derrière lui... et ne verrait pas ce que fabriquait Loup.

Mais le visiteur semblait trop agité pour remarquer quoi que ce soit. Il arpentait le seuil. Puis il fixa Torak :

— Tu l'as vu, n'est-ce pas ? Tu as vu l'Ours.

— Bien sûr que je l'ai vu ! s'exclama le garçon en sursautant. Il a tué mon père.

Hord se raidit.

— Je l'ai vu, moi aussi, lâcha-t-il.

— Où ? Quand ?

Hord recula soudain, comme pour éviter un coup.

— J'étais dans le sud, expliqua-t-il. Avec le clan du Grand Cerf. J'apprenais l'Art des Mages.

Il désigna la vieille femme au corbeau et poursuivit :

— C'est Saeunn, notre Mage, qui a voulu que j'y aille.

De nouveau, il s'attaqua à son ongle, et son doigt se mit à saigner.

— J'étais là quand l'Ours s'est fait prendre, déclara-t-il. Je... je l'ai vu se transformer.

— Se transformer ? répéta Torak. Que veux-tu dire ?

Mais Hord était déjà reparti.

TREIZE

La minuit était passée. La Lune – ou ce qu'il en restait – s'était levée. Les conciliabules n'avaient toujours pas pris fin. Loup continuait de lécher et de mordiller le cuir. Mais Oslak avait fait des nœuds solides. Et Loup n'arrivait pas à les déchiqueter.

« Ne t'arrête pas ! l'encouragea Torak en silence. Je t'en prie, ne t'arrête pas ! »

Il était trop effrayé pour avoir faim. Pas pour avoir mal : son combat avec Hord l'avait laissé rompu et couvert de bleus. Il était attaché depuis si longtemps que ses épaules étaient devenues douloureuses. Même si Loup réussissait à user les liens, le garçon n'était pas sûr qu'il aurait la force de s'enfuir et d'échapper à la surveillance des gardes.

Les mots de Hord lui trottaient dans la tête : « Je l'ai vu se transformer... »

Et il n'y avait pas que ça.

Hord avait été avec le clan du Grand Cerf. Le clan auquel avait appartenu la mère de Torak. Le garçon ne l'avait jamais connue. Mais si les Corbeaux étaient amis avec ce clan, peut-être réussirait-il à les persuader de le libérer...

Dehors, des bottes approchaient dans la poussière. Rapidement. Pas question qu'on surprenne le manège de Loup.

Torak eut à peine le temps de l'avertir d'un « woufff ! » discret. Par chance, pour une fois, Loup obéit. L'instant d'après, Renn apparut sur le seuil, une cuisse de lièvre dans la main.

Ses yeux perçants fixèrent Loup, assis innocemment derrière le garçon, puis ils revinrent sur Torak, qui soutint son regard. Il ne voulait pas qu'elle vînt plus près.

Du menton, il désigna le grand feu et demanda si le clan du Loup était représenté.

— Le clan du Loup n'est plus très nombreux, répondit Renn en secouant la tête. Donc personne ne viendra à ta rescousse, si c'est ce à quoi tu pensais.

Torak ne releva pas. Il venait de tirer sur les liens qui entravaient ses poignets, et il avait senti qu'ils s'étaient un peu relâchés. La corde commençait de se détendre, à présent que le cuir était mouillé. Si seulement Renn pouvait s'en aller...

Mais elle resta exactement où elle était.

— Il n'y a personne du clan du Loup, continua-t-elle. Par contre, il y a des gens de beaucoup d'autres clans. Visage-de-Craie-Jaune, là, appartient au clan de l'Aurochs. Ils vivent dans la Forêt Profonde. Ils passent leur temps à prier. Ils pensent que c'est comme ça que nous devrions régler le problème de l'Ours. En invoquant l'Esprit du Monde. L'homme à la hache, lui, vient du clan du Sanglier. Il veut dresser un mur de feu pour repousser l'Ours vers la Mer. La femme avec de l'ocre dans les cheveux appartient au clan du Grand Cerf. Je n'ai pas très bien compris ce qu'elle suggérait. Avec eux, c'est toujours difficile de savoir.

« Pourquoi parle-t-elle autant ? se demanda Torak. Que cherche-t-elle ? »

Quelle que fût la motivation de la fille, il décida de continuer à lui parler pour détourner son attention de Loup.

— Ma mère était membre du clan du Grand Cerf, expliqua-t-il. Peut-être que cette femme est de mon sang. Peut-être que...

— Elle dit que non. Elle ne t'aidera pas.

Torak réfléchit un moment.

— Ton clan est un allié de celui du Grand Cerf, non ? lança-t-il. Ton grand frère a dit qu'il avait appris l'Art des Mages avec eux.

— Et alors ?

— Il... il m'a affirmé qu'il avait vu l'Ours se transformer. Que voulait-il dire ?

Renn posa sur lui un regard méfiant.

— Je dois savoir, insista le garçon. L'Ours a tué mon père.

La jeune fille mordit dans sa cuisse de lièvre.

— Hord a été adopté par le clan du Grand Cerf, lui apprit-elle. Adopté – tu sais ce que ça signifie ?

Sa voix monta dans les aigus :

— Ça signifie que tu vas habiter avec les membres d'un autre clan pour quelque temps. Tu t'y fais de nouveaux amis... et, parfois, tu y rencontres quelqu'un avec qui tu as des enfants.

— J'en ai entendu parler...

Il sentit que Loup s'attaquait de nouveau aux liens de ses poignets. Il essaya de le repousser avec les doigts.

Sans succès.

« Pas maintenant, pensa-t-il. S'il te plaît. Pas maintenant. »

— Il est resté avec eux neuf lunes, dit Renn en avalant une autre bouchée. Ils maîtrisent l'Art des Mages comme personne dans la Forêt. C'est pour ça qu'il est allé chez eux.

Elle eut une moue dénuée d'humour :

— Hord aime être le meilleur.

Puis elle grimaça :

— Qu'est-ce qu'il fabrique, ton louveteau ?

— Rien, rien..., affirma très vite Torak.

Puis il dit à voix basse à Loup :

« Pousse-toi ! Pousse-toi ! »

Loup, bien sûr, l'ignora.

Le garçon s'adressa à Renn :

— Qu'est-il arrivé après ?

— Pourquoi ça t'intéresse ?

— Pourquoi es-tu venue me parler ?

Le visage de la jeune fille se ferma. Elle savait garder ses secrets. Comme Fin-Kedinn.

D'un air pensif, elle ôta un cartilage de lièvre coincé entre ses dents. Puis elle reprit :

— Hord n'était pas avec le clan du Grand Cerf depuis longtemps quand un étranger est venu chez eux. C'était un vagabond qui avait appartenu au clan du Saule et qui avait été blessé dans un accident de chasse.

D'après ce qu'il disait. Le clan du Grand Cerf l'a accepté. Mais il...

La fille hésita. Soudain, elle eut l'air beaucoup plus jeune et moins sûre d'elle.

— Il les a trahis, lâcha-t-elle. Ce n'était pas n'importe quel vagabond. Il connaissait l'Art des Mages. Il s'est déniché un emplacement discret dans les bois. Il y a invoqué un démon. Et il l'a piégé dans le corps d'un ours.

Elle se tut un instant.

— Hord l'a surpris, murmura-t-elle. Trop tard.

Autour de l'abri, l'ombre paraissait plus dense. Quelque part dans la Forêt, un renard cria.

— Pourquoi ? demanda Torak. Pourquoi a-t-il fait ça, ce... vagabond ?

— Qui sait ? Peut-être pour posséder une créature qui exécute ses quatre volontés... Mais l'expérience a mal tourné.

Les flammes se reflétaient dans ses yeux sombres.

— Quand le démon est entré dans l'ours, il est devenu trop fort, expliqua Renn. Il s'est libéré. Il a tué trois personnes avant que le clan du Grand Cerf ne réussisse à le chasser de ses terres. À ce moment-là, le vagabond boiteux avait disparu.

Torak se taisait. Les seuls bruits qui lui parvenaient : le murmure des arbres dans la brise nocturne ; et le raclement de la langue de Loup contre le cuir.

Soudain, Loup mordit Torak sans le faire exprès. Sans réfléchir, le garçon se tourna vers lui et poussa un grondement d'avertissement.

Aussitôt, Loup cessa son manège et s'excusa d'un sourire.

Renn s'écria :

— Tu peux lui *parler* !

— NON ! prétendit Torak. Non, tu te trompes, tu...

— Je vous ai vus !

Elle avait terriblement pâli.

— Donc, c'est vrai..., lâcha-t-elle. La Prophétie était juste... Tu es bel et bien Celui-qui-écoute.

— NON !

— Que lui as-tu dit ? Que mijotiez-vous ?

— Je t'ai dit que je ne peux pas...

— Je ne vous laisserai pas faire, murmura la jeune fille. Je ne vous laisserai pas tramer quoi que ce soit contre nous. Fin-Kedinn non plus.

Elle dégaina son couteau, coupa la laisse de Loup, le prit dans ses bras et courut vers la clairière où se tenait la réunion.

— Reviens ! cria Torak.

Il tira furieusement sur ses liens. Mais ils étaient encore trop solides. Loup n'avait pas eu le temps de les entamer assez.

Le garçon paniqua. Il avait placé tous ses espoirs dans Loup. Et maintenant, Loup n'était plus là.

Et l'aube approchait. Déjà s'élevaient les premiers chants d'oiseaux.

Torak tira de nouveau sur les liens qui lui entravaient les poignets. En vain. Ils tenaient bon.

À l'autre bout de la clairière, Fin-Kedinn et la vieille femme nommée Saeunn s'étaient levés et se dirigeaient vers lui.

QUATORZE

— Qu'est-ce que tu sais ? demanda Fin-Kedinn à Torak.

— Rien, affirma le garçon, les yeux fixés sur le couteau tranchant que le chef des Corbeaux portait à la ceinture. Allez-vous me sacrifier ?

Fin-Kedinn ne daigna pas répondre. Saeunn et lui s'accroupirent de part et d'autre du seuil en l'observant. Torak se sentait comme une proie.

Il tâtonnait dans son dos. Il cherchait quelque chose – n'importe quoi – dont il pourrait se servir pour couper le lien de cuir. Ses doigts rencontrèrent une branche de saule. Souple. Inutilisable.

— Qu'est-ce que tu sais ? répéta Fin-Kedinn.

Torak essaya de rester calme.

— Je ne suis pas Celui-qui-écoute, déclara-t-il d'un ton neutre. C'est impossible. Je n'ai jamais entendu parler de la Prophétie.

« Pourtant, Renn est catégorique, pensa-t-il. Et le fait que je parle loup semble essentiel... »

Fin-Kedinn se détourna. Son visage était impénétrable. Comme d'habitude. Mais Torak vit sa main se crisper sur son couteau.

Saeunn se pencha en avant. Plongea son regard dans celui du garçon, qui l'examinait attentivement à la lumière du feu. Jamais il n'avait rencontré quelqu'un d'aussi vieux. Sous sa chevelure blanche peu fournie, son crâne luisait comme des os polis. Son visage était anguleux comme celui d'un oiseau. L'âge avait gommé toutes les traces d'humanité. Ne restait plus que l'essentiel : la nature féroce du Corbeau.

— D'après Renn, dit-elle d'une voix rauque, tu peux parler avec le loup. Cela est annoncé dans la Prophétie. Dans la partie de la Prophétie que nous ne t'avons pas révélée...

Torak soutint son regard :

— Renn se trompe. Je ne sais pas...

— Ne nous mens pas ! l'interrompit Fin-Kedinn sans bouger la tête.

Torak se tut.

De nouveau, il farfouilla derrière lui. Cette fois... oui ! Il avait trouvé une lame minuscule. Pas plus grande qu'un ongle de pouce. Probablement un éclat de silex laissé là par quelqu'un qui avait aiguisé son couteau. Ses doigts se refermèrent dessus. Si seulement Fin-Kedinn et Saeunn rejoignaient *maintenant* les autres autour du feu, il serait peut-être en mesure de se libérer. Après, il n'aurait plus qu'à découvrir où Renn avait emporté Loup. Et à se faufiler entre les gardes. Et...

Son moral en prit un coup. Il allait lui falloir beaucoup de chance pour réussir à s'enfuir.

— Veux-tu que je t'explique *pourquoi* tu peux parler au loup ? proposa la vieille femme.

— Saeunn, est-ce bien la peine ? Nous perdons notre temps.

— Il a le droit de savoir, répliqua la Mage.

Le silence retomba.

Puis elle porta un doigt jauni, crochu comme une serre, à son amulette en spirale.

Torak regarda son index tourner et retourner sur lui-même. Un étourdissement le prit.

— Il y a de cela bien des étés, dit la vieille femme, ton père et ta mère ont quitté leur clan. Ils sont partis pour se cacher de leurs ennemis. Loin, très loin dans la Forêt Profonde. Là où murmurent les âmes vertes des arbres parlants.

Son doigt continuait de suivre la spirale, replongeant Torak dans son passé.

— Trois mois après ta naissance, poursuivit Saeunn, ta mère est morte.

Fin-Kedinn se leva. Croisa les bras sur sa poitrine. Et se tint ainsi debout, face à la nuit.

Torak battit des paupières, comme quelqu'un qui se réveille d'un rêve.

La vieille femme ne jeta pas même un coup d'œil à Fin-Kedinn. Elle consacrait toute son attention sur Torak.

— Tu n'étais qu'un bébé, dit-elle. Ton père ne pouvait pas te nourrir. En général, dans ces circonstances, un père étouffe son enfant pour lui éviter de mourir lentement de faim. Mais ton père a pris une autre voie. Il a trouvé une louve qui venait de mettre bas. Il t'a placé dans sa litière.

Torak accusa le choc.

— Trois lunes durant, continua la Mage, tu es resté avec la louve, dans sa tanière.

Le garçon crispa si violemment ses doigts sur la lame qu'elle lui entailla la paume. Il savait que Saeunn ne mentait pas. Voilà pourquoi il pouvait parler avec Loup ! Et pourquoi il avait eu cette vision, quand il avait trouvé la tanière. Les louveteaux gambadant gaiement. La Mère. Le lait riche et gras.

Mais comment Saeunn pouvait-elle être au courant ?

Il essaya de protester :

— Vous inventez. Vous n'étiez pas là.

— Ton père m'a raconté ce qui s'était passé.

— Mensonge ! Nous n'avons jamais vécu avec des gens...

— Oh, si. Une fois. Il y a cinq étés de cela. Tu ne t'en souviens plus ? Les clans s'étaient rencontrés près de la Mer.

Le pouls de Torak s'accéléra.

— Ton père est venu exprès m'y retrouver, insista Saeunn. Me parler de toi.

Son doigt s'arrêta au cœur de la spirale.

— Tu n'es pas comme les autres, dit-elle de sa voix qui évoquait les croassements d'un corbeau. Tu *es* Celui-qui-écoute.

De nouveau, les doigts de Torak se serrèrent sur la lame.

— Mais c'est... c'est impossible. Je ne comprends pas comment...

— Bien sûr qu'il ne comprend pas ! lança Fin-Kedinn. Ton père ne t'a jamais rien dit sur toi, n'est-ce pas ?

Torak acquiesça.

Le chef du clan du Corbeau se tint coi un moment. Son visage était toujours impassible. Mais Torak devinait que, derrière ces traits calmes, une tempête faisait rage.

— Il n'y a qu'une chose que tu dois savoir, lâcha finalement l'homme. C'est celle-ci : l'Ours n'a pas attaqué ton père par hasard. Il l'a attaqué *parce que c'est à cause de ton père qu'il a été créé.*

Le cœur de Torak sembla s'arrêter de battre.

— C'est mon père qui...

— Fin-Kedinn..., commença Saeunn.

L'homme la foudroya du regard :

— Il doit savoir ou pas ? Alors, laisse-moi lui raconter.

Torak était perdu :

— Mais... le vagabond boiteux, qu'est-ce que...

— Le vagabond boiteux était l'ennemi juré de ton père.

Torak se recula contre le poteau auquel il était attaché.

— Mon père n'avait pas d'ennemis, affirma-t-il.

Une lueur inquiétante passa dans les yeux du chef du clan du Corbeau.

— Ton père n'était pas juste un quelconque chasseur du clan du Loup, lâcha-t-il. C'était le Mage de son clan.

La nouvelle ébahit Torak.

— Il ne t'a même pas dit ça, n'est-ce pas ? Eh oui, c'était lui, le Mage du clan du Loup. Et c'est à cause de lui que cette... cette créature est en train de ravager la Forêt.

— Non, gémit le garçon. C'est pas vrai.

— Il ne t'a rien raconté, hein ?

— Fin-Kedinn, intervint Saeunn, il voulait seulement le protéger...

— Et tu vois le résultat ? rétorqua l'homme en pivotant vers elle. Un grand garçon qui ne sait rien ! Rien de rien ! Et toi, tu continues de dire que c'est lui, le seul qui peut nous...

Il s'arrêta brusquement.

Un silence pesant s'abattit sur les trois interlocuteurs.

Plus calme, Fin-Kedinn reprit :

— L'homme qui a créé cet ours avait un objectif en tête. Un seul objectif. Tuer ton père.

*
* *

L'aube se levait quand Torak réussit enfin à couper la corde qui retenait ses poignets, à l'aide de l'éclat de lame.

Il devait agir vite.

Fin-Kedinn et Saeunn avaient rejoint les autres. Là, ils s'étaient engagés dans une discussion enflammée avec leurs invités. À tout instant, ils pouvaient prendre une décision concernant Torak. Venir le chercher. Et le sacrifier.

Le garçon eut du mal à couper les cordes qui lui attachaient les chevilles. Sa tête était pleine d'échos de ce qui venait de se dire.

« Ton père t'a mis dans la litière avec une louve... C'était le Mage du clan du Loup... Il a été assassiné... »

La lame, maculée de sueur, était glissante. Elle tomba.

Il la chercha, la ramassa, finit par couper le dernier lien, fit tourner ses chevilles... et faillit hurler de douleur. Ses jambes, restées trop longtemps immobiles, le brûlaient.

Mais le pire, c'était la souffrance qu'il éprouvait dans son cœur. P'pa avait été assassiné. Assassiné par un vagabond boiteux, qui avait créé un ours démoniaque dans le seul but de le traquer et de le tuer.

Impossible.

Il devait y avoir une erreur.

Torak aurait voulu le croire. Pourtant, il *savait* qu'il n'y en avait pas. Il se souvenait du masque de douleur de son père, avant sa mort.

« Il reviendra bientôt me chercher », avait-il dit.

Il connaissait les manœuvres de son ennemi. Et l'utilité de l'ours que le vagabond boiteux avait créé.

Trop. C'était trop à assumer d'un coup.

Torak eut l'impression que ce qu'il avait toujours tenu pour sûr et certain venait d'être balayé. Il avait le sentiment d'être au milieu d'une étendue de glace. Autour de lui, des craquements montaient. Et des zébrures, semblables à des éclairs, lacéraient l'étendue qui s'enfonçait sous ses pieds.

La douleur qui le lançait aux jambes mit un terme à ses rêveries. Il essaya de masser ses chevilles pour retrouver des sensations. Ses pieds nus étaient gelés. Il n'y avait rien à faire. Il n'avait pas réussi à voir où Oslak avait emporté ses bottes.

Cependant, d'une manière ou d'une autre, il devait sortir de son abri. Atteindre les fourrés de noisetiers, à l'orée de la clairière sans qu'on le remarquât. Oui, d'une manière ou d'une autre, il devait échapper aux vigiles.

Mais de *quelle* manière ? Aucune idée. On allait le voir. Si seulement il avait eu un moyen de créer une diversion...

À l'autre bout du camp, un hurlement solitaire s'éleva dans l'air brumeux du petit jour.

« Où es-tu ? criait Loup. Pourquoi m'as-tu encore laissé tomber ? »

Torak se figea. Il entendit les chiens du campement répondre au hurlement. Il vit des silhouettes se redresser et courir pour comprendre ce qui se passait. Il comprit que Loup lui avait donné sa chance.

Pas de temps à perdre.

Vite, le garçon bondit hors de sa prison. Plongea dans la pénombre. Se cacha derrière les noisetiers. Il n'avait plus qu'une chose à faire. Et elle lui répugnait.

Il lui fallait abandonner Loup.

QUINZE

Torak sentit l'air glacé lui brûler la gorge au moment où il émergea d'un bosquet de saules pleureurs. Les galets des berges du fleuve faisaient saigner ses pieds. Le garçon s'en aperçut à peine.

Grâce à Loup, il avait réussi à s'échapper du camp en toute discrétion. Pas pour longtemps. Derrière lui résonnaient des sons graves, profonds, qui se réverbéraient dans la Forêt. Des cornes d'écorce de bouleau sonnaient l'alarme. Il entendait les hommes crier, les chiens aboyer. Les Corbeaux étaient à sa poursuite.

Ses pantalons se prirent dans les ronces quand il sauta de la berge et atterrit au milieu de roseaux de haute taille. Enfoncé jusqu'aux genoux dans une boue noire et très froide, Torak mit la main devant sa bouche. Il ne fallait pas que la buée de son haleine ne le trahît.

Par chance, il était dos au vent. Cependant, il était couvert de sueur. Et il avait gardé le lien de cuir qui avait entravé ses chevilles. Les chiens n'auraient aucun mal à suivre cette odeur. Torak se demandait s'il valait mieux jeter l'attache ou la garder, au cas où.

Ses idées se mélangeaient comme si elles avaient été ballottées par des eaux en colère. Il n'avait plus de bottes. Plus de nourriture. Plus d'armes. Et rien pour en fabriquer de nouvelles, à part son savoir-faire et son talent manuel. Il avait réussi à s'enfuir. D'accord. Et après ?

Soudain, couvrant le bruit des cornes, il entendit un aboiement qui disait : « Où es-tu ? »

Aussitôt, les doutes de Torak disparurent. Il n'allait pas laisser tomber Loup. Il devait retourner le chercher.

Si seulement il avait pu pousser à son tour un hurlement... Si seulement il avait pu lancer en loup : « J'arrive ! Ne t'inquiète pas, je ne t'ai pas abandonné... »

Mais il n'en était pas question. Évidemment. Et Loup continuait de hurler.

Le garçon avait les pieds gelés. Il devait sortir de la rivière. Vite. Sans cela, il ne tarderait pas à être trop engourdi pour courir.

Il réfléchit. Les Corbeaux devaient penser qu'il s'élancerait vers le nord. C'est là qu'il avait dit se diriger, quand on l'avait capturé. Il décida donc de faire exactement cela. Au moins un moment. Ensuite, il ferait demi-tour, reviendrait au campement ennemi et trouverait un moyen de libérer Loup. En espérant que les Corbeaux le laisseraient au campement, tandis qu'eux filaient plein nord...

Une branche craqua en amont.

Torak pivota.

Un petit « plouf ». Un juron étouffé.

Le garçon regarda à travers les roseaux. Cinquante pas plus loin, deux hommes inspectaient la berge et avançaient vers les roseaux avec précaution. Ils le traquaient. L'un d'eux portait un arc plus grand que Torak. Il y avait déjà encoché une flèche. L'autre tenait une hache à la main, prêt à la projeter sur le fuyard.

Torak avait eu tort de se cacher dans les roseaux. S'il restait où il était, ils le trouveraient. S'il tentait de fuir à la nage, ils le repéreraient, le rattraperaient et le tueraient sans hésiter. Revenir s'abriter sous le couvert de la Forêt : il ne lui restait que ça.

Aussi silencieusement que possible, il entreprit de regagner la rive. À cet endroit, elle était bordée de saules touffus, qui offraient un abri appréciable. Mais elle était très escarpée...

Torak commença de l'escalader. Des mottes de terre rouge s'effritèrent sous lui. Le garçon glissa. S'il tombait à l'eau, ils l'entendraient. Et alors...

Torak préféra ne pas y penser. Il continua son ascension. Il fit dégringoler des galets dans l'eau. Heureusement, les sonneries des cornes en écorce de bouleau masquèrent le bruit. Les poursuivants ne l'entendirent pas.

Le souffle court, le garçon parvint au sommet. Maintenant, direction : plein nord.

Le ciel était couvert. Pas moyen de se repérer en fonction du soleil. Cependant, Torak savait que la rivière coulait d'est en ouest. Donc, s'il la laissait derrière lui et avançait tout droit, il irait bel et bien au nord.

Un aboiement furieux retentit dans son dos, si proche que Torak en eut la chair de poule. Son odeur l'avait trahi ! Les chiens avaient réussi à retrouver sa piste.

Paniqué, le garçon grimpa au sommet de l'arbre le plus proche – un tremble efflanqué – et eut à peine le temps de rouler son lien de cuir en boule et de le lancer de toutes ses forces vers le fleuve. L'instant d'après, un énorme molosse jaillissait d'entre les branchages.

L'animal tourna au pied du refuge de Torak. Il écumait. De la bave dégoulinait de ses babines. Soudain, il sentit l'odeur du cuir, et il la suivit en courant.

— Par ici ! lança une voix. Un chien a trouvé sa piste !

Trois hommes passèrent sous le tremble de Torak. Ils talonnaient le chien, hors d'haleine. Le garçon s'accrocha à son tronc. Que l'un d'entre eux s'avise de lever les yeux, et il était fait comme un rat.

Mais ils coururent en avant et disparurent. Quelques moments plus tard, Torak entendit des « plouf » discrets. Les hommes devaient être en train de battre les roseaux.

Prudent, il attendit, au cas où d'autres Corbeaux auraient suivi le mouvement. Puis il sauta au bas de l'arbre.

Il fila vers le nord, à travers les trembles, s'éloignant du fleuve, et s'accorda une halte. À présent, il était temps de bifurquer vers l'est et de revenir au campement. À une condition : empêcher les molosses de repérer son odeur.

Il regarda autour de lui. Comment dérouter les chiens ? Il pensa au crottin de chevreuil. Mauvaise idée. Les chiens se jetteraient sur lui pour d'autres raisons. Des feuilles d'achillée ? Peut-être. Leur fragrance forte, entêtante, devrait permettre de dissimuler sa sueur.

Au pied d'un hêtre, il tomba sur des déjections de carcajou. Elles étaient tordues et pleines de poils. Surtout, elles puaient tellement que Torak en eut les larmes aux yeux. C'était encore mieux. Il coupa sa respiration et se frotta les pieds, les tibias et les mains avec cette abomination.

Les carcajous ont la taille d'un blaireau, mais ils sont prêts à se battre avec tout ce qui bouge. Et, en général, ils gagnent.

Les chiens préféreraient l'éviter.

C'est alors que les mugissements des cornes s'arrêtèrent.

Le silence devint assourdissant. Car Loup aussi avait cessé de hurler. Torak se figea, terrorisé. « Ils n'auraient pas osé lui faire de mal, pensa-t-il. Pas à lui... »

Le garçon se remit en marche vers le campement. Le sol s'élevait. Le fleuve coulait à grand débit, heurtant avec rage des rochers couverts de mousse.

Torak aperçut des volutes de fumée monter dans le ciel bas et gris. Juste devant lui. Il approcha. S'accroupit. Tenta de discerner les bruits de poursuite par-delà le grondement du courant. À chaque inspiration, il s'attendait à entendre claquer la corde d'un arc. Siffler une flèche. Il ressentait presque la douleur glacée entre ses omoplates.

Mais non. Rien. Peut-être étaient-ils tombés dans le piège qu'il leur avait tendu. Peut-être avaient-ils filé vers le nord.

Entre les arbres, une silhouette imposante se découpait. Torak s'arrêta. Il se doutait de quoi il s'agissait. Et il espérait qu'il se trompait.

Tel un crapaud monstrueux, le monticule se dressait au-dessus de lui. Il surplombait le garçon d'une tête. Dessus, un épais tapis de mousse et de buissons de myrtilles. Derrière, deux monticules de plus petite taille.

Autour d'eux, un épais fourré d'ifs envahis par le lierre et le houx.

Torak resta interdit. Une fois, P'pa et lui étaient tombés sur des tertres de ce type. Aussi savait-il qu'il se trouvait sans doute devant l'ossuaire du clan du Corbeau, l'endroit où sont enterrés les restes de leurs Morts.

Pour atteindre le campement – et Loup –, le garçon devait passer par l'ossuaire. Mais oserait-il ? Il n'était pas membre du clan du Corbeau. S'il se risquait à traverser l'ossuaire d'un autre clan que le sien, il éveillerait à coup sûr la colère de ces ancêtres...

Entre les monticules flottaient des nappes de brouillard. Dessus, se balançaient les silhouettes pâles et fantomatiques des plants de ciguë, tandis que les tiges pourpres d'épilobe pendaient avec un abandon sinistre. Tout autour, des troncs sombres écoutaient. Ces arbres restaient verts même l'hiver. Ils ne dormaient jamais.

Sur les branches du plus grand if, trois corbeaux s'étaient perchés, qui regardaient le jeune homme. Lequel d'entre eux était-il le gardien du clan ?

Des aboiements, non loin, détournèrent Torak de son observation.

Il était coincé. Fin-Kedinn avait bien manœuvré. Il avait jeté son filet le plus large possible, pour ensuite resserrer l'étau autour de la clairière.

Le garçon ne pouvait aller nulle part. Sauter dans le fleuve ? Le courant était trop rapide à cet endroit. Grimper dans un arbre ? Les corbeaux avertiraient les chasseurs, qui lui tireraient dessus avec leurs flèches comme ils auraient tiré un écureuil. Filer dans les fourrés ? Les chiens le ramèneraient comme une belette.

Il pivota pour faire face à ses poursuivants – et non pour les affronter : il n'avait rien pour se défendre. Pas même un caillou.

Il recula. S'approcha du plus grand monticule. Au bord des larmes.

Il était pris entre les vivants et les morts.

C'est alors qu'une main le saisit dans le dos et le propulsa dans l'obscurité.

SEIZE

— Pas un geste ! souffla une voix à l'oreille de Torak.
Pas un bruit ! Et ne touche pas les ossements !

Mais Torak ne pouvait pas voir les ossements.
D'ailleurs, il ne voyait rien. Il était plongé dans l'obscurité. Une obscurité qui puait. Et il avait un couteau sur
la gorge.

Il serra la mâchoire pour ne plus claquer des dents.
Autour de lui, il sentait la présence glacée et pesante de
la terre. Il devinait à peine les tas d'ossements des Corbeaux décédés. Il espéra que les âmes des morts étaient
loin dans leur Voyage mortuaire. Qu'adviendrait-il si
l'une d'entre elles était restée en arrière ?

Torak préférait ne pas le savoir. Il devait sortir d'ici.
Juste après avoir été surpris, il avait entendu une pierre
crisser. Comme si son ravisseur avait scellé le monticule

derrière eux. Mais ses yeux s'étaient habitués à la pénombre. Le garçon aperçut un fin rai de lumière car l'entrée ne fermait pas parfaitement.

Il pensa se précipiter vers cette ouverture. Trop tard : il percevait des bruits de voix. Encore lointaines, mais de plus en plus distinctes.

Torak se raidit. Son ravisseur aussi.

Les craquements et les crissements s'approchèrent. S'arrêtèrent à trois pas de là.

— Il n'aurait jamais osé entrer là, murmura un homme d'une voix assourdie et peu assurée.

— Et pourquoi pas ? souffla une femme. Il n'est pas comme nous. Tu as vu comment il a vaincu Hord. Qui sait ce dont il est capable...

Quelqu'un marcha sur de la mousse.

Le pied de Torak trembla, faisant rouler un caillou. Le garçon serra les paupières.

— Hé ! lança la femme. Tu as entendu ?

Torak retint sa respiration. Son ravisseur appuya plus fort son couteau contre sa gorge.

— Crôa ! Crôa !

Le cri d'un corbeau résonna longuement parmi les arbres.

— Le gardien ne veut pas de nous ici, murmura la femme. Allons-nous-en. Tu as raison. Le garçon n'aurait pas osé.

Soulagé, Torak les écouta s'éloigner. Mais, quand il voulut prendre une position plus confortable, la lame tranchante l'en empêcha.

— Ne bouge pas ! cracha son ravisseur.

Sa ravisseuse.

Car il connaissait cette voix. C'était Renn.

Renn ?

— Tu pues, signala la jeune fille.

Torak essaya de tourner la tête. Le couteau l'en empêcha de nouveau.

— C'est pour tenir les chiens à distance, expliqua-t-il.

— De toute façon, ils ne seraient pas venus ici. Ils n'en ont pas le droit.

Le garçon se tut quelque temps.

— Comment savais-tu que je viendrais là ? demanda-t-il ensuite. Et pourquoi...

— Je ne le savais pas. Et maintenant, silence. Ils pourraient très bien revenir.

L'attente reprit. Inconfortable. Glaciale. Elle semblait partie pour durer éternellement, quand Renn donna un coup à Torak et lui ordonna d'avancer. Le garçon envisagea de se battre contre elle. Il y renonça. Si lutte il y avait, les intrus dérangeraient les ossements. Torak n'y tenait pas du tout.

Il se faufila sous la grande pierre plate qui bloquait l'entrée, et il rampa vers la lumière. Les collines étaient désertes. Même les corbeaux avaient disparu.

Renn suivit le fugitif à quatre pattes. Elle traînait deux sacs en noisetier. Dont celui de Torak.

Perplexe, il la regarda retourner dans l'ossuaire et en ressortir avec deux couvertures de couchage roulées, deux arcs et deux carquois protégés contre l'humidité par une peau de saumon, ainsi qu'un sac en peau de daim... qui se tortillait furieusement.

— Loup ! s'écria Torak.

— Chuuuut ! gronda Renn en lançant un regard paniqué vers le campement.

Torak ouvrit le sac. Loup en jaillit, suffoquant, le poil en bataille. Il inspira une bonne goulée d'air. Il aurait bondi sur Torak si celui-ci ne l'avait pas rattrapé pour lui expliquer, à force d'aboiements bas, que c'était bien lui – et pas un carcajou affamé.

Loup finit par lui adresser un grand sourire de loup. Appuyé sur ses membres postérieurs, il frotta vigoureusement son museau contre la joue de Torak.

— Dépêchez-vous ! protesta Renn.

— On arrive, grogna Torak.

Il prit de la mousse et tâcha d'enlever le plus possible de crotte de carcajou. Puis il mit ses bottes. Renn avait eu l'intelligence de les prendre avec elle.

Le garçon se pencha vers son sac... et s'aperçut, décontenancé, que la jeune fille avait encoché une flèche à son arc et l'avait bandé pour l'essayer en le visant. Elle s'était aussi emparée de l'arc du garçon, et avait passé sa hache et son couteau à la ceinture.

— À quoi tu joues ? s'étonna-t-il. Je croyais que tu allais m'aider.

Elle le fixa avec mépris :

— T'aider ? Et pourquoi ? Moi, je n'aide que mon clan.

— Alors, pourquoi tu ne m'as pas dénoncé, à l'instant ?

— Parce que je veux être sûre que tu arriveras à la Montagne de l'Esprit du Monde. Sans moi, tu n'aurais même pas essayé. Tu te serais juste enfui. Car tu es un lâche.

— Un... un lâche ?

— Un lâche, un menteur et un voleur. Tu as volé notre chevreuil. Tu as triché pour vaincre Hord. Tu as menti en affirmant que tu n'étais pas Celui-qui-écoute. Et, après ça, tu t'es défilé. Bon, pour la dernière fois, bouge-toi !

Torak prit l'arc que lui tendait Renn. Les accusations de la jeune fille résonnaient douloureusement à ses oreilles. Le garçon se dirigea vers l'ouest. Il restait derrière les saules, à l'abri de la rive. Il portait Loup dans ses bras pour éviter que les empreintes de l'animal ne mettent chiens et chasseurs sur leur piste.

Bizarrement, il n'entendait aucun bruit de ses poursuivants. Il trouvait cela encore plus perturbant que le concert de cornes de tout à l'heure.

Derrière lui, Renn avançait vite et le pressait. Le garçon trébuchait souvent. Il était fatigué. Il avait faim. La jeune fille, bien sûr, était reposée ; et elle avait le ventre plein. Ce serait très difficile de lui échapper. Par chance, elle était plus petite que lui. Il pensa qu'il réussirait sans doute à la surprendre avant qu'elle n'eût le loisir de faire trop de dégâts avec son arc.

Seule question : quand ?

Pour le moment, elle paraissait sincèrement désireuse d'échapper aux Corbeaux. De le guider le long des sentiers tortueux, dessinés par les allées et venues des animaux. C'étaient ces sentiers qui leur offraient la meilleure cachette. Il décida qu'il attendrait d'être plus loin du camp pour tenter sa chance.

Mais l'insulte était cuisante.

— Je ne suis pas un lâche, siffla-t-il.

Ils longeaient la berge en traversant un bois ombragé de chênes. La menace des Corbeaux semblait moins proche.

— Alors pourquoi tu t'es enfui du campement ? rétorqua Renn.

— Ils allaient me sacrifier !

— Ils n'avaient pas encore pris de décision. Ils discutaient.

— Et j'aurais dû attendre tranquillement, c'est ça ?

— La Prophétie peut s'interpréter de deux manières différentes. Si tu ne t'étais pas enfui *comme un lâche*, tu l'aurais appris.

— Pas grave, tu vas m'expliquer, mademoiselle Je-sais-tout.

— Je sais peut-être pas tout, mais j'en sais plus que toi, en tout cas.

— Je t'écoute.

— La Prophétie pouvait signifier que nous devions te sacrifier et offrir ton sang à la Montagne. Cela suffirait à détruire l'Ours. C'est l'interprétation de Hord.

— Quelle surprise ! ironisa Torak.

— Il veut te tuer pour emporter personnellement ton sang à la Montagne, continua Renn, imperturbable.

Elle fit une pause. Puis dit :

— Saeunn pense que cela signifie autre chose.

— Quoi ?

— Que toi seul peux découvrir la Montagne et détruire l'Ours.

Le garçon s'arrêta et se tourna vers elle :

— M... moi ? Détruire l'Ours ?

La jeune fille le jaugea des pieds à la tête.

— Pas très vraisemblable, hein ? lâcha-t-elle. Mais Saeunn en est sûre. Donc, moi aussi. Celui-qui-écoute doit trouver la Montagne de l'Esprit du Monde. Ensuite, avec l'aide de l'Esprit, il détruira l'Ours.

Torak plissa les yeux. Secoua la tête. Impossible. Les Corbeaux se trompaient !

— Et voilà ! s'écria Renn, excédée. Encore en train de dire non ! Tu *es* Celui-qui-écoute. Je ne t'apprends rien. La Prophétie dit : « L'arme de Celui-qui-écoute, c'est l'air » ; et tu as combattu avec l'air. La Prophétie dit : « Le langage de Celui-qui-écoute, c'est le silence » ; et tu as parlé en silence, avec ton sifflet. La Prophétie dit : « Celui-qui-écoute peut parler aux autres chasseurs de la Forêt » ; et tu peux parler aux loups depuis que ton père t'a confié à une louve quand tu étais petit.

Torak battit des paupières.

— Comment es-tu au courant de tout cela ? demanda-t-il.

— J'ai écouté. Allez, en avant, vite !

*
* *

Les fuyards continuèrent de suivre le fleuve vers l'ouest.

On entendait le pépiement léger des bouvreuils qui picoraient des baies, et le tacatac plus appuyé d'une sittelle frappant une branche à la recherche de larves. S'il y avait autant d'oiseaux dans les parages, c'est que l'Ours était loin.

Soudain, Loup plia les oreilles. Ses moustaches frémirent.

— Couché ! lança Torak à voix basse en entraînant Renn sur le sol.

Juste après, deux canoës en bois apparurent. Torak voyait bien l'un d'eux. L'homme qui pagayait avait les cheveux bruns coupés court derrière. Sa frange lui couvrait le front. Il portait une cape rigide autour de ses épaules solides, et une défense de sanglier attachée à une lanière passée autour de sa poitrine. Sur ses genoux, une hache noire en silex. Comme son compagnon dans l'autre canoë, il scrutait la rive en fendant l'eau de puissants coups de pagaie. Pas difficile de comprendre ce qu'il cherchait.

— Des membres du clan du Sanglier, souffla Renn à l'oreille de Torak. Fin-Kedinn a dû les lancer à nos trousses.

Torak fronça les sourcils, soupçonneux :

— Comment ont-ils pu se douter que nous viendrions par ici ? Tu leur as laissé un indice ?

La jeune fille roula les yeux :

— Pourquoi faire ?

— Ben, pour qu'ils me conduisent à un autre clan qui me sacrifiera. C'est ton objectif, non ?

— À moins que..., commença Renn sans relever l'accusation. S'ils passent par-là, c'est peut-être que leur campement d'automne est situé dans cette direction, et...

Elle s'interrompit.

— Comment savais-tu qu'ils arrivaient ? s'enquit-elle.

— Loup me l'a dit.

Renn sursauta, surprise... puis inquiète :

— Tu peux *vraiment* lui parler ?

Torak haussa les épaules.

La jeune fille se leva et tâcha de dissiper son malaise.

— Ils sont partis, dit-elle. Il est temps de prendre la direction du nord.

Elle replaça sa flèche dans le carquois et remit son arc sur le dos. En un éclair, Torak se sentit soulagé. Renn avait changé d'état d'esprit. Elle semblait lui faire confiance. Enfin.

C'est alors qu'il la vit dégainer son couteau pour lui ordonner d'avancer.

Ils atteignirent un torrent qui jaillissait d'une gorge rocheuse. Ils entreprirent de la gravir en longeant le cours d'eau.

Torak avait la tête qui tournait. La faute à la fatigue. Il n'avait pas dormi de la nuit précédente. Ni mangé depuis plus d'un jour.

Incapable d'avancer, il finit par tomber à genoux. Loup bondit, retomba sur ses pattes et fila vers l'eau.

— Qu'est-ce que tu fabriques ? protesta Renn. On ne peut pas s'arrêter ici !

— Ben si, apparemment, rétorqua Torak.

Il attrapa une poignée de feuilles de saponaire, les mélangea à l'eau, et ôta ce qu'il restait de crottin sur son corps. Puis, se penchant, il but tout son saoul.

Déjà, il se sentait mieux. Et ce n'était qu'un début : il fouilla ensuite dans son sac à la recherche des lamelles de chevreuil qu'il s'était préparées... il y avait de cela au moins des lunes et des lunes, lui semblait-il ! Il en mâchonna une bouchée qu'il recracha pour Loup. Puis il mangea à son tour. Quel délice ! Il eut aussitôt l'impression que l'énergie du chevreuil devenait sienne.

Renn hésita. Se décida. Défit son sac. S'agenouilla. Son couteau toujours pointé vers Torak.

Elle plongea sa main libre dans le sac, en ressortit trois petits gâteaux d'un brun rougeâtre. Elle tendit l'un d'eux au garçon.

Il mordit dedans et avala un morceau. C'était délicieux. Salé. Avec un fort arôme.

— Saumon séché, commenta la jeune fille, la bouche pleine. On le cuit dans de la graisse de gibier et des baies de genièvre. Ça le conserve tout l'hiver.

À la surprise de Torak, Renn tendit un gâteau au saumon à Loup.

Qui l'ignora ostensiblement.

Renn grimaça, puis donna le gâteau au garçon. Il le frotta pour ôter l'odeur de la jeune fille et y laisser la sienne. Quand il l'offrit à son tour à Loup, l'animal l'avala.

Renn essaya de faire bonne figure.

— D'accord, dit-elle. Il me déteste. Je m'en doutais.

— Normal, non ? intervint Torak. Tu le brinquebales dans un sac...

— C'est pour son bien.

— Il l'ignore.

— Explique-le-lui.

— La langue des loups ne le permet pas.

Il prit une autre bouchée de gâteau au saumon. Et il osa poser une question qui le taraudait :

— Pourquoi tu l'as amené ?

— De quoi tu parles ?

— Loup. Tu l'as sorti du campement. Ça n'a pas dû être facile. Pourquoi ?

Elle ne répondit pas tout de suite.

— Tu avais l'air d'en avoir besoin. Je ne sais pas pourquoi. Mais j'ai pensé que c'était sûrement important.

Torak fut tenté de lui dire que Loup était son guide. Il se retint. Lui non plus n'avait pas confiance en elle. Ou pas *assez* confiance.

Elle l'avait aidé à échapper aux Corbeaux. Mais elle lui avait quand même repris ses armes. Et elle l'avait traité de lâche. Et elle continuait de pointer son couteau vers lui.

*
* *

La pente devenait plus prononcée. Torak jugea qu'il était désormais raisonnable de laisser Loup marcher. Le louveteau resta planté devant lui, la queue basse. Pas plus que Torak, il n'aimait les versants abrupts.

Vers le milieu de l'après-midi, les fuyards atteignirent un promontoire qui surplombait une vaste vallée forestière. À travers les arbres, Torak aperçut le scintillement lointain d'un fleuve.

— C'est les Grandes-Eaux, annonça Renn. Le plus grand fleuve dans cette partie de la Forêt. Il descend des torrents qui coulent des glaciers, dans les Hautes Montagnes, et il se jette dans le lac Tête-de-Hache avant de rejoindre les Chutes-du-Tonnerre puis la Mer. On y campe, l'été, pour attraper du saumon. Parfois, quand le vent vient de l'est, on entend les Chutes, et...

Sa voix s'éteignit.

Torak supposa qu'elle se demandait comment son clan la punirait pour avoir aidé un prisonnier à s'échapper. Il aurait eu pitié d'elle... si elle ne l'avait pas traité de lâche.

— Nous couperons par la vallée, lança-t-elle sur un ton plus vif. Il vaut mieux traverser le fleuve là où tu vois ces clairières. Ensuite, nous pourrons prendre vers le nord pour...

— Non, la coupa Torak brusquement.

Il désigna Loup. Le louveteau avait repéré la piste d'un élan qui s'était enfoncé dans un bois d'épicéas élancés, dont les troncs étaient couverts de mousse. Il les attendait. Il fallait le suivre.

— Par là, déclara le garçon. Nous allons longer la vallée. Pas la traverser.

— Mais cela nous emmène à l'est ! Si nous prenons vers l'est, nous allons atteindre les Hautes Montagnes là où l'on ne peut les gravir. Et nous aurons un mal fou à atteindre le nord...

— Par où prendra Fin-Kedinn ?

— Par l'ouest. Il avancera sur les sentiers un moment. Puis il bifurquera vers le nord.

— Alors, partir vers l'est me paraît être une excellente idée !

La jeune fille grimaça :

— Je ne saisis pas. C'est un piège ?

— Non. Nous allons à l'est parce que cela nous permet d'éviter nos poursuivants. Et surtout parce que Loup l'a dit. Il connaît le chemin.

— Hein ? Comment ça, « il connaît le chemin » ?

— Ben, il connaît le chemin de la Montagne.

Renn regarda Torak droit dans les yeux :

— Tu plaisantes ?

— Non.

— Ce petit louveteau connaît le chemin ?

— Oui.

— Vers la Montagne de l'Esprit du Monde ?

Le garçon acquiesça.

— Je ne te crois pas, dit Renn.

— Aucune importance, répondit Torak.

Et il s'engagea à la suite de Loup.

DIX-SEPT

Ce n'est pas que Loup n'aimait pas la Femelle Sans Queue. Juste qu'il la détestait.

Il l'avait détestée depuis le début. Dès la première fois qu'il l'avait sentie. Quand elle avait pointé sa longue Serre-qui-vole vers son frère de meute. Non mais, à quoi jouait-elle ? Comme si Grand Sans Queue était une espèce de proie !

Il avait eu raison de la haïr. La Femelle Sans Queue avait commis crime sur crime. Elle avait arraché Loup à Grand Sans Queue. Elle l'avait fourré dans une étrange Tanière sans air, où il s'était tellement débattu... qu'il avait fini par se rendre malade.

Pire encore : la façon dont elle se comportait envers Grand Sans Queue. On aurait cru qu'elle ignorait *qui* était le chef de meute. Elle donnait tout le temps des ordres et elle lui jappait sans arrêt des ordres en langage de Sans Queue. Pourquoi Grand Sans Queue ne la rabrouait-il pas ? Pourquoi ne l'envoyait-il pas voir ailleurs s'il y était ?

Pour le moment, Loup trottait sur le chemin. Soulagé. Elle était à quelques pas de lui. Tant mieux. Qu'elle reste à l'écart.

Il s'arrêta pour croquer quelques baies sur le bord de la route. En recracha une mauvaise. Reprit son chemin. Sous ses coussinets, chaude était la terre. Sur son dos, chaud était le Grand Œil Brillant. Il leva le museau pour capter les odeurs qui émanaient de la vallée. Des crottes de geai. D'autres d'élans. Des fragrances d'épicéas que la tempête avait brisés. De l'épilobe. Beaucoup. Et des myrtilles séchées. Que des bonnes odeurs.

Des odeurs intéressantes.

Mais, derrière, il y avait la senteur glacée et terrifiante de l'eau.

La peur frappa Loup de plein fouet. Grand Sans Queue et lui devaient traverser le fleuve. Coûte que coûte. Le gué était encore loin. Cependant, Loup entendait déjà rugir l'eau autour. Le rugissement était si fort que même son frère de meute – qui était à moitié sourd, le pauvre – devait l'entendre.

Le danger était devant eux. Loup aurait aimé faire demi-tour. Impossible. Il sentait l'Attraction. De plus en plus forte. Elle ressemblait à l'Attraction de la Tanière. Mais elle était différente.

Et, soudain, Loup perçut une autre odeur. Il remua ses narines. Rabattit ses oreilles en arrière.

Cela s'annonçait mal. Très, très, très mal.

Loup pivota et courut vers Grand Sans Queue.

DIX-HUIT

— Que se passe-t-il ? murmura Renn à la vue du louveteau paniqué.

— Je ne sais pas, murmura Torak.

Il avait la chair de poule. Les chants d'oiseaux avaient
cessé. Renn détacha le couteau de P'pa de sa ceinture,
et elle le tendit au garçon.

Il le prit en hochant la tête.

— Il faut battre en retraite, suggéra-t-elle.

— Impossible. La Montagne est devant nous. Pas
derrière.

Les yeux d'ambre de Loup s'étaient assombris sous
l'effet de la peur. Tête basse, poil dressé, il avançait lentement.

Torak et Renn le suivirent en veillant à rester silencieux. Des genévriers craquaient sous leurs bottes. Les

doigts moussus des arbres leur caressaient le visage. Les arbres étaient calmes. Trop calmes. Ils paraissaient attendre de découvrir ce qui allait arriver.

— Peut-être que ce n'est pas..., commença Renn.

Elle se tut. Reprit :

— Ça pourrait très bien être juste un lynx. Ou un carcajou.

Torak n'y croyait pas plus qu'elle.

Au tournant du chemin, ils tombèrent sur un bouleau brisé. De la sève coulait sur le tronc blessé. Des marques profondes de serres avaient creusé l'écorce.

Ni Torak ni Renn ne parlèrent. Tous deux savaient que les ours « signaient » parfois leurs territoires en griffant des troncs pour effrayer les autres prédateurs.

Loup s'approcha du tronc. Renifla de plus près. Torak fit de même... et poussa un soupir de soulagement.

— Blaireau, lâcha-t-il.

— Tu en es sûr ? demanda la jeune fille.

— Leurs marques sont plus petites que celles d'un ours, expliqua-t-il en passant de l'autre côté du tronc. Et il y a de la boue autour de l'écorce. Ce sont les griffes des pattes postérieures du blaireau qui l'ont laissée. Ils les plongent tout le temps dans la terre, à la recherche de lombrics.

— Et où il est, maintenant ?

— Dans son terrier. Par ici...

Il tendit la main vers l'est.

— Comment tu le sais ? s'étonna Renn. C'est Loup qui te l'a dit ?

— Non. Pas Loup. La Forêt.

Le garçon surprit le regard décontenancé de la jeune fille.

— Tout à l'heure, j'ai vu un rouge-gorge avec des poils de blaireau dans le bec, dit-il. Il venait de l'est.

— Tu es bon, pour traquer, hein ?

— P'pa était meilleur que moi.

— Eh bien, toi, tu es meilleur que moi.

La jeune fille ne paraissait pas jalouse. Elle constatait juste un fait.

— Mais pourquoi un blaireau aurait-il effrayé Loup ?

— Je pense que le blaireau n'y est pour rien. Il y a *autre chose*.

Elle prit la hache du garçon, son arc et son carquois ; et elle les lui tendit.

— Tiens, dit-elle. Garde ça. Au cas où.

*
* *

Ils poursuivirent leur chemin. Loup ouvrait la marche. Torak suivait, les sens en alerte. Renn avançait derrière, essayant de voir à travers le rideau d'arbres.

Ils avaient fait ainsi une cinquantaine de pas quand le garçon s'arrêta si brusquement que la jeune fille le percuta.

Devant eux, un jeune hêtre à moitié déchiqueté. Torak devinait ses gémissements. L'arbre était encore vivant. Plus pour longtemps.

L'ours – car ours il y avait, cette fois – s'était dressé sur ses pattes arrière pour laisser libre cours à sa furie. Il s'était acharné sur le sommet de l'arbre, arrachant, creusant d'impressionnants sillons sur le tronc, dessinant d'étranges tatouages sur l'écorce. Très haut. Terriblement haut. Si Renn s'était hissée sur les épaules de Torak, elle n'aurait pas atteint la cicatrice la plus basse.

— Aucun ours ne peut être aussi énorme, murmura-t-elle.

Le garçon ne répondit pas. Il revoyait le crépuscule bleu de l'automne. Il s'entendit lancer une plaisanterie. Et son père qui éclatait de rire. Et la Forêt qui explosait. Les hurlements des corbeaux. Le craquement des pins. Et, derrière les arbres, dans l'obscurité, une forme encore plus sombre. Une menace énorme. Déchaînée. Une menace qui avait l'apparence d'un ours.

— Les marques sont vieilles, dit Renn.

— Quoi ?

— Les marques, répéta la jeune fille. La sève a déjà durci. Regarde : elle est presque noire.

Le garçon examina l'arbre. Renn avait raison. L'ours avait saigné l'arbre au moins deux jours plus tôt.

Torak n'était pas rassuré pour autant. La jeune fille ignorait le pire. « Chaque fois qu'il tue, avait dit P'pa, l'Ours devient plus fort... Il attaquera tout ce qu'il trouvera sur son chemin... Les proies... Les clans... Et tous mourront... La Forêt mourra, et quand le Grand Œil Rouge sera au plus haut, la nuit, dans le ciel... c'est alors que l'Ours deviendra... invincible... »

Le garçon en avait la preuve sous les yeux. La nuit où l'Ours l'avait attaqué, il était énorme. Mais pas à ce point.

— Il grandit, annonça-t-il.

DIX-NEUF

— QUOI ? s'écria Renn.

Torak lui répéta ce que P'pa lui avait dit.

— Mais... ça ne nous laisse même pas une lune pour le détruire ! s'exclama la jeune fille.

— Je sais.

À quelques pas du sentier, le garçon avait repéré trois longs poils noirs sur une branche, à la hauteur de sa tête. Il recula précipitamment.

— Il est parti par là !

Il désigna la vallée :

— Regarde les branches : elles sont légèrement courbées dans ce sens...

Ce n'était pas une certitude. Le garçon en avait conscience. L'Ours avait pu revenir par un autre chemin.

Mais, dans la forêt, s'éleva soudain le chant d'un oiseau – un roitelet lui sembla-t-il. Torak inspira un bon coup :

— Je ne crois pas qu'il soit dans les parages. Sinon, ce passereau serait plus discret.

À la tombée de la nuit, ils dressèrent leur campement près d'un ruisseau boueux. Ils se construisirent une cabane sommaire avec des branches de noisetier et un peu d'humus. Des arbres parsemés de houx leur offraient un semblant de protection. Ils allumèrent un petit feu et mangèrent un peu de viande séchée. Pas de gâteaux au saumon, ce soir : l'Ours les aurait sentis, quand bien même il se serait trouvé à plusieurs jours de marche.

La nuit était froide. Torak s'assit dans ses couvertures. Il écoutait le rugissement faible et lointain qui, selon Renn, provenait des Chutes-du-Tonnerre.

Pourquoi P'pa ne lui avait-il jamais parlé de la Prophétie ? Pourquoi lui-même était-il Celui-qui-écoute ? Qu'est-ce que cela signifiait ?

Près de lui, Loup dormait en agitant les oreilles. Renn observait un scarabée courir le long d'une bûche pour échapper au feu.

Torak savait à présent qu'il pouvait lui accorder sa confiance. Elle avait pris de gros risques pour l'aider. Sans elle, il n'aurait pas réussi à s'enfuir. C'était un sentiment nouveau qu'il éprouvait : il avait quelqu'un à ses côtés. Quelqu'un qui n'était pas P'pa.

— Il faut que je te dise quelque chose, déclara-t-il.

Renn prit une brindille et aida le scarabée à s'éloigner des flammes.

— Avant de mourir, continua Torak, mon père m'a fait prononcer un serment. J'ai juré – sur mon sang et sur chacune de mes trois âmes — que je trouverais la Montagne de l'Esprit du Monde... ou que je périrais en la cherchant.

Il se tut.

— J'ignore pourquoi il m'a obligé à promettre cela, avoua-t-il. Mais j'ai promis. Et je tiendrai ma promesse.

La jeune fille opina. Et Torak comprit que, pour la première fois, elle le croyait vraiment.

— Moi aussi, je dois te dire quelque chose, annonça-t-elle. C'est à propos de la Prophétie.

Les sourcils froncés, elle jouait avec la brindille, la tournait et la retournait entre ses doigts.

— Quand tu trouveras la Montagne — en supposant que tu la trouves, bien sûr —, tu ne peux pas juste demander à l'Esprit de venir à ton aide. Tu dois prouver que tu mérites son assistance. Saeunn me l'a dit la nuit dernière. Elle m'a expliqué que, lorsque le vagabond boiteux avait créé l'Ours, il avait brisé le pacte en fabriquant une créature qui tue pour le plaisir. L'Esprit du Monde est devenu furieux. Tu auras du mal à le convaincre de renouer son alliance avec nous.

— Comment... comment y parviendrai-je ?

Renn le regarda :

— En lui apportant les trois plus fortes pièces du Nanuak.

— Du Nanuak ? répéta Torak sans comprendre.

— D'après Saeunn, le Nanuak est comme une grande rivière qui n'a ni source, ni estuaire.

« Me voilà bien avancé ! » pensa le garçon.

— Chaque être vivant a une part de Nanuak en lui, compléta la jeune fille. Les prédateurs et les proies. Les pierres et les arbres. Parfois, une partie spéciale du Nanuak se forme, comme de l'écume sur un torrent.

Quand cela arrive, cette partie est d'une puissance incroyable.

Renn hésita. Puis conclut :

— C'est ce que tu dois trouver. Faute de quoi, l'Esprit du Monde ne t'aidera pas. Et tu ne détruiras jamais l'Ours.

Torak retenait sa respiration.

— Trois parties du Nanuak..., proféra-t-il d'une voix rauque. Quelles sont-elles ? Et comment les trouver ?

— Nul ne le sait, répondit la jeune fille. Le seul indice, c'est cette énigme.

Elle ferma les yeux et récita :

« *La plus profonde est un regard noyé ;*
Dent de pierre est la plus ancienne ;
Et il n'est pas lumière plus noire que la plus froide. »

Un souffle d'air se leva. Les branches de houx murmurèrent sous la brise.

— Qu'est-ce que ça veut dire ? demanda Torak.

— Mystère et boule de houx, lâcha Renn en rouvrant les yeux.

Torak posa la tête sur ses genoux.

— Bien..., grogna-t-il. Donc, si je résume, je dois trouver une montagne que personne n'a jamais vue ; comprendre une énigme que personne n'a jamais résolue ; et tuer un ours que personne ne peut combattre.

— Tu dois essayer.

Torak resta silencieux. Puis :

— Pourquoi Saeunn t'a-t-elle dit tout ça ? Pourquoi à toi ?

— Je ne lui ai rien demandé. Elle l'a fait spontanément. Elle s'imagine que je deviendrai peut-être une Mage plus tard.

— Tu n'en as pas envie ?

— NON ! Mais... je suppose qu'il y a un dessein secret derrière chaque chose. Si elle ne m'avait pas rapporté l'énigme, je n'aurais pas pu te la répéter.

Un autre silence.

— Je vais éloigner nos sacs, déclara-t-elle en se levant. L'odeur pourrait attirer l'Ours...

Quand elle fut sortie, Torak roula sur le côté et plongea son regard au cœur rougeoyant de la fournaise.

Autour de lui, la Forêt craquait dans son sommeil. Elle aussi vivait des rêves – les siens étaient vert foncé.

Torak pensa aux mille et mille arbres dont les âmes se morfondaient dans l'obscurité, attendant de lui – et de lui seul – qu'il les délivrât de l'Ours.

Il pensa aussi aux bouleaux dorés, aux écarlates sorbiers des oiseleurs, aux chênes verts brillants.

Et au gibier traqué.

Et aux lacs, et aux rivières regorgeant de poissons.

Et à toutes les différentes sortes d'arbres et de bois et d'écorces et de pierres, qui étaient là, à portée de la main, pour celui qui savait regarder.

La Forêt lui offrait tout ce qu'il désirait. Pourtant, jusqu'à présent, il ne s'était jamais rendu compte combien il l'aimait. Or, s'il n'arrivait pas à détruire l'Ours, il ne resterait rien de cela...

Loup se leva d'un bond et partit pour une de ces chasses nocturnes dont il avait le secret. Renn revint. Se coucha. Et, sans un mot, s'endormit.

Torak continua à contempler le feu.

« Il y a un dessein secret derrière chaque chose », avait dit Renn. D'une certaine façon – une façon étrange... –, cela lui redonnait courage. Il était Celui-qui-écoute. Il avait juré de trouver la Montagne. La Forêt avait besoin de lui. Elle comptait sur lui. Il ferait de son mieux.

À son tour, il se coucha et dormit d'un sommeil agité, rêvant que P'pa était de nouveau vivant. Mais une pierre blanche lui tenait lieu de visage. « Je ne suis pas P'pa. Je suis le Mage du Loup... »

Torak se réveilla en sursaut.

Il sentit le souffle de Loup sur son visage. Puis la caresse des fines moustaches du louveteau sur ses sourcils. Et les poils de la gueule de l'animal, fins comme des aiguilles, qui couraient sur ses joues et sa gorge.

Il embrassa le museau du louveteau. Loup le frotta contre sa joue puis s'affala près de lui avec un bruit sourd.

*
* *

— On aurait dû traverser plus bas, grommela Renn en penchant la tête vers les Chutes-du-Tonnerre.

Torak se passa la main sur le visage pour enlever les gouttes d'eau qui lui avaient giclé jusque-là. Il se demanda comment la Forêt pouvait contenir une telle colère.

Toute la journée, ils avaient remonté le lit vert et calme des Grandes-Eaux. Mais à présent, le fleuve butait contre un mur de roc avec fureur. Autour, la Forêt semblait attendre et observer.

— On aurait dû traverser plus bas, répéta Renn.

— Ils nous auraient vus, rétorqua Torak. Les gués étaient trop exposés. Et Loup voulait rester de ce côté-ci.

Renn retroussa ses lèvres :

— Si c'est lui le guide, où est-il passé ?

— Il déteste les rapides. Sa meute a péri lors d'une inondation. Il reviendra quand nous aurons trouvé un moyen de franchir ces chutes.

— Mouais...

Renn n'était pas convaincue. Depuis leur lever, elle était de mauvaise humeur. Comme Torak, elle avait mal dormi. Et, comme Torak, elle avait évité de parler de l'énigme.

Ils finirent par trouver des empreintes de cerf qui suivaient la rive. La piste était escarpée... et boueuse. Le temps qu'ils arrivent au sommet, ils étaient épuisés et trempés jusqu'aux os. Loup les attendait. Assis sous un bouleau, à bonne distance des Grandes-Eaux, il tremblait de peur.

— Et maintenant, on va où ? demanda Renn, haletante.

Torak regarda Loup.

— On suit le fleuve jusqu'à ce qu'il nous dise de passer de l'autre côté, suggéra-t-il.

— Tu sais nager ?

— Oui. Et toi ?

— Aussi. Et Loup ?

— Je ne crois pas.

Ils reprirent leur route à travers des branchages de sorbiers et de bouleaux mêlés. Il faisait frais. Le ciel était bas. Le vent projetait des feuilles de bouleaux dans le fleuve comme de petites têtes de flèches couleur d'ambre.

155

Loup trottait devant, les oreilles couchées. Le cours du fleuve vers les chutes était lisse et torrentueux.

Ils ne marchaient pas depuis longtemps quand Loup se mit à arpenter la rive en gémissant. Torak sentit son inquiétude. Il se tourna vers Renn :

— Il veut traverser ici... mais il a peur.

— Les fourrés sont trop épais pour atteindre la rive ici, fit remarquer la jeune fille. Si on essayait plutôt là où on voit ces pierres, là-bas ?

Les pierres dont parlait Renn étaient plates et couvertes d'une mousse traîtresse. Mais elles émergeaient près d'une demi-coudée[1] au-dessus de l'eau. Ce serait peut-être un bon passage.

Torak acquiesça.

— Je passe la première, décida Renn.

Elle ôta ses bottes. Les attacha à son sac. Releva ses jambières. Prit un bâton qui lui servirait de balancier et assurerait son équilibre. Plaça son sac sur une épaule afin de pouvoir s'en débarrasser si elle tombait et éviter qu'il ne l'entraînât au fond. Son carquois et son arc, elle les portait de l'autre main, haut dans les airs.

Elle ne paraissait pas rassurée en s'approchant de l'eau. Mais elle traversa sans incident... jusqu'à la dernière pierre. Là, elle dut sauter sur la rive et fut contrainte de lâcher son balancier pour s'agripper à une branche de saule pour gagner la berge.

Torak posa son sac et ses armes sur la berge, puis il ôta ses bottes. Il commencerait par transporter Loup. Ensuite, il reviendrait chercher ses affaires.

— Allez, Loup ! lança-t-il pour encourager l'animal.

---

1. Une demi-coudée équivaut à environ vingt-cinq centimètres.

Puis il traduisit son encouragement en langage loup, accroupi, en poussant des sortes de miaulements graves et rassurants.

Sans succès : Loup courut se réfugier sous un buisson de genévrier et refusa d'en sortir.

— Mets-le dans ton sac ! cria Renn de l'autre côté du torrent. Sinon, tu n'arriveras jamais à le faire traverser !

— Ça va pas, non ? répliqua Torak. Après, il ne m'accorderait plus jamais sa confiance !

Au lieu de suivre le conseil de Renn, il s'assit sur la mousse qui recouvrait la berge. Puis il bâilla et s'étira, afin de montrer à Loup qu'il était détendu.

Quelques instants plus tard, le louveteau émergea du genévrier où il s'était caché et vint s'asseoir à son côté.

De nouveau, Torak bâilla.

Loup le regarda. Puis poussa lui aussi un énorme bâillement qui se termina en ronronnement.

Lentement, Torak se releva et prit Loup dans ses bras, en murmurant des paroles douces en langage loup.

Les pierres étaient glacées et glissantes sous les pieds nus de Torak. Blotti contre sa poitrine, Loup frissonna. Il était terrorisé.

Sur l'autre rive, Renn s'accrocha d'une main à un petit bouleau et se pencha vers eux.

— C'est bien, hurla-t-elle pour se faire entendre par-dessus le rugissement des eaux déchaînées, tu y es presque.

Les griffes de Loup s'enfoncèrent dans le gilet de Torak.

— Plus qu'une pierre ! s'exclama Renn. Je vais l'attraper !

Soudain, un remous du courant plus fort que les précédents heurta la pierre. Des éclaboussures gelées jaillirent. Loup céda à la panique. Il s'agita frénétiquement dans les bras de Torak. Bondit sur la rive. Tomba dans l'eau. Se raccrocha à la rive avec ses griffes.

Renn se pencha encore plus et l'attrapa par la peau du cou.

— Je l'ai ! s'exclama-t-elle.

Mais Torak avait perdu l'équilibre et s'était enfoncé dans le fleuve en furie.

VINGT

Torak coula à pic dans la rivière. Puis il se débattit. Il était bon nageur, et ne s'inquiétait donc pas trop pour son sort. Il s'agripperait à la première branche venue.

« Ou à la deuxième », pensa-t-il en voyant la première lui échapper.

Quand il émergea, il entendit Loup qui aboyait frénétiquement et Renn qui criait son nom tout en essayant de courir au milieu des ronciers. Il songea que les épineux devaient être très épais, car Renn et Loup lui semblaient de plus en plus loin.

Le fleuve le poussait dans le dos. L'oppressait comme il aurait plaqué une feuille trempée contre un rocher. Le garçon s'enfonça de nouveau. Luttant pour revenir à la surface et reprendre sa respiration, il y réussit et constata avec stupeur qu'il avait déjà été entraîné très à l'écart de ses amis.

Les hurlements de Renn ou de Loup ne lui parvenaient plus. Il approchait de la cascade rugissante à une vitesse vertigineuse. Le vacarme noyait tous les cris. Sauf les siens.

Son gilet et ses jambières l'entraînaient vers le fond. Le froid l'ankylosait. Ses membres n'étaient plus que des morceaux gourds de chair et d'os, qui luttaient par automatisme pour tenter de lui maintenir la tête hors de l'eau. Mais Torak ne les commandait plus. Il ne voyait plus rien que des gerbes blanches d'écume et des saules flous qui défilaient sur la rive. Et même cela disparut à ses yeux lorsqu'il coula pour la troisième fois.

Il comprit qu'il allait être emporté vers la cascade. Et mourir.

Pas le temps d'avoir peur. À peine celui d'être vaguement furieux que tout se terminât ainsi. Pauvre Loup. Qui s'occuperait de lui, désormais ? Renn, peut-être... Il ne restait plus qu'à espérer que la jeune fille ne trouverait pas le corps. Un noyé n'est jamais beau à voir.

*
* *

La mort se jeta aux trousses du garçon.

Au début, elle prit l'apparence d'un arc-en-ciel d'écume et d'éclaboussures. Puis elle se fondit dans les vagues, et celles-ci devinrent douces comme une deuxième peau. Il n'y avait plus de fleuve irascible. Plus de courant irrésistible.

Torak se laissa emporter.

160

Impossible de respirer. La mort l'atteignit et l'attira vers le fond. Elle n'avait rien d'inquiétant. Elle était scintillante, et paisible comme le sommeil qui vient cueillir le dormeur.

Et Torak s'enfonça plus bas, encore plus bas. De l'eau lui remplissait la bouche. Le nez. Les oreilles. Le fleuve l'avalait tout cru, d'un seul bloc. Il avait pris possession du garçon. Il était à l'intérieur de Torak, et aussi autour de lui – puissance incoercible de l'eau qui rugit.

Pourtant, animé par la force du désespoir, le garçon réussit à refaire surface et à inspirer un peu d'air.

Mais le fleuve l'aspira de nouveau dans ses profondeurs vertes et tourbillonnantes.

Puis le grondement du fleuve s'atténua. Des traits de lumière filèrent dans la tête de Torak. Il coulait à pic.

*
* *

L'eau n'était plus bleue. Ni vert foncé. Elle était noire.

Le garçon était amorphe. Gelé. Il n'éprouvait plus aucune sensation. Il avait envie d'abandonner. Et de dormir. Pour toujours.

C'est alors qu'il perçut de discrètes bulles de rire. Des cheveux semblables à des algues vertes s'accrochèrent à sa gorge. Des visages cruels dardèrent sur lui des yeux blancs sans pitié.

— Viens..., susurrait le Peuple Caché du fleuve. Libère tes âmes ! Laisse-les flotter loin de cette masse de chair lourde et inutile...

Torak eut l'impression d'être vidé. Comme si on lui avait retiré ses intestins.

Le Peuple Caché ricana :

— Ha-ha ! Regardez ! Ses âmes commencent de se libérer ! Elles meurent d'envie de nous rejoindre !

Torak tournoyait tel un poisson mort. Le Peuple Caché disait juste. Ce serait si bon, si facile d'abandonner son enveloppe corporelle et d'être emporté, enveloppé dans l'étreinte froide de ces êtres...

Un hurlement désespéré de Loup le secoua.

Torak ouvrit les yeux. Des bulles d'argent montèrent dans l'obscurité. Le Peuple Caché filait se cacher.

De nouveau, Loup l'appela.

Loup avait besoin de lui. Ils devaient accomplir quelque chose ensemble.

Battant l'eau de ses membres engourdis, Torak tenta de se débattre pour remonter à la surface. Le noir s'éclaircit. Devint vert. La lumière l'attirait à lui.

Il avait presque atteint la surface quand il sentit qu'on le regardait. Et il *les* vit. Deux yeux aveugles. Blancs. Qui le fixaient.

Qu'étaient-ils ? Des perles de rivière ? Les yeux d'un membre du Peuple Caché ?

La Prophétie ! L'énigme !

« La plus profonde est un regard noyé... »

Sa poitrine allait exploser. S'il ne respirait pas au plus vite, il mourrait. Mais, s'il ne plongeait pas, s'il n'attrapait pas ces yeux – peu importait ce qu'ils étaient en réalité –, il les perdrait pour toujours.

Il fit volte-face. Battit des pieds du plus fort qu'il put. Fendit l'eau vers le fond.

Le froid piquait ses propres yeux. Cependant, il n'osa pas les refermer. Il s'approcha du « regard noyé ».

L'aborda par l'arrière. Attrapa une poignée de vase glacée. Il l'avait !

Du moins, c'est ce qu'il lui semblait.

Pas moyen de vérifier. Un épais tourbillon de vase s'élevait autour de lui. Et le garçon ne pouvait pas ouvrir son poing : il risquait de les faire glisser. De toute manière, il sentait leur poids qui l'attirait vers le fond. Il vira et revint vers la lumière.

Mais il faiblissait. Et, alourdi par ses vêtements trempés, il crut qu'il restait sur place tant sa progression était lente. Les traits de lumière fusaient dans sa tête. Les bulles de rire aussi.

— Trop tard, murmurait le Peuple Caché. Tu n'atteindras plus jamais la lumière, à présent. Reste avec nous, petit, toi dont les âmes aspirent à la liberté... Reste ici pour toujours...

Quelque chose attrapa sa jambe et stoppa sa remontée.

Il donna un coup de pied. Ne parvint pas à se libérer. *Quelque chose* le retenait. Juste sous sa cheville. Torak se contorsionna pour se dégager. Le *quelque chose* tint bon. Le garçon essaya de dégainer son couteau. Il ne parvint pas à le sortir de son fourreau. Il avait resserré la gaine au moment de traverser. Et il n'avait pas la force de la desserrer, à présent.

La colère le reprit.

« Lâchez-moi ! hurla-t-il dans sa tête. Éloignez-vous ! Vous ne nous garderez pas, le Nanuak et moi ! »

La fureur le survolta. Il frappa sauvagement... et le *quelque chose* relâcha sa prise, poussa un gargouillement sinistre et s'enfonça dans l'obscurité. Torak fila vers la lumière.

Il fendit la surface, aspirant à pleins poumons. Dans l'éclat du soleil, il aperçut une étendue d'eau verte, et, au-dessus, une branche qui fonçait droit sur lui à grande vitesse. Il tendit sa main libre vers elle, mais la rata. Il sentit un choc. Puis une explosion de douleur.

La branche ne l'avait pas assommé. Il sentait le courant le malmener, il entendait son souffle rauque, il avait les paupières ouvertes, il regardait de tous ses yeux. Et il ne voyait rien.

La panique se saisit de lui.

« Pas ça, pensa-t-il. Non, pas ça. Tout, mais pas ça. Je ne veux pas être aveugle... »

VINGT-ET-UN

La Femelle Sans Queue gémissait et agitait ses membres antérieurs. Loup en profita pour la laisser et s'élança le long de la rive.

Quand il sentit la présence de Grand Sans Queue dans les saules, il se mit à pousser de petits cris plaintifs à son tour. Son frère de meute gisait sur un tronc d'arbre échoué sur la rive, le corps à moitié dans l'eau. Il dégageait une forte odeur de sang. Et ne bougeait pas d'un poil.

Loup lécha la joue froide de son frère. Mais Grand Sans Queue ne réagit pas. Était-il Sans-Souffle ? Loup leva le museau et hurla.

Des branches craquèrent, annonçant l'arrivée pataude de la Femme Sans Queue. Loup se retourna pour défendre son frère de meute. Elle se contenta de le repousser, passa ses membres antérieurs autour des épaules de Grand Sans Queue et le tira à l'abri de l'eau.

Malgré lui, Loup était impressionné.

Il la regarda placer ses antérieurs sur Grand Sans Queue et appuyer avec force. Et Grand Sans Queue toussa ! Il n'était plus Sans-Souffle !

Mais au moment où Loup bondissait pour rejoindre son frère de meute et lui lécher le museau, la femelle le repoussa de nouveau ! Sans se soucier des grognements menaçants du louveteau, elle remit Grand Sans Queue sur ses jambes et l'entraîna sur la rive. Grand Sans Queue se prenait les pieds dans les buissons de noisetiers comme s'il ne les voyait pas.

Loup les observait avec attention. Il se détendit un peu lorsqu'ils atteignirent une Tanière éloignée du fleuve. Une Tanière convenable. Pas une Tanière minuscule où l'on ne pouvait pas respirer.

Mais la femelle ne laissait toujours pas Loup approcher de son frère de meute. Grondant, le louveteau la heurta de tout son poids. Au lieu de s'écarter, elle prit un bâton, le lança hors de la Tanière, le montra du doigt puis désigna Loup.

Lequel l'ignora et revint vers Grand Sans Queue, qui essayait d'enlever sa fourrure. Bientôt, Grand Sans Queue n'eut plus que ses longs poils sur la tête. Il se roula dans son coin, les yeux fermés, tremblant de froid. Sa pauvre peau sans fourrure ne lui servait de rien.

Loup se coucha près de lui pour le réchauffer. La femelle Sans Queue créa un nouveau Brillant-monstre-à-la-morsure-brûlante. Grand Sans Queue s'approcha de la chaleur. Loup le fixa avec anxiété. Et si son frère de meute allait se brûler les pattes ?

C'est alors que Loup s'aperçut que Grand Sans Queue tenait dans ses antérieurs quelque chose qui luisait étrangement.

Loup le renifla. Et recula. La chose dégageait des odeurs de chasseur et de proie, d'Eau Rapide et d'arbre mêlées. Et il en émanait un fredonnement si aigu et si fin que Loup le percevait à peine.

Le louveteau en conçut une grande crainte. La chose était assurément très, très puissante.

VINGT-DEUX

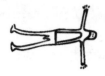

Torak s'enroula dans sa couverture, incapable de maîtriser ses tremblements. Il avait la tête en feu, et l'impression que tout son corps n'était qu'un immense hématome.

Le pire, néanmoins, c'est qu'il n'y voyait pas. Il était aveugle ; et chaque battement de son cœur scandait ce mot : « Aveugle, aveugle, aveugle... »

Il entendait les craquements du feu et le murmure de Renn :

— Tu voulais te tuer, ou quoi ?

— Hein ? lâcha-t-il.

Ou plutôt, voulut-il lâcher. Il n'émit qu'un grognement. Sa bouche était pâteuse. Pleine du goût douceâtre et légèrement salé du sang.

— Tu avais presque atteint la surface, continua Renn en appliquant sur son front ce qui, au toucher, semblait être des toiles d'araignée. Et au moment où tu allais émerger, tu as fait demi-tour, et tu as nagé – nagé délibérément – vers le fond...

Le garçon comprit qu'elle n'avait pas vu le Nanuak. Mais son poing était encore crispé par le froid. Il n'arrivait pas à l'ouvrir pour lui montrer les yeux.

Il sentit la langue chaude et râpeuse de Loup sur son visage. Une étincelle de lumière apparut. Puis une grosse truffe noire. Le moral de Torak remonta aussitôt en flèche.

— 'e 'ois ! s'extasia-t-il. 'e 'ois !

— *Quoi ?*

— 'e vois !

— Ah ! Bien sûr que tu vois ! Tu t'es blessé quand tu as heurté la branche, et du sang a coulé sur tes yeux. Les blessures à la tête saignent beaucoup. Tu ne le savais pas ?

Torak était si soulagé qu'il aurait éclaté de rire si ses dents n'avaient pas claqué avec tant de violence.

Il constata qu'ils étaient dans une petite grotte aux murs de terre. Des bûches de bouleau flambaient au milieu. Ses vêtements trempés, suspendus à des racines d'arbre qui dépassaient du plafond, commençaient de fumer. Le tonnerre des chutes était impressionnant. Ce bruit et la vue qu'il avait sur le faîte des arbres à l'entrée de la caverne lui firent supposer qu'ils devaient être quelque part sur le flanc de la vallée. Il ne se rappelait pas être monté jusque-là. Renn avait dû l'y traîner. Il se demanda comment elle avait réussi.

La jeune fille était agenouillée à côté de lui. Elle semblait sous le choc.

— Tu as eu de la chance, dit-elle. Beaucoup, beaucoup de chance. Maintenant, ne bouge pas.

De son sac à remèdes, elle tira quelques feuilles d'achillée séchées, et les brisa dans sa paume. Puis elle retira les toiles d'araignée et pressa les miettes d'achillée sur le front du garçon. Elles se collèrent sur la blessure, tel un pansement instantané.

Torak ferma les yeux. Il écouta la furie incessante des chutes. Loup se glissa sous ses couvertures, tout contre lui, et se tourna jusqu'à ce qu'il se sentît à l'aise. Il était délicieusement chaud et poilu. Il lécha l'épaule de Torak. Le garçon lui lécha le museau en retour.

Et il s'endormit.

*

* *

Lorsqu'il se réveilla, il ne tremblait plus. Par contre, il tenait toujours dans sa main le Nanuak. Il devinait sa présence dans son poing.

Loup explorait le fond de la grotte. Renn triait des herbes éparpillées sur ses genoux. Le sac de Torak, ses bottes, son arc et son carquois étaient entassés devant elle. Il se rendit compte que, pour les récupérer, elle avait dû passer le fleuve. À deux reprises.

— Renn..., souffla-t-il.

— Quoi ? grogna-t-elle sans lever les yeux.

Au ton de sa voix, Torak comprit qu'elle était encore en colère.

— Tu m'as tiré de la rivière. Tu m'as amené jusqu'ici. Tu es même allée chercher mes affaires. Je n'arrive pas à croire que... Enfin, tu as été si... si courageuse...

La jeune fille garda le silence.

— Renn...

— QUOI ?

— Il fallait que je replonge. Je n'avais pas le choix.

— Pourquoi ?

Maladroitement, il leva sa main qui tenait le Nanuak et ouvrit les doigts.

Aussitôt, le feu vacilla, sur le point de s'éteindre. Des ombres dansèrent sur les murs de la caverne. L'air parut s'emplir de craquements. On aurait cru que l'orage allait éclater et les éclairs zébrer les parois.

Loup se raidit et poussa un grondement méfiant. Renn se figea.

Dans la paume de Torak, les yeux du fleuve gisaient dans un écrin de vase verte. Il émanait d'eux une lueur opaline, laiteuse, telle la Lune par les nuits de brume.

En posant son regard dessus, Torak éprouva le même malaise qui l'avait pris au fond de l'eau.

— C'est cela, n'est-ce pas ? « La plus profonde est un regard noyé... » Voilà la première partie du Nanuak...

Renn blêmit.

— Ne... ne b... bouge pas..., bégaya-t-elle.

Elle quitta la grotte. Revint avec des feuilles écarlates de sorbier.

— Tu as de la chance que la vase ait protégé ta main, dit-elle. Il ne faut pas qu'ils touchent ta peau. Ils suceraient ta propre âme-du-monde.

— Ah... C'est pour ça que... dans la rivière... j'ai commencé à me sentir... bizarre...

Il lui raconta son aventure avec le Peuple Caché.

— Comment as-tu osé les affronter ? s'exclama la jeune fille, horrifiée. S'ils t'avaient attrapé...

De la main, elle fit un geste pour conjurer le mauvais sort.

— Je n'en reviens pas que tu aies dormi avec ça dans la main..., souffla-t-elle.

Elle sortit un petit sachet de son gilet, et le garnit de feuilles de sorbier.

— Les feuilles devraient nous protéger, expliqua-t-elle. Et le sachet aussi. Il est en peau de corbeau.

Elle attrapa le poignet de Torak, fit glisser les yeux du fleuve dans le sachet et serra fort.

Dès que le Nanuak fut caché, les flammes repartirent. Les ombres rétrécirent. Et l'air cessa de craquer.

Torak eut l'impression qu'on l'avait soulagé d'un grand poids. Il regarda Loup s'avancer et s'étendre près de Renn, le museau entre les pattes, les yeux sur le sachet qu'elle avait posé sur ses genoux. Le louveteau gémissait doucement.

— Tu crois qu'il peut le sentir ? demanda la jeune fille.

— Le sentir ou l'entendre, suggéra Torak. Je ne sais pas.

Renn frissonna et murmura :

— Pourvu qu'aucune autre créature ne le puisse...

VINGT-TROIS

Torak se réveilla à l'aube. Il avait des courbatures. Mal partout. Mais il pouvait bouger bras et jambes. Rien de cassé. Il décida qu'il était mieux.

Renn était agenouillée devant l'entrée de la grotte. Elle essayait de nourrir Loup avec une poignée de baies. La main tendue, un rictus concentré sur le visage, elle tentait d'amadouer le louveteau, qui s'avançait, reculait brusquement... et finit par décider qu'il pouvait lui accorder sa confiance. Il goba les fruits. La jeune fille éclata de rire lorsque les moustaches de l'animal lui chatouillèrent la paume.

Et elle se tut dès qu'elle s'aperçut que Torak l'observait. Elle avait honte d'avoir été surprise en train de lier amitié avec Loup.

— Comment tu te sens ? demanda-t-elle.

— Mieux, répondit le garçon.

— On ne dirait pas. Tu as besoin d'au moins une journée de repos.

Elle se leva :

— Je vais aller chasser. Mieux vaut garder la viande séchée pour quand on n'aura rien d'autre.

Torak s'assit périlleusement.

— Je viens aussi, déclara-t-il.

— Non. Repose-toi, c'est plus...

— Mes vêtements sont secs, la coupa-t-il, et j'ai besoin de bouger.

Pas question d'avouer la véritable raison. À savoir qu'il détestait les grottes. P'pa et lui y avaient parfois trouvé refuge. Mais Torak finissait toujours sa nuit dehors. Il n'aimait pas à être protégé par des murs solides, à l'abri du vent et de la Forêt. C'était comme s'il avait été avalé vivant.

Renn soupira :

— Au moins, promets-moi que, dès qu'on aura tué un animal, tu rentreras te reposer.

— Promis.

Il eut plus de mal à s'habiller qu'il ne l'avait imaginé. Il termina les larmes aux yeux. Et constata, soulagé, que Renn n'avait rien remarqué : elle se préparait pour la chasse.

La jeune fille se peigna avec une brosse en frêne, qui ressemblait à une serre de corbeau. Puis elle se fit une queue-de-cheval, dans laquelle elle planta une plume de chouette pour qu'elle lui portât chance dans sa chasse. Après quoi, elle se couvrit de cendres pour masquer son odeur et frotta son arc avec de l'huile de noisettes écrasées en psalmodiant :

176

— Que le gardien du clan vole avec moi et rende ma chasse profitable !

Torak n'en revenait pas :

— On se prépare pour la chasse comme vous ! Sauf qu'on dit : « Que le gardien du clan *coure* avec moi »... Et nous ne graissons pas nos arcs chaque fois.

— Ça, c'est mon truc, avoua la jeune fille.

Elle brandit son arc avec amour. Le bois huilé brilla.

— Fin-Kedinn l'a taillé pour moi quand j'avais sept ans, expliqua-t-elle. Juste après que mon père a été tué. C'est du bois d'if séché pendant quatre étés. Un peu d'aubier derrière, pour la flexibilité. Et du duramen, au centre, pour la solidité. Fin-Kedinn m'a aussi taillé mon carquois. Il a choisi l'osier, mais c'est moi qui ai décidé de la décoration. Un zigzag de saule rouge et blanc.

Elle se tut. Les souvenirs obscurcirent son visage.

— Je n'ai jamais connu ma mère, murmura-t-elle. P'pa était tout, pour moi. Quand il a été tué, j'ai pleuré... j'ai pleuré si fort. Après sa mort, Fin-Kedinn est venu vers moi, et je l'ai frappé. Poings fermés. De toute ma force. Il n'a pas bougé. Il était là. Debout. Impassible. Aussi immobile qu'un chêne. Et moi, je le frappais. Après, il a dit : « C'était mon frère. Je m'occuperai de toi. » J'ai su qu'il le ferait.

Elle battit des paupières. Renifla.

Torak comprit que son oncle lui manquait. Et qu'elle avait peut-être aussi peur. Pas peur *de* lui : peur *pour* lui. Il la traquait dans la Forêt que hantait un ours. L'Ours.

Pour lui laisser le temps de se reprendre, Torak s'occupa de ses propres préparatifs, réunit ses armes, puis lança :

— Allez, viens ! On part à la chasse !

Elle opina et mit son carquois sur son dos.

177

*
* *

La matinée était éclatante et froide. Jamais la Forêt n'avait été aussi magnifique. L'écarlate des sorbiers et le doré des bouleaux flamboyaient comme des torches au milieu du vert sombre des épicéas. Les buissons de myrtilles étincelaient : les rayons du Soleil dansaient sur les fils givrés de milliers de petites toiles d'araignée tissées dans leurs branches. La mousse, gelée, crissait sous les pas des chasseurs. Quelques pies curieuses voletaient d'arbre en arbre. Elles suivaient Renn et Torak en criant. L'Ours devait être loin.

Mais Torak n'eut pas le loisir d'en profiter plus longtemps. Vers midi, Loup effraya des grouses, qui s'envolèrent aussitôt à grand renfort de glougloutements indignés. Les oiseaux fendaient l'air à toute vitesse ; et Torak avait le soleil dans les yeux. Il n'encocha même pas une flèche. Aucune chance qu'il touchât au but.

Renn, elle, n'hésita pas. Décocha un trait. Et une grouse tomba sur la mousse.

Torak en resta bouche bée :

— Co... comment as-tu réussi ce coup ?

Renn rougit :

— Ben, je... Je m'entraîne beaucoup.

— J'avais jamais vu personne tirer aussi bien... Je croyais même pas que c'était possible ! Vous êtes tous comme ça, dans ton clan ?

La jeune fille se mordit les lèvres.

— Ou les autres sont encore meilleurs ? insista Torak.

— Hum... Non. Je passe pour la plus douée.

Gênée, la jeune fille fila récupérer la grouse dans un buisson de myrtilles. Puis elle se retourna vers le garçon et lui adressa un sourire de louve :

— Tu te souviens de ta promesse ? Maintenant, tu vas devoir rentrer et te reposer...

Le garçon prit l'oiseau. S'il avait su qu'elle était aussi bonne tireuse, il n'aurait jamais fait cette promesse inconsidérée !

*
* *

Lorsque Renn revint à la grotte, ils festoyèrent. Le ululement d'une chouette leur indiqua que l'Ours était loin. D'après la jeune fille, ils s'étaient assez avancés vers l'est pour ne plus avoir à craindre les Corbeaux. Et ils avaient besoin de manger quelque chose de chaud.

Renn enveloppa deux petits morceaux de grouse dans des feuilles de patience : c'était son offrande aux gardiens de son clan. Torak déplaça le feu à l'entrée de la grotte. Pas question de dormir une nuit de plus à l'intérieur. Il remplit à moitié la marmite de Renn avec de l'eau, et il la suspendit au-dessus des flammes. Puis, avec une branche fourchue, il y entassa des pierres incandescentes pour chauffer le récipient ; et il y déposa l'oiseau plumé et découpé. Bientôt, il remuait une appétissante grouse au pot, assaisonnée d'ail et accompagnée de grands champignons sauvages aux amples corolles odorantes.

Renn et Torak ne laissèrent qu'un petit morceau de viande pour le prochain repas. Ils saucèrent le jus avec des racines cuites sur la braise. Ensuite, ils dégustèrent une délicieuse compote de baies tardives et de noisettes que Renn avait préparées. Enfin, ils achevèrent leur repas par des faînes, qu'ils firent d'abord griller sur le feu avant de les peler et de déguster leur chair succulente.

Quand ils eurent terminé, Torak n'aurait pu avaler la moindre bouchée supplémentaire. Il s'installa près du feu pour recoudre sa jambière à l'endroit où le Peuple Caché l'avait agrippée. Renn s'assit à côté, préparant ses flèches. Loup se coucha entre eux en se léchant les pattes. Lui aussi avait participé au festin : il avait englouti d'un coup de dents le blanc de grouse que Torak lui avait réservé.

Pendant un moment, un silence amical régna autour du feu. Torak se sentait content. Presque optimiste. Après tout, il avait déjà échappé à d'innombrables dangers ; trouvé une alliée de choix ; et inventé la première partie du Nanuak. Ce n'était pas rien !

Soudain, Loup bondit sur ses pattes et fila. Il revint peu après. Tourna autour du feu, agité. Poussa de petites plaintes, entre grognements et gémissements.

— Que se passe-t-il ? s'enquit Renn à voix basse.

Torak s'approcha de Loup et écouta.

— Je ne saisis pas tout, dit-il. Il dit quelque chose comme : « Odeur de mort. Vieille mort. Bouger. » En gros.

La jeune fille et le garçon scrutèrent l'obscurité.

— On n'aurait pas dû allumer un feu, conclut Renn.

— C'est trop tard.

Loup se tut. Il leva le museau et les yeux vers le ciel. Torak l'imita. Et les dernières traces de sa bonne humeur disparurent.

À l'est, au-dessus de l'imposante silhouette nocturne des Hautes Montagnes, l'œil rouge du Grand Aurochs les observait. Impossible de le rater, cet œil cramoisi, vicieux, luisant de malice. Torak était fasciné. Incapable de s'en détacher. Il sentait son pouvoir, cette force que l'Aurochs envoyait à l'Ours, et qui sapait le moral et la volonté du garçon.

— Quelle chance a-t-on de battre l'Ours ? demanda-t-il. Sincèrement, d'après toi, a-t-on simplement une chance ?

— Je n'en sais rien, reconnut Renn.

— Comment va-t-on trouver les deux autres parties du Nanuak ? s'inquiéta le garçon.

Il récita :

« Dent de pierre est la plus ancienne ;
Et il n'est pas lumière plus noire que la plus froide. »

— Qu'est-ce que ça veut dire ? *Est-ce que* ça veut dire quelque chose ?

Renn garda le silence.

Le garçon finit par détourner le regard et alla s'asseoir devant le feu. Mais l'œil rouge semblait continuer de le fixer à travers les flammes.

Derrière lui, Renn s'exclama :

— Regarde, Torak ! C'est le Premier Arbre !

De nouveau, le garçon leva la tête.

L'œil rouge avait disparu. À la place, un halo vert, mouvant, silencieux, irradiait le ciel. À présent, un rai de lumière dorée tourbillonnait au gré d'un vent muet. Puis le rai disparut, et une mer de vaguelettes vert pâle, scintillantes, se mit à déferler sur la grève céleste semée d'étoiles. Le Premier Arbre s'étendait à l'infini, éclairant la Forêt de son feu miraculeux.

En l'admirant, Torak sentit qu'une étincelle d'espoir se rallumait en lui. Depuis qu'il était tout petit, il aimait regarder le Premier Arbre s'étendre, par les nuits glaciales, tandis que P'pa lui racontait l'histoire du Commencement.

Le Premier Arbre portait chance aux chasseurs. Peut-être lui porterait-il chance, à lui aussi.

— Je crois que c'est bon signe, déclara Renn, comme si elle avait lu dans les pensées du garçon. Encore un. Parce que, plus j'y réfléchis, moins je pense que tu as trouvé les yeux du Nanuak par hasard. C'est bizarre que tu sois tombé à l'eau pile à l'endroit où ils gisaient, non ? Il n'y a pas de hasard : il n'y a que des rendez-vous. Tu les as trouvés parce que tu devais les trouver.

Torak lui jeta un regard interrogatif.

— Peut-être qu'ils ont été délibérément placés sur ton chemin, continua la jeune fille avec lenteur. Mais il te revenait de choisir ce que tu en ferais. Quand tu les as vus au fond du lit du fleuve, alors que tu luttais pour survivre, tu aurais pu décider que c'était trop dangereux d'aller les chercher. Tu as décidé le contraire. Tu as risqué ta vie pour les prendre. Peut-être que cela faisait partie de l'épreuve.

C'était une idée encourageante. Torak se sentit mieux. Il s'endormit, le regard perdu dans la canopée verte et silencieuse du Premier Arbre, tandis que Loup s'éloignait pour l'une de ses mystérieuses promenades en solitaire...

VINGT-QUATRE

Loup quitta la Tanière et monta le coteau qui surplombait la vallée. Il voulait sentir l'odeur du vent. Une odeur entêtante de proie en putréfaction. De proie tuée depuis longtemps.

Sauf que l'odeur se déplaçait.

En courant, Loup constatait avec joie que ses coussinets se durcissaient. Ses membres devenaient plus puissants à chaque Ombre qui passait. Il adorait courir. Grand Sans Queue aussi. Pourtant, comme son frère de meute pouvait être lent, parfois !

Comme Loup s'approchait du faîte, il entendit distinctement le rugissement de l'Eau-qui-tonne et le bruit d'un lièvre sorti se nourrir dans la vallée. Au-dessus de lui, il vit le Grand Œil Brillant au milieu de ses nombreux louveteaux. Tout était comme d'habitude. À part cette odeur.

Parvenu au sommet de la colline, il leva le museau et perçut la fragrance des vents chargés de bruyère. Et encore l'autre odeur. Plus proche.

Il courut vers la vallée. Et il retrouva l'odeur. Et il la distingua plus précisément. C'était quelque chose d'étrange, qui soufflait et exhalait un relent de pourriture.

Il s'approcha assez pour observer la Puanteur plongée dans l'obscurité. Mais il veilla à rester discret pour ne pas se faire remarquer.

Stupéfait, il constata que la chose n'était pas morte. Elle respirait. Elle avait des serres. Elle marchait bizarrement. Elle grognait. Elle écumait : son museau était couvert de bave.

Cependant, ce qui étonna le plus Loup, ce fut qu'il ne parvint pas à percevoir ce que la chose ressentait. Son esprit semblait cassé. Brisé en mille morceaux comme de vieux os. Loup n'avait jamais rencontré cela auparavant.

Il regarda la chose avancer. Elle se dirigeait vers le versant de la Tanière. Là où dormaient les Sans Queue.

Juste au moment où Loup allait attaquer, la chose se secoua et s'éloigna. Cependant, malgré la confusion des pensées de celle-ci, Loup eut une certitude : la Puanteur reviendrait.

VINGT-CINQ

Quand Torak émergea de ses couvertures, il avait mal partout. Il constata que la vallée avait disparu. L'Haleine de l'Esprit du Monde l'avait effacée tout entière.

Le brouillard était tombé sur eux, comme un voleur surgit dans la nuit.

Torak bâilla. Loup l'avait souvent réveillé, cette nuit. Le louveteau courait de-ci de-là en poussant de petits aboiements pressants : « Odeur de mort... Fais attention... »

N'importe quoi.

Chaque fois que Torak s'était levé pour scruter l'obscurité, il n'avait rien vu. Juste senti un relent de charogne. Et éprouvé l'impression gênante d'être regardé. Rien de plus.

— Peut-être que Loup n'aime pas le brouillard, suggéra Renn d'une voix grognon en roulant ses couvertures. C'est mon cas. Avec le brouillard, on ne sait plus à quoi se fier.

— Je ne crois pas que ce soit ça, murmura Torak en observant Loup, qui reniflait l'air.

— Alors, c'est quoi ?

— Je l'ignore. On dirait qu'il y a quelque chose, dans les parages. Pas l'Ours. Pas les Corbeaux. Quelque chose d'autre.

— Je ne comprends rien à ce que tu racontes...

— Moi non plus. Mais nous ferions mieux d'être sur nos gardes.

La mine pensive, il remit du bois dans le feu pour réchauffer ce qui restait de leur festin de la veille.

Renn compta les flèches dans son carquois. Elle grimaça :

— Plus que quatorze. Il m'en faudrait plus. Tu sais sculpter des pointes en silex ?

— Non. Je ne suis pas assez fort pour ça. P'pa devait m'apprendre l'été prochain. Et toi ?

— Non plus. Et on n'a aucune idée de la distance à laquelle se trouve la Montagne. On a encore besoin de prendre du gibier.

— Peut-être en attrapera-t-on aujourd'hui...

— Dans le brouillard ?

Torak fronça les sourcils. Le brouillard était si épais qu'ils n'y voyaient pas à cinq pas devant eux. Les clans appelaient ce phénomène la Fumée-de-glace. C'était un souffle gelé qui descend des Hautes Montagnes au début de l'hiver, noircissant les baies et envoyant les petites créatures se réfugier dans leurs terriers.

L'instant d'après, ils quittaient la grotte.

*
* *

Loup conduisit Renn et Torak le long d'un sentier d'aurochs qui zigzaguait sur le flanc nord de la vallée. La montée à travers les fougères gelées était glaçante. Le brouillard étouffait les sons et rendait les distances difficiles à juger. Des arbres se dressaient devant eux avec une brusquerie inquiétante.

À un moment, les voyageurs tombèrent sur un renne. Pour découvrir juste après qu'il s'agissait d'un arbre mort.

Dans ces circonstances, casser la pierre pour en faire des pointes de flèche était épuisant et frustrant. Pourtant, ils en avaient grand besoin.

À deux reprises, Torak crut voir une silhouette dans le sous-bois. Mais, quand il courut vers elle, il ne trouva rien.

À ce rythme, il leur fallut toute la matinée pour gravir le flanc de la colline, et toute l'après-midi pour gagner la vallée suivante où une forêt de pins silencieuse veillait sur une rivière endormie.

Renn et Torak gagnèrent un abri de fortune après avoir avalé tristement leur dîner.

— Tu te rends compte que nous n'avons pas vu le moindre renne ? s'exclama la jeune fille. Alors qu'il devrait y en avoir partout, à cette époque !

— J'avais remarqué, dit le garçon.

La neige était tombée sur les sommets. Cela aurait dû attirer des hordes de rennes dans la Forêt. Les animaux y auraient engraissé en dévorant mousse et champignons. Parfois, les rennes se goinfraient de champignons au point qu'ils n'avaient plus le goût de rennes... mais de champignons !

— Que feront les clans si les rennes ne reviennent pas ? s'inquiéta Renn.

Que répondre ? La présence des rennes était la condition indispensable pour que les hommes survivent. Ils étaient leur viande. Ils étaient leurs couvertures. Ils étaient leurs vêtements.

Torak se demanda comment il allait se débrouiller pour ses propres vêtements d'hiver. Renn avait été assez prévoyante pour passer les siens avant de quitter le campement du Corbeau. Elle n'avait pas pu en voler pour lui. Il possédait juste une peau de daim. Parfait pour l'été ; mais pas vraiment aussi chaud que le manteau et les jambières de fourrure que P'pa et lui se confectionnaient chaque automne !

Même s'ils trouvaient du gibier, ils n'auraient pas le temps de se tailler des vêtements. Car, derrière le voile brumeux, l'œil rouge du Grand Aurochs continuait de monter dans le ciel.

Torak ferma les yeux. Repoussa cette idée. Finit par s'endormir d'un sommeil agité. Cependant, quand il s'éveilla, durant la nuit, il *la* sentait – cette étrange odeur de charogne...

*
* *

Le lendemain, l'aube était encore plus froide et brumeuse que les matins précédents. Même Loup semblait affecté par la température tandis qu'il les guidait le long de la rivière, vers l'aval.

Ils atteignirent un endroit où un chêne était tombé à travers le cours d'eau, formant un pont, qu'ils passèrent à quatre pattes. Peu après, ils se trouvèrent à un croisement. À gauche, une vallée de bouleaux noyée dans le brouillard. À droite, un couloir froid et humide ; des flancs escarpés ; un amas hostile de rochers moussus.

Loup prit à droite. Renn protesta :

— Non, non et non ! La Montagne est au nord. Pourquoi continue-t-il d'aller vers l'est ?

Torak haussa les épaules :

— Je suis d'accord avec toi. C'est curieux. Mais Loup semble sûr de lui.

La jeune fille ricana. De nouveau, elle avait des doutes.

Torak regarda Loup, qui les attendait patiemment. Il se sentit coupable. Le louveteau n'avait pas encore quatre lunes. À cet âge, il aurait dû jouer dans sa tanière avec les siens. Pas voyager à travers monts et collines.

— Faisons-lui confiance, dit-il.

Renn grogna. Puis remonta son sac sur ses épaules et pénétra dans le couloir à la suite de Torak et de Loup.

*
* *

Dix pas : c'est la distance qu'il leur suffit de parcourir pour comprendre qu'ils n'étaient pas les bienvenus. Les immenses épicéas étendaient grand leurs bras pour les avertir. Un rocher s'écrasa devant eux. Un autre bloqua le passage juste derrière Renn. L'odeur de charogne augmenta. Et sa bizarrerie aussi : si elle provenait d'une proie abandonnée, pourquoi n'entendait-on pas de corbeaux ?

Le brouillard s'épaissit. Les voyageurs ne pouvaient pas voir à deux pas devant eux. Tout ce qu'ils entendaient – le « plic-ploc » de l'humidité sur les fougères, et le « glouglou » de l'eau venant mourir sur la rive herbeuse.

Torak crut distinguer des ours dans le brouillard. Il regarda Loup. Mais celui-ci ne montrait pas le moindre signe d'inquiétude. Il continuait sa route tranquillement.

À la mi-journée – ou à ce qui semblait être la mi-journée –, ils s'arrêtèrent pour reprendre des forces. Loup se coucha, la langue pendante. Renn posa son sac, le visage crispé, les cheveux trempés.

— J'ai vu des roseaux, là-bas, annonça-t-elle. Je vais aller me tresser une capuche...

Elle suspendit arcs et carquois à une branche et s'éloigna, Loup sur ses talons.

Torak se pencha sur le bord de la rivière pour y remplir les gourdes. Bientôt, il entendit des pas.

— Tu as fait vite, Renn ! lança-t-il.

— ON S'EN VA ! aboya une voix derrière lui. Ici, c'est la Vallée-du-Marcheur. Et le Marcheur coupe la gorge aux intrus !

VINGT-SIX

Torak se retourna d'un bloc. Devant lui se dressait un colosse incroyablement sale, qui le menaçait avec un couteau.

L'inconnu avait un visage aussi rude et creusé que l'écorce d'un chêne. Ses cheveux, qui lui arrivaient à la taille, étaient semés de saletés. Sur ses épaules flottait une cape puante faite en roseaux recouverts de vase jaunâtre. Au moins, Torak avait une explication à la puanteur de charogne qu'il avait repérée : autour du cou de l'homme était suspendue une carcasse de volatile en train de pourrir doucement.

En fait, l'homme lui-même semblait en état de décomposition. L'une de ses orbites était vide et purulente ; sa bouche, noire et édentée ; son nez, difforme et répugnant : un gros filet de morve jaune, tirant sur le vert, en dégoulinait.

— ON S'EN VA ! répéta-t-il en agitant sa lame de silex. Narik et le Marcheur disent : « On s'en va ! »

Vite, Torak plaça ses deux poings sur son cœur en signe d'amitié :

— S'il vous plaît... Nous venons en amis... Nous ne vous voulons aucun mal...

— Mais on a déjà fait du mal ! rugit l'homme. On a emmené le Mal avec soi vers la vallée magnifique. Le Marcheur veille toute la nuit. Toute la nuit, il attend de voir s'ils comptent amener le Mal dans la vallée !

— Quel mal avons-nous fait ? demanda Torak. Nous n'en avions pas l'intention.

Un remue-ménage dans les fougères. Loup se jeta... sur le garçon, qui le serra contre lui. Il sentit son petit cœur qui battait la chamade.

L'homme ne l'avait pas remarqué. Par contre, il avait entendu Renn qui s'approchait dans son dos.

— On est sournoise, hein ? lança-t-il en pivotant au dernier moment, le couteau brandi bien haut.

Renn recula précipitamment. Ce qui ne fit qu'augmenter la fureur de l'homme.

Il attrapa les arcs et les carquois, et les tint au-dessus de la rivière.

— On veut que le Marcheur les lance à l'eau ? cria-t-il. On veut les voir nager et disparaître, ces jolies flèches et ces petits arcs brillants tout plein ?

Muette d'horreur, Renn secoua la tête.

— Alors, on jette ses couteaux et ses haches, et on se dépêche ! conclut le colosse.

Vaincus, Torak et Renn durent s'exécuter. Ils jetèrent leurs dernières armes à leurs pieds. L'homme les fit prestement disparaître sous sa cape.

— Que voulez-vous ? demanda Torak, dont le cœur cognait à présent aussi vite que celui de Loup.

— ON S'EN VA ! rugit l'inconnu. Le Marcheur vous l'a déjà dit ! Narik aussi ! Et la colère de Narik est terrrrible !

Renn et Torak cherchèrent des yeux ce fameux Narik. Mais, alentour, il n'y avait que des arbres mouillés et des nappes de brouillard.

— On s'en allait, rétorqua la jeune fille, les yeux rivés sur l'arc que tenait l'homme dans son énorme poing.

— Par la Vallée ! Maintenant, on s'en va par là !

Il désigna le flanc du couloir.

— Mais... On ne peut pas passer par là, protesta Renn. C'est trop escarpé, on ne...

— Ça suffit ! aboya le Marcheur.

Et il jeta le carquois de Renn dans le courant.

La jeune fille poussa un cri et voulut plonger pour le récupérer. Torak la retint.

— Trop tard, souffla-t-il. Il a sombré.

Le lit du fleuve était plus profond, et le courant plus fort qu'ils n'y paraissaient. Renn ne retrouverait jamais son carquois auquel elle tenait tant.

Renn se tourna vers l'homme.

— Pourquoi avoir fait ça ? gronda-t-elle. On allait vous obéir ! Vous n'étiez pas obligé de...

— Oh, si, il était obligé, l'interrompit le Marcheur avec un sourire qui découvrit sa bouche ébréchée. Désormais, on sait que le Marcheur fait ce qu'il dit.

— Viens, Renn, dit Torak. Obéissons.

Furieuse, Renn rendossa son sac.

Et l'escalade de la paroi commença.

*
* *

Jusque-là, le voyage avait été pénible. Il devint terrible. Sous la pression du Marcheur, Torak et Renn étaient presque obligés de courir et de se hisser à la force des poignets quand le chemin devenait trop pentu.

La jeune fille ouvrait le cortège, le visage dur comme la pierre. La perte de son carquois lui avait été très douloureuse.

Loup resta bientôt à la traîne.

Torak se tourna pour l'aider. Le couteau du Marcheur fendit l'air et s'arrêta à un souffle du visage du garçon.

— On continue ! lança-t-il.

— Mais je voulais juste aider le...

— On continue !

Renn intervint :

— Tu es du clan de la Loutre, n'est-ce pas ? Je reconnais tes tatouages.

Le Marcheur s'immobilisa et la regarda. Torak en profita pour prendre dans ses bras le louveteau à bout de forces.

— Il en faisait partie, reconnut le Marcheur en se grattant le cou.

Sous la crasse incrustée dans la peau, des lignes sinueuses – comme des ondulations – bleu outremer apparurent.

— Pourquoi les as-tu abandonnés ? demanda Renn.

La jeune fille semblait faire un effort suprême pour oublier un instant son carquois et lier connaissance avec son ennemi, dans l'espoir de sauver leurs vies.

— Le Marcheur n'a pas abandonné le clan, grommela l'homme. Les Loutres l'ont abandonné, lui.

Il arracha une aile moisie du pigeon, la suça entre ses mâchoires édentées, l'assaisonnant au passage d'une bonne couche de morve.

Torak eut un haut-le-cœur. Renn verdit.

— Le Marcheur préparait des pointes de lance, expliqua-t-il entre deux succions peu ragoûtantes, quand le silex a éclaté et l'a mordu à la tête.

Il cria de rire, ce qui fit sursauter ses interlocuteurs.

— Le Marcheur n'allait pas bien, continua-t-il. On l'a recousu. Il n'allait toujours pas bien. À la fin, son œil est tombé, et un corbeau l'a mangé. Ha ! On ne le savait pas, hein, que les corbeaux aimaient les yeux ?

Une grimace tordit ses traits. Il se mit à marteler son visage à grands coups de poing.

— Aaaah... Il a souffert ! Beaucoup, beaucoup souffert ! Et toutes ces voix qui hurlaient, toutes ces âmes qui se combattaient dans sa tête... Alors, les Loutres l'ont chassé !

— Un membre de mon clan a aussi perdu un œil de cette manière, dit Renn. Nous sommes amis avec les Loutres. Nous ne vous voulons aucun mal.

— Peut-être, grogna le Marcheur.

Il ôta un os de sa bouche et le mit avec précaution dans sa cape.

— Mais on l'apporte quand même avec soi, conclut-il.

Soudain, il s'arrêta et scruta les environs.

— Le Marcheur allait oublier ! Narik lui a demandé des noisettes. Où sont passés les noisetiers ?

Torak serra Loup contre lui.

— Le mal que nous apportons, c'est...

— On sait ce que c'est, l'interrompit le Marcheur. C'est l'Ours-démon. Le Démon-ours. Et le Marcheur avait dit : ne l'invoque pas !

— Vous... vous l'avez dit ? À qui ? Au vagabond boiteux ? À celui qui a transformé l'Ours ?

Un coup de manche de couteau poussa le garçon en avant.

— Oui, oui, le boiteux, oui, bien sûr ! grommela le colosse. Le grand sage, toujours à courir après les démons pour qu'ils fassent ses quatre volontés...

Il poussa un nouvel aboiement de rire :

— Mais le garçon Loup ignore tout des démons, hein ? Il ne sait même pas ce que c'est ! Ah, oui, le Marcheur, il peut toujours parler...

Renn parut surprise. Torak évita de croiser son regard.

— Le Marcheur les connaît, poursuivit l'homme tout en continuant d'examiner les parois à la recherche de noisetiers. Oh, comme il les connaît ! Avant la morsure du silex, il était sage lui-même. Il savait que celui qui meurt en perdant l'âme-du-nom, celui-ci devient un fantôme, celui-ci oublie qui il est. Le Marcheur est toujours triste pour les fantômes. Mais si on perd l'âme-du-clan, alors, ce qui reste s'appelle... un démon !

Il se pencha en avant. Saisit Torak. Lui souffla son haleine rance au visage :

— Que le garçon Loup y réfléchisse : « Pas d'âme-du-clan, démon. » La toute-puissance du Nanuak... et aucun clan pour la dompter en toi. Juste la rage de sentir quelque chose qui manque. Qu'on a pris. Voilà pourquoi les démons détestent tant les vivants.

Torak crut ses paroles. Il avait vu la haine du démon lui-même. Cette haine qui avait tué son père...

196

— Et le boiteux ? demanda-t-il d'une voix rauque. Celui qui a pris le démon et piégé l'Ours... Comment s'appelle-t-il ?

— Ah ! s'exclama le Marcheur en faisant signe au garçon de se remettre en marche. Si saaaaage... Si intellllligent... Au début, il ne veut que de petits démons, les Sinueux et les Détaleurs. Mais ils ne sont jamais assez forts à son goût. Il en veut plus. Alors, il appelle les Mordeurs et les Chasseurs. Et ce n'est toujours pas suffisant.

L'homme sourit, lâchant une nouvelle bouffée aux relents de charogne.

— À la fin, murmure-t-il, il invoque... l'Élémental.

Renn lâcha un cri.

Torak ouvrit de grands yeux :

— Le *quoi* ?

Le Marcheur rit de nouveau :

— Ha-ha ! Elle sait ! La fille Corbeau sait !

Renn se tourna vers Torak, le regard très noir.

— Plus fortes sont les âmes, plus fort le démon, expliqua-t-elle en s'humectant la lèvre supérieure. Un Élémental accède à l'existence quand quelque chose de très, très puissant meurt. Quelque chose d'aussi puissant qu'une cascade, comme celles des Chutes-du-Tonnerre, ou comme un torrent de glace. Cette chose libère ses âmes. La plus forte de ces âmes donne naissance à un démon qu'on appelle un Élémental.

Loup se tortilla dans les bras de Torak, sauta à terre et disparut dans les bruyères.

« Un Élémental », répéta Torak dans sa tête, sidéré.

Mais ces histoires de démon agitaient le Marcheur.

— Ah, ils détestent tellement les vivants ! gémit-il en se balançant d'un côté et de l'autre. Elles brillent trop, elles brillent trop, les âmes si éclatantes, si éclatantes !

Mal ! Mal ! C'est de leur faute ! De la faute du garçon Loup et de la fille Corbeau ! Ils la ramènent vers la magnifique vallée du Marcheur !

— On est presque dehors..., fit observer Renn.

— Oui, regardez, renchérit Torak. On arrive au sommet, et...

— Pourquoi sont-ils venus ? l'interrompit le Marcheur en criant. Pourquoi ? Le Marcheur ne leur avait rien fait !

Il brandit au-dessus de sa tête les arcs qu'il leur avait confisqués. Il les tenait par les deux extrémités, faisant mine de les briser en deux.

Renn ne put en supporter davantage.

— NON ! hurla-t-elle. Ne touche pas à mon arc !

— Arrière, Corbeau ! rugit le colosse. Ou le Marcheur le brise en deux comme une vulgaire brindille !

— Pose-le ! glapit Renn en tentant vainement de récupérer son bien. Rends-le-moi !

Torak devait agir vite. Il glissa une main dans sa bourse de nourriture, puis tendit sa paume.

— Des noisettes ! clama-t-il. Des noisettes pour Narik !

L'effet fut immédiat.

— Des noisettes..., murmura le Marcheur.

Il laissa tomber les arcs sur les pierres, rafla les fruits que lui tendait Torak, s'accroupit, sortit une pierre de sous sa cape, entreprit d'ouvrir les fruits, et chicota de plaisir.

— Hum... Bonnes... Douces... Narik sera content...

Sans un bruit, Renn récupéra leurs arcs et essuya la crasse qui les recouvrait. Elle tendit à Torak le sien. Le garçon ne le prit pas. Il regardait la pierre avec laquelle le Marcheur cassait ses noisettes.

— Qui est Narik ? demanda-t-il.

Il tentait de faire parler le Marcheur afin d'en savoir plus :

— Est-il votre ami ?

— Le Marcheur peut très bien le voir, grommela l'homme accroupi. Pourquoi pas le garçon Loup ? Il a un problème aux yeux ?

Il plongea une main sous sa cape... et en ressortit une souris au pelage marron et galeux. Le petit animal s'arrêta en pleine dégustation d'une demi-noisette et regarda avec curiosité ceux qui avaient osé interrompre son repas.

Torak battit des paupières. La souris éternua et reprit son repas.

Le Marcheur caressa tendrement le rongeur avec un index crasseux :

— Ah... Le bébé du Marcheur...

Il avait laissé sa pierre par terre. D'une couleur noire, luisante, elle avait la taille de la main de Torak, et la forme d'une serre courbe, acérée. La Prophétie chantait à ses oreilles :

« Dent de pierre est la plus ancienne... »

Là où il y a une serre de pierre, il doit aussi y avoir une dent de pierre, non ?

Le garçon jeta un coup d'œil à Renn. Elle avait vu la pierre. Et, à en croire son expression, elle avait eu la même idée. Ils avaient un indice pour trouver la deuxième partie du Nanuak.

— Cette pierre..., dit Torak d'un ton posé. Le Marcheur me révélerait-il où il l'a découverte ?

L'homme leva la tête, surpris. Il cessa de caresser sa souris. Son visage se convulsa.

— Gueule de pierre, lâcha-t-il. Temps reculés. Mauvaise époque. Il se cache. Les Loutres l'ont jeté dehors, mais il n'a pas encore rencontré sa merveilleuse vallée.

Torak et Renn se regardèrent. Devaient-ils tenter leur chance, insister, quitte à affronter un nouveau coup de colère ? L'occasion était trop belle !

— Cette créature de pierre..., reprit Torak. A-t-elle des *dents* de pierre dans sa *gueule* de pierre ?

Le Marcheur ricana :

— Bien sûr ! Sinon, comment mangerait-elle ?

— Où pouvons-nous la trouver ?

— Le Marcheur vous l'a dit : dans la gueule de pierre.

— Et où pouvons-nous dénicher la créature avec la gueule de pierre ?

Le visage du Marcheur se ferma d'un coup. L'homme parut très fatigué.

— Mauvais endroit, souffla-t-il. Très mauvais. La terre tue. Elle gobe, elle avale. Des Veilleurs partout. Ils vous voient. Vous ne les voyez pas. Et, quand vous les voyez, trop tard.

— Dites-nous où elle est, exigea Torak.

VINGT-SEPT

— De toute façon, une créature de pierre, c'est n'importe quoi ! grogna Renn.

La jeune fille était d'une humeur massacrante depuis qu'elle avait perdu son carquois.

— Peut-être que..., commença Torak pour la dixième fois.

Pour la dixième fois, Renn l'interrompit :

— Sans compter que ça ne veut rien dire ! Une « créature », c'est quoi ? Un ours ? Un lynx ? On aurait dû au moins lui poser la question !

— Il ne nous l'aurait pas dit, affirma le garçon.

Renn mit les mains sur ses hanches :

— Et pourtant, on a fait ce qu'il avait demandé, non ? On a marché pendant deux jours entiers. Traversé trois vallées. Suivi la rivière. Et on n'a rien trouvé. Toujours rien. Tu veux mon avis ? Il essayait juste de se débarrasser de nous. Bien joué...

Torak avait songé à cette éventualité. Mais il n'était pas prêt à l'admettre.

*
* *

En deux jours, le brouillard ne s'était pas dissipé. C'était mauvais signe.

Tout, alentour, était mauvais signe.

Renn et lui avaient pourtant réussi à sortir indemnes de leur confrontation avec le Marcheur. Ils l'avaient persuadé de leur restituer leurs armes – ou plutôt de les leur laisser. Et il leur avait indiqué le chemin. Ils avaient suivi ses indications. Longé la rivière comme il l'avait dit. Quitté la rivière « au pied de la grande colline en pierre grise », comme il l'avait dit. À présent, ils marchaient sur le chemin qui sinuait vers le sommet, comme il l'avait dit. Et un sentiment inquiétant, menaçant, planait sur eux.

Çà et là, ils voyaient briller la roche à nu, aux endroits où l'érosion avait fait son œuvre. Seul bruit perceptible : le « tac-tac-tac », semblable à des coups de marteau, qu'émettait un pivert pour éloigner d'éventuels rivaux.

— Il ne veut pas de nous dans les parages, constata Renn. On s'est peut-être trompés de chemin...

— Loup nous en aurait avertis, rétorqua Torak.

— Tu crois encore à ça ?

— Oui, j'y crois. Après tout, s'il ne nous avait pas conduits dans la vallée du Marcheur, nous n'aurions pas vu la serre de pierre. Et nous n'aurions pas appris où chercher la dent de pierre.

— D'accord. Mais je continue de penser que nous sommes allés trop à l'est. Nous sommes trop proches des Hautes Montagnes.

— Qu'est-ce que tu en sais ? Moi, je ne vois pas à dix pas devant moi !

— Je le sens. Pas toi ? L'air froid qui souffle vient de la Rivière-de-glace.

Torak s'arrêta de marcher et la fixa :

— La Rivière-de-glace ? Quelle Rivière-de-glace ?

— Celle qui est au pied des montagnes.

Torak serra les dents. Il en avait plus qu'assez d'être toujours le dernier au courant.

*
* *

Ils continuèrent de grimper en silence. Ils s'aperçurent bientôt que le pivert était derrière eux. Ils avançaient.

Torak se rendit compte, mal à l'aise, du bruit qu'ils faisaient. Son sac craquait. Des cailloux roulaient au rythme de la progression difficile de Renn. Le garçon sentait que les rochers les écoutaient. Et que les arbres leur lançaient de silencieux avertissements.

Soudain, Renn fit demi-tour et revint vers lui en courant.

— On avait tout faux ! lança-t-elle, haletante, les yeux dessillés par la frayeur.

— Pourquoi dis-tu ça ?

— Le Marcheur n'a jamais parlé d'une *créature* de pierre. C'est nous qui en avons parlé. Lui n'a évoqué qu'une *gueule* de pierre !

Elle lui prit le bras et l'entraîna jusqu'au sommet de la colline.

Les parois barraient le chemin. Le brouillard tourbillonnait autour d'eux.

Et, soudain, l'épouvante saisit Torak.

Un visage de pierre le surplombait. Il était immense. Gris comme un nuage d'orage. À ses pieds – ou à son menton, plutôt –, un if solitaire gardait l'entrée d'une grotte obscure, béant comme si elle criait sans bruit.

Il ne leur restait plus qu'à pénétrer dans la gueule de pierre.

VINGT-HUIT

— Pas question d'entrer là-dedans ! lâcha Renn.

— Nous... Enfin, *je* dois le faire, dit Torak. Nous sommes devant la gueule de pierre dont a parlé le Marcheur. Il ne nous a pas menti. C'est là qu'il a trouvé la serre de pierre. C'est peut-être là que je trouverai la dent de pierre...

Vue de près, la gueule de pierre était beaucoup plus petite qu'elle n'avait d'abord paru à Torak. Un demi-cercle pas plus haut que son épaule. Il posa une main sur la paroi et se pencha pour jeter un coup d'œil à l'intérieur.

— Sois prudent ! le supplia Renn.

La caverne descendait abruptement, exhalant un souffle froid. L'haleine d'une créature antique qui n'aurait jamais vu le Soleil.

« Mauvais endroit, avait dit le Marcheur. Très mauvais. La terre tue. Elle gobe, elle avale. Des Veilleurs partout. »

— Ne bouge pas ta main, intervint Renn derrière lui.

Le garçon leva les yeux. Juste à côté de ses doigts, il y avait une main dans la pierre. Enfoncée puissamment – écrasée par un marteau extraordinaire. Sculptée. Mais quand même effrayante. Torak ôta la sienne d'un coup.

— Quelle mise en garde ! murmura Renn. Tu vois les trois barres, sur le majeur ? Ce sont des lignes magiques, chargées de repousser le Mal et de le contenir dans la caverne.

Elle s'approcha. Regarda de plus près.

— La sculpture est vieille, estima-t-elle. Très vieille. Torak, il ne faut pas entrer. Il y a quelque chose à l'intérieur.

— Quelque chose ? *Quelle* chose ?

— Je ne sais pas. Peut-être un passage vers l'Autremonde. Ce doit être mauvais. Sinon, on n'aurait pas sculpté cette main ici.

Torak réfléchit un moment.

— Tu as raison, dit-il enfin. Mais je suis obligé d'y aller. Attends-moi ici.

— Non ! Si tu y vas, j'y vais aussi.

— Loup ne peut pas me suivre. Il ne sentirait rien, là-dedans. Tiens-lui compagnie. Si j'ai besoin d'aide, j'appellerai au secours.

Il ne convainquit pas la jeune fille tout de suite ; mais le temps qu'il prit pour se justifier lui permit d'effacer ses propres doutes.

Il se prépara. Ôta son arc et son carquois. Les suspendit à l'if, avec son sac, ses affaires de couchage et sa gourde en cuir. Puis il se défit de sa hache. Il ne garde-

206

rait que son couteau. Dans le noir, le reste lui serait inutile.

D'un morceau de cuir tressé, il fit une laisse pour Loup. Le louveteau se débattit jusqu'à ce que Torak eût réussi à lui expliquer pourquoi il ne devait pas venir. Renn emporta le morceau en dégainant de son sac à provisions une poignée de baies.

Torak n'avait qu'un regret : ne pas avoir pu expliquer à Loup qu'il allait revenir. La langue de l'animal ne semblait pas permettre d'exprimer le futur.

Renn donna une branche de sorbier au garçon, en guise de talisman, et un de ses propres colliers de protection en écaille de saumon.

— N'oublie pas ! dit-elle. Si tu trouves la dent de pierre, ne la touche pas avec tes mains nues. Sous aucun prétexte. Et il vaut mieux que tu me laisses le sachet avec les yeux de la rivière.

Torak s'exécuta. En effet, qu'arriverait-il s'il disparaissait dans la caverne avec la première partie du Nanuak ? De plus, il n'y avait pas moyen de savoir comment se comporteraient les yeux de la rivière dans la grotte...

Avec la sensation curieuse de se débarrasser d'un fardeau déplaisant, il tendit le sachet à Renn, qui le noua à sa ceinture. Loup assista avec attention à la transmission du sachet. Ses oreilles suivirent le mouvement. « Comme s'il avait entendu une sorte de bruit », songea Torak.

— Tu vas avoir besoin de lumière..., signala la jeune fille.

Heureuse de pouvoir aider concrètement Torak, elle lui offrit deux chandelles à mèche de jonc. Elle les avait fabriquées avec le cœur de joncs qu'elle avait épluchés, trempés dans la graisse de daim, puis séchés au soleil. Avec sa pierre à briquet, elle alluma un morceau d'écorce tendre de genévrier, puis l'une des chandelles, qui s'anima : une flamme brillante, claire, réconfortante, apparut.

Torak lui en fut infiniment reconnaissant.

Renn s'agenouilla pour serrer Loup contre elle, et contenir ainsi ses tremblements.

— S'il te faut de l'aide, dit-elle, appelle. On arrivera en courant.

Torak opina, se pencha et se laissa avaler par la gueule de pierre.

VINGT-NEUF

Aussitôt, Torak s'écarta du mur. La paroi suintait. On aurait dit un cadavre.

Il avança en tâtonnant avec le pied. La lumière tremblota. La belle flamme n'était plus qu'une étincelle. Une odeur fétide montait de l'obscurité, agressant ses narines.

Après quelques pas prudents, le garçon se heurta à une paroi. La gueule se rétrécissait. Ce n'était plus qu'un goulet étranglé. Torak devrait s'y tenir de côté pour progresser. Il serra les paupières et s'y risqua.

Il avait l'impression d'être gobé vif. Il respirait avec difficulté. Il avait l'impression que la gueule de pierre refermée sur lui, en train de déglutir...

L'air refroidit. Encore. Le garçon était toujours dans le tunnel d'entrée. Mais celui-ci s'était élargi, dessinant un virage serré sur la droite. Torak jeta un coup d'œil derrière lui : plus de lumière. Plus de Renn. Plus de Loup. Il était seul.

La puanteur devint plus forte au fur et à mesure qu'il s'enfonçait. Pas d'autre bruit que son souffle rauque. Rien de visible que des petits bouts de pierre rouge.

Un courant d'air glacé siffla à côté de lui. Le garçon faillit tomber. Des cailloux roulèrent. Puis le silence revint.

À main gauche, le mur disparut. Torak se retrouvait sur une étroite corniche, au milieu du vide. Au loin résonnait le « plic » de gouttes d'eau qui tombaient. Un faux pas, et ce serait le grand plongeon.

Un autre virage. Cette fois, à gauche. Un caillou céda sous son pied. Torak cria : il tombait !

Non ! Il parvint à se rattraper au dernier moment.

Au son de sa voix, quelque chose avait bougé. Le garçon se figea.

— Torak ? lança Renn, au loin.

Il n'osa pas lui répondre. La chose qui avait bougé était redevenue immobile. D'une immobilité horrible. Attentive. Prête à se saisir de sa proie. Car, désormais, la Chose savait qu'il était là.

« Des Veilleurs partout, avait dit le Marcheur. Ils vous voient. Vous ne les voyez pas. Et, quand vous les voyez, trop tard. »

Il s'obligea à reprendre sa progression. Plus bas. Toujours plus bas.

La puanteur montait vers lui par vagues. « Respire par la bouche », murmura une voix dans sa tête. C'est ce que P'pa et lui faisaient quand ils passaient devant un cadavre putréfié, ou près d'une grotte infestée de chauves-souris. Torak essaya. L'odeur devint plus supportable. Mais elle le prenait toujours aux yeux et à la gorge.

Le chemin se mit soudain à s'élever. Autour du garçon, le vide s'ouvrit. Une faible lueur poignait, sans qu'il pût déterminer d'où elle provenait. Grâce à elle, il apercevait une vaste caverne obscure. La fumée était suffocante. Il était dans les entrailles profondes de la Terre. Dans des boyaux humides. Suintants. Puants.

La paroi contre laquelle il se trouvait s'arrêtait brutalement. En bas, le sol était curieusement bosselé, comme couvert de cloques. Au milieu de la caverne, une grosse pierre plate brillait telle de la glace noire. Cet énorme bloc minéral semblait avoir été conservé ainsi depuis des millénaires. Cependant, même perché vingt pas au-dessus de lui, Torak en devinait la puissance.

C'est là que le Marcheur avait trouvé sa serre de pierre. C'est à cause de cette pierre noire que la main avait été sculptée, à l'entrée. Et c'est sur cette porte vers l'Autremonde que veillaient les Guetteurs.

Impossible d'avancer. Torak éprouvait les mêmes sensations d'engourdissement que lorsqu'il s'éveillait sans avoir la force de remuer ne serait-ce que le petit doigt.

Il essaya de se donner du courage en posant sa main libre sur le manche de son couteau. Le fait de contracter un muscle lui donna le courage d'entreprendre la descente vers le pied de la falaise.

Au premier pas, il cria, surpris : le sol s'enfonçait sous ses pas. « La terre tue, l'avait prévenu le Marcheur. Elle gobe, elle avale. »

Son cri se répercuta sur les murs. Tout en bas, il perçut un fort mouvement. Une silhouette sombre se détacha du plafond et se dirigea vers lui.

Nulle part où aller. Nulle part où se cacher. Impossible de s'enfuir en courant. Le sol souple aspirait ses bottes comme de la vase, avec un bruit de succion écœurant. Un souffle fétide plus tard, la Chose était sur lui.

Elle était couverte de fourrure sur le visage et le nez. Pourvue de serres tranchantes qui s'accrochaient à ses cheveux. Poussant un glapissement d'effroi, Torak porta plusieurs coups à son attaquant silencieux. Celui-ci finit par battre en retraite dans un claquement de cuir qu'on replie. Mais le garçon ne l'avait pas vaincu. Le Guetteur était juste venu voir qui était l'intrus. Après quoi, il était reparti de son propre chef.

Mais ce Guetteur, qu'est-ce que c'était ? Une chauve-souris ? Un démon ? Et combien d'autres y en avait-il ?

Inquiet, Torak reprit sa progression vers la pierre noire. À mi-chemin, il trébucha et tomba. La puanteur était insupportable. Il bascula dans une obscurité agitée. Il ne voyait rien. N'était plus capable de penser. Même la bougie devint noire, dispensant une flamme sombre au-dessus de lui.

Il se remit debout tant bien que mal. Se débattit pour garder l'équilibre comme un nageur cherche de l'air. Puis son esprit s'apaisa. La flamme de la bougie redevint jaune. Il avait atteint la pierre.

Sur sa surface, polie par les ans, les serres minérales étaient disposées en spirale. Il en manquait une. Celle que le Marcheur avait prélevée. Au centre, une dent noire en pierre. Une seule.

« Dent de pierre est la plus ancienne. »

La deuxième partie du Nanuak était devant Torak.

Une sueur froide courut le long de la colonne vertébrale du garçon. Il se demanda quelle réaction il risquait de déclencher s'il la touchait.

Il étendit le bras. Puis le rétracta : il se souvenait de l'avertissement de Renn : « Ne touche pas le Nanuak à main nue. »

La jeune fille lui avait donné une protection. Mais il l'avait sûrement laissé tomber quand il avait trébuché.

S'éclairant avec la chandelle, il regarda autour de lui. Tâtonna au hasard sur le sol puant. Et un étourdissement le reprit. La flamme noircit de nouveau.

Il était sur le point de s'évanouir, il trouva la mitaine, accrochée à sa ceinture. Il la mit et approcha sa main de la dent.

La flamme vacilla. Scintilla. Illumina des milliers d'yeux fixés sur lui.

Le garçon plaça la main droite au-dessus de la dent. De la main gauche, il tenait la chandelle et, lentement, la remuait d'avant en arrière. Les yeux reflétaient la lueur. Les parois étaient couvertes de Guetteurs, qui grouillaient comme des insectes sur une charogne abandonnée. Dès que la lumière les frôlait, les ombres disparaissaient. Mais Torak n'en doutait pas : s'il s'emparait de la dent, s'il osait simplement l'effleurer, ils se jetteraient sur lui.

Et soudain, tout se déclencha en même temps.

Loin au-dessus de lui Loup aboya.

Renn cria :

— TORAK ! IL ARRIVE !

Les Guetteurs jaillirent autour de lui.

La chandelle s'éteignit.

Quelque chose frappa Torak dans le dos.

Le garçon tomba en avant, en plein sur la pierre noire.

Et Renn cria une deuxième fois :

— TORAK ! L'OURS !

TRENTE

Serrant les mains sur le carquois de Torak, Renn courut à la lisière du sentier. Buta contre une racine. Des flèches se répandirent tout autour, dans la poussière. La jeune fille était paniquée. Que devait-elle faire ? QUE DEVAIT-ELLE FAIRE ?

Juste quelques instants plus tôt, elle s'impatientait devant la gueule de pierre, tandis que, sous le poids d'une bande de verdiers, ployait une branche d'if dont ils dégustaient les juteuses baies rosées. Loup tirait sur sa laisse en poussant des grognements qui ressemblaient à des aboiements... et Torak les aurait sans doute compris.

Pas Renn. Elle, elle les trouvait juste inquiétants.

Puis les oiseaux s'étaient envolés et avaient disparu en pépiant derrière un nuage. La jeune fille avait jeté un œil vers le bas de la colline. Le brouillard s'était dissipé à un endroit, ce qui lui offrait une bonne vue sur le paysage – le torrent qui coulait près d'un bosquet d'épicéas à côté duquel s'élevait un grand rocher noir. Mais le grand rocher avait bougé.

Ce n'était pas un rocher.

C'était l'Ours.

Terrifiée, Renn avait vu le monstre se dresser sur ses pattes postérieures. Il était plus grand que le plus grand des épicéas.

Le plantigrade avait dodeliné de sa grosse tête, humant l'air. Il avait repéré l'odeur de la jeune fille. Et il s'était remis à quatre pattes.

Renn avait alors couru vers la grotte pour avertir Torak… et n'entendre pour seule réponse que l'écho de ses propres cris.

L'instant d'après, le brouillard s'était refermé.

*
* *

Renn ramassa à la va-vite les flèches qu'elle avait laissées tomber. À tout instant, elle s'attendait à voir la silhouette de l'animal escalader la colline pour se jeter sur elle. Les ours peuvent se déplacer extrêmement vite. À n'en pas douter, la bête serait là d'un moment à l'autre.

Le visage de pierre était trop escarpé pour que Renn songeât à l'escalader. De plus, pas question d'abandonner Loup. Cela ne lui laissait qu'une solution : la gueule. Mais elle ne voulait pas s'y réfugier. La moindre parcelle de son corps lui criait de ne pas y aller. Ce n'était pas une solution. Juste un sursis. Torak et elle seraient faits comme des rats. Piégés. Ils ne quitteraient jamais cette prison.

Loup la sortit de sa panique en tirant violemment sur la laisse. Il essayait de l'entraîner vers la grotte. En un éclair, elle se résolut à le suivre. Le louveteau n'avait pas tort. Torak était là-dedans. Elle allait le rejoindre. Ils combattraient ensemble. Ensemble, ils seraient plus forts.

Elle plongea dans l'ouverture. Elle emporta leurs sacs et leurs couvertures avec elle. Aveuglée par l'obscurité, elle heurta une paroi de pierre avec la tête.

Frénétiquement, elle tenta de reprendre ses esprits et de comprendre la disposition des lieux. Les parois se resserraient, formant un passage étroit. Loup s'y était déjà faufilé et tirait sur sa laisse pour l'inciter à le suivre. Elle pivota et s'y dirigea. Vite, vite, elle se jeta à genoux pour se glisser dans l'ouverture.

En ramenant vers elle les sacs, les arcs et le carquois de Torak, elle eut une lueur d'espoir. Le trou était-il trop petit pour l'Ours ? Ainsi, ils resteraient peut-être hors de sa portée.

Soudain, une patte jaillit, et sa gourde en cuir lui fut arrachée des mains avec une telle force que la jeune fille fut projetée contre la paroi. Une violente douleur lui incendia l'épaule. Éblouie par la souffrance, elle s'enfonça à tâtons dans un recoin, tirant Loup vers elle.

Elle tenta de se persuader que l'Ours n'avait pas pu arriver aussi vite.

Pourtant, un grognement grave se réverbéra dans la grotte. Sa peau se hérissa. L'Ours était là.

Renn continuait à croire que le monstre ne parviendrait pas à rentrer, à moins d'élargir l'ouverture. Dans cette perspective, elle n'avait qu'une chose à faire : rester immobile. Rester parfaitement, complètement immobile.

Du fond de la grotte, un cri s'éleva :

— Renn !

Torak appelait-il à l'aide ? ou voulait-il au contraire voler à son secours ? Impossible de le déterminer. Impossible de répondre. Elle devait rester tapie et silencieuse au fond de l'anfractuosité avec Loup. Même si elle était dangereusement près de l'entrée. À peine à quelques pas.

Pas question de bouger. Impossible. Elle en était incapable. Une force mystérieuse la clouait sur place. Elle ne parvenait pas à détacher ses yeux de l'étroit interstice d'où filtraient des rais de lumière.

Puis plus rien. Le jour était devenu nuit.

Renn avait beau savoir que c'était une *très* mauvaise idée, elle ne s'en pencha pas moins en avant pour regarder par l'ouverture. Le sang hurla dans sa tête lorsqu'elle distingua la vision de cauchemar : un immense manteau de fourrure sombre qui s'agitait *sous l'effet d'un vent qui n'existait pas*, et des griffes cruelles et vicieuses, couvertes d'un sang noir qui luisait.

Un hurlement secoua la grotte. Renn gémit. Se boucha les oreilles. Mais le hurlement résonna longtemps en elle. Elle crut qu'il allait faire exploser son crâne.

Puis le silence revint. Aussi retentissant, aussi assourdissant que le rugissement qui l'avait précédé. La jeune fille ôta ses mains de ses oreilles. Elle entendit le bruit de cailloux retombant sur le sol. Un peu de poussière voletait. Le halètement de Loup. Rien d'autre.

Avec une lenteur calculée, attentive à ses moindres gestes, elle se dirigea vers l'entrée, tirant le louveteau réticent vers elle.

Elle revit la lumière du jour. La paroi rocheuse grise. L'if. Une branche couverte de baies ployant. Pas d'ours. C'est alors qu'un grognement sourd retentit. Si proche que Renn perçut le bruit humide des mâchoires qui s'écartaient. Si clair qu'elle sentit l'assaut venir. Aussitôt, la lumière disparut. Un regard meurtrier fixa le sien. Un regard plus noir que le basalte et cependant plus ardent que le feu. Un regard qui l'attirait inéluctablement – car il la *voulait*.

La jeune fille avança un peu le buste...

Loup la retint avec force, rompant l'enchantement et permettant à Renn d'échapper aux griffes létales qui lacérèrent la terre à l'endroit où elle se trouvait agenouillée juste avant.

De nouveau, l'Ours hurla. De nouveau, Renn se tapit dans son anfractuosité. Des bruits inquiétants lui parvinrent. Des pierres qui roulaient. Un arbre qui gémissait avant de mourir.

Dans sa fureur, l'Ours s'acharnait sur l'entrée de la grotte. Il essayait de la défoncer à l'aide de l'if qu'il avait déraciné.

Paniquée, la jeune fille se blottit dans le recoin.

Contre son épaule, elle sentit que la pierre cédait. Elle poussa un cri et bondit en arrière.

De l'autre côté de la paroi, elle entendit des pierres qui explosaient et tombaient. La terre trembla. Elle comprit ce qui était en train de se passer. Contrairement à ce qu'elle avait imaginé, la pierre qui formait l'une des parois de cette anfractuosité n'était pas une partie de la grotte elle-même : c'était une simple excroissance, une langue minérale qui reliait la grotte au niveau du sol. L'ours l'attaquait à sa base. Avec ses serres, il creusait *sous* la paroi, ainsi que font les termites, afin qu'elle s'effondrât.

Renn avait la gorge nouée. Elle regarda Loup.

Et elle constata qu'il portait bien son nom, désormais. Ce n'était plus un louveteau. La tête basse, il avait les yeux fixés sur ce qu'on voyait sous la fente. Ses lèvres noires étaient retroussées, dévoilant de formidables crocs blancs.

— Mieux que des termites..., murmura la jeune fille.

Le son de sa voix lui redonna un peu de cœur au ventre.

Elle dénoua la laisse de Loup pour lui rendre sa liberté. Peut-être que Torak et elle ne s'en sortiraient pas. Mais Loup, lui, avait ses chances.

Elle saisit son arc. Si sa voix lui avait redonné courage, le simple fait de toucher le bois froid et lisse lui redonna des forces. Elle se leva.

« Concentre-toi sur ta cible, se dit-elle en se souvenant des innombrables leçons de Fin-Kedinn. C'est le plus important. Si tu te concentres comme il faut, tu pourras presque creuser un trou dans ta cible rien que par ta pensée. Et garde ton bras droit souple. Ne te raidis pas. La puissance vient de ton dos, pas de ton bras. »

— Quatorze flèches, déclara-t-elle à haute voix. Je devrais réussir à en placer quelques-unes dans le mille avant qu'il ne me règle mon compte.

Elle sortit de son trou et se mit en position.

TRENTE-ET-UN

Torak battit des bras pour se libérer des Guetteurs.

Après une attente éprouvante, il était presque soulagé que la bataille se fût enfin déclarée. Mais ses ennemis étaient partout. Leurs griffes lui tailladaient les joues, se prenaient dans ses cheveux. Leurs ailes lui giflaient la bouche et le nez. Et pourtant, réajustant la mitaine de Renn, il réussit à s'emparer de la dent de pierre.

Celle-ci était plus lourde qu'il ne l'avait supposée. Il ôta le gant en laissant la pierre à l'intérieur, et il la coinça sous un pan de sa tunique.

— Renn ! lança-t-il en s'éloignant de la roche noire.

Son cri fut étouffé par un rideau d'ailes. Il se dirigea vers la paroi. Pas facile, sans la chandelle : il ne voyait même pas le bout de ses doigts.

Des hurlements de Loup lui parvenaient, faibles et lointains.

« Où es-tu ? criait l'animal. Danger ! Danger ! »

Il avança, se laissant guider par ces appels, toujours enveloppé d'une nuée de Guetteurs qui le repoussaient dans le marécage puant.

Des images fusaient dans sa tête. Loup et Renn gisant morts. Comme P'pa. Exactement comme P'pa. Pourquoi leur avait-il ordonné de rester à l'extérieur de la grotte, en affirmant qu'ils seraient en sécurité, alors que c'était là-bas, en plein air, que se trouvait le véritable danger ?

Furieux contre lui-même, il dégaina son couteau et en porta un coup aux Guetteurs, qui parurent reculer pour éviter la lame.

— Ha-ha ! Vous avez la trouille ? cria-t-il. Tenez, vous en reprendrez bien un p'tit peu avant de partir !

Il frappa de nouveau à l'aveuglette. La nuée, qui s'était reformée, s'éloigna aussi sec, tel un nuage noir, juste hors de portée. Le manche du couteau se réchauffait dans la main du garçon.

Torak ricana et poursuivit sa progression pour sortir du marécage puant.

Soudain, il s'écorcha les poignets contre une paroi de pierre. Il avait atteint la falaise.

— J'arrive ! cria-t-il.

Il se dressa et commença de gravir la paroi.

Un rugissement secoua la grotte. Les Guetteurs s'éparpillèrent et disparurent.

Le rugissement se répercuta longtemps dans la caverne. Mais le silence qui succéda au dernier écho fut aussi terrifiant. Torak sentit la pierre contre lui. À travers sa tunique, il aurait pu compter les pulsations de la pierre.

Il se redressa et accéléra son ascension. La paroi était pentue. Vertigineuse. Pourquoi n'entendait-il plus aucun bruit ? Que se passait-il, là-haut ?

Il continua de grimper, jusqu'à ce que ses genoux le fissent trop souffrir, et jusqu'à ce que son souffle devînt trop rauque. Pourtant, il finit par contourner le dernier coude. La lumière du jour l'éblouit.

L'entrée de la grotte était à cinq pas. Plus large que dans son souvenir. Le trou où il s'était faufilé pour descendre avait été élargi. Et devant l'entrée, il y avait Renn. Une petite silhouette droite comme un I. Incroyablement courageuse. Elle visait avec sa dernière flèche la Chose qui la surplombait.

Un instant, Torak se sentit projeté aux côtés de P'pa, la nuit où l'Ours avait attaqué. Il se rappela de la fascination qu'il avait éprouvée face au regard mauvais de ces yeux démoniaques, et...

— NON ! hurla-t-il.

Renn décocha sa flèche. L'Ours la balaya d'un revers de patte. Mais, juste au moment où il s'apprêtait à tuer sa proie sans défense, Loup surgit des ténèbres et bondit... non sur le monstre : sur Renn ! D'un puissant mouvement de mâchoires, il arracha la bourse en peau de corbeau à la jeune fille, renversant celle-ci au passage et fila hors de la grotte. Il avait sauvé la vie de Renn.

L'Ours projeta une patte redoutable sur le louveteau. Ses serres labourèrent la terre à l'endroit même où se trouvait Loup un instant plus tôt.

— LOUP ! cria Torak, bondissant en avant.

La bourse dans les dents, le louveteau s'était fondu dans le brouillard. Le monstre tourna les talons avec une agilité et une célérité terrifiantes.

— LOUP ! cria encore Torak.

Mais le brouillard avait enveloppé l'animal et le monstre lancé à sa poursuite. Le garçon avait beau scruter les alentours, il ne voyait plus personne. Seulement la colline vide et moqueuse.

L'Ours avait disparu.

Et Loup aussi.

TRENTE-DEUX

ꝑ

— Où es-tu ? hurla désespérément Torak devant la gueule de pierre.

— Où es-tu... tu... huuu..., répéta l'écho dans les collines.

La vieille douleur se réveilla dans le cœur du garçon. La douleur de l'absence.

D'abord P'pa. Maintenant Loup.

Non, pas Loup ! Pas Loup aussi...

Renn se tenait debout à l'entrée de la grotte.

— Pourquoi lui avoir ôté sa laisse ? cria-t-il.

— Il le *fallait*. Je *devais* le libérer.

Rageur, Torak se mit à creuser sous les débris de pierre.

— Qu'est-ce que tu fabriques ? demanda Renn.

— Je cherche mon sac. Je dois retrouver Loup.

— Mais il va bientôt faire nuit !

— Alors quoi ? On reste là et on attend ?

— Non ! On dégage nos affaires, on se construit un abri et on fait un feu. Ensuite seulement, on attend.

— On attend quoi ?

— On attend que Loup nous retrouve, lui.

Torak retint la réponse qui lui brûlait les lèvres. Il remarqua pour la première fois que Renn tremblait. Elle avait une estafilade sanguinolente sur une joue et un bleu de la taille d'un œuf de pigeon au-dessus d'un œil.

Le garçon eut honte. Elle avait affronté l'Ours. Elle avait même eu le courage de lui tirer dessus. Il avait eu tort de s'emporter.

— Excuse-moi, dit-il. Je ne voulais pas que... Tu as raison. Dans l'obscurité, je n'ai aucune chance de repérer ses traces.

Renn s'assit lourdement sur un rocher.

— Je n'avais aucune idée de ce à quoi *il* ressemblait, lâcha-t-elle. Je n'aurais jamais imaginé qu'il était aussi... aussi...

Elle plaqua ses deux mains sur sa bouche.

Torak dégagea une flèche des gravats. La hampe était brisée en deux.

— Tu l'as touché ? s'enquit-il.

— Je ne sais pas. De toute façon, quelle importance ? Les flèches ne peuvent rien contre lui.

Elle secoua la tête :

— Il était là, prêt à me tuer... et soudain, il s'est jeté sur Loup. Pourquoi ?

— On s'en fiche, non ? lâcha Torak en jetant la flèche brisée au loin.

— Peut-être...

Elle le fixa :

— Tu as récupéré la dent de pierre ?

Il l'avait presque oubliée ! À présent, tandis qu'il cherchait le gant dans sa tunique, il n'avait qu'une envie : s'en débarrasser. À cause du Nanuak, Loup risquait la mort à l'heure qu'il était. Finis, les petits câlins, le matin. Finis, les longs et délicieux jeux de cache-cache. Torak se mordit les phalanges pour combattre la peur qui le prenait. Il ne pouvait pas perdre Loup.

Renn prit le gant et le tourna entre ses doigts.

— Nous avons la deuxième partie du Nanuak... mais nous avons perdu la première, dit-elle. D'après toi, pourquoi Loup m'a-t-il arraché ma bourse ?

Torak fit un effort pour se concentrer sur cette question. Quelque chose lui revint en mémoire.

— Tu te souviens quand j'ai remonté ces yeux ? demanda-t-il. On aurait dit que Loup les *entendait*. Ou les *sentait* d'une manière ou d'une autre.

Renn fronça les sourcils :

— Tu... tu crois que l'Ours aussi peut les sentir ?

— « Elles brillent trop, elles brillent trop, les âmes si éclatantes, si éclatantes ! » Ce sont les mots du Marcheur, tu te rappelles ? Les démons détestent les vivants. Les âmes brillent, et ils détestent ça.

— Et si les âmes des créatures ordinaires sont trop brillantes à son goût, continua Renn en se relevant et en se mettant à marcher de long en large, comme le Nanuak doit lui sembler éblouissant – voire étourdissant !

— Voilà pourquoi il t'a attaquée, toi ! Tu avais sur toi les yeux de la rivière...

— ... et Loup l'a compris. Il m'a arraché mon sachet parce qu'il savait. Parce que...

La jeune fille s'arrêta de marcher.

— Parce qu'il voulait attirer l'Ours loin de nous, conclut-elle d'une voix blanche. Torak ! Il nous a sauvé la vie !

Torak fit quelques pas jusqu'au bord du sentier. Le brouillard se dissipait enfin. Aux pieds du garçon, l'immensité de la Forêt se déployait vers l'ouest. Loup avait-il une chance d'y survivre, seul contre l'Ours ?

— Les loups sont plus intelligents que les ours, affirma Renn.

— C'est pas un loup, Renn, rectifia Torak.

— C'est quoi, alors ?

— Un louveteau. Juste un louveteau. Il n'a que quatre lunes.

— Mais c'est aussi le guide. Notre guide. Si quelqu'un connaît le chemin, c'est bien lui !

— Je l'espère..., murmura Torak.

Oh, comme il l'espérait !

TRENTE-TROIS

Loup courait à travers les bouleaux, la queue au vent, les mâchoires serrées sur la bourse en peau de corbeau qui fredonnait et brillait.

Au loin, il entendit le hurlement solitaire de Grand Sans Queue.

Loup aurait tant aimé lui répondre ! Cependant, il ne pouvait pas. Le vent charriait l'odeur du démon par bouffées. Il sentait sa rage. Il percevait sa faim insatiable. Il entendait sa respiration toujours égale, jamais fatiguée. Mais ce qui prédominait, c'était la haine du monstre. Le monstre haïssait Loup. Il haïssait plus encore ce que Loup transportait.

Il pouvait toujours courir ! Loup se répétait avec une joie féroce, éclatante qu'il ne serait pas rattrapé. L'Ours allait vite ; Loup allait encore plus vite que lui.

Il n'était plus le louveteau qui doit attendre que le pauvre Sans Queue, si lent, le rattrape. Il était un *loup*, un vrai. Un loup qui fendait l'air, qui filait entre les arbres, qui allongeait sa foulée encore et encore. Il avait conscience de sa belle taille, de ses pattes puissantes, de sa souplesse qui lui permettait de pivoter en pleine course en s'appuyant sur une seule patte. Ça, non, le démon n'était pas près de le rattraper !

Loup s'arrêta au bord d'un petit Clapotis bruyant. Il reposa un instant le sachet pour boire. Puis il saisit de nouveau la petite bourse et reprit sa course, grimpant toujours plus haut vers le Grand Glacier Blanc qu'il n'avait jamais vu que dans ses rêves.

Une odeur de colombe fraîche lui arriva aux narines. Il entrait dans le territoire d'une meute de loups qui lui étaient étrangers. À chaque foulée ou presque, ils avaient déposé leurs marques olfactives. Loup devait se méfier. S'ils le surprenaient, ils l'attaqueraient sûrement.

Quand il dut répandre son odeur, il attendit de trouver un autre petit Clapotis au courant rapide au lieu de marquer un arbre. Ainsi, son odeur serait emportée au loin, et ni les loups étrangers ni le démon ne la détecteraient.

L'Ombre vint. Loup aimait l'Ombre. Les odeurs et les sons y étaient plus nets. Et il voyait mieux qu'à la Lumière.

Au loin, la meute commença ses hurlements nocturnes. Loup en fut tout triste. Il se souvint de sa petite famille. Comme ils aimaient jouer ensemble entre deux sommes ! Comme ils aimaient se lécher le museau et mélanger leurs odeurs ! Comme ils aimaient sourire et jouer pour s'encourager, au moment de chasser !

Tout à coup, alors qu'il pensait aux siens, Loup fatigua. Sous ses pieds, il sentait chaque pierre avec une acuité surprenante. Ses muscles le faisaient souffrir. Il avait mal. Et ce n'était qu'un début.

La peur le saisit. S'empara de lui comme un chasseur s'empare de sa proie. Il était loin de Grand Sans Queue. Il traversait un territoire ennemi. Et le démon le traquait dans l'Ombre...

TRENTE-QUATRE

Torak suspendit ce qui restait de leurs affaires dans leur abri en branches d'if. Puis il donna un coup de pied dans le feu. Des étincelles jaillirent. L'attente était oppressante. Étouffante. Il hurlait depuis le crépuscule, au risque d'attirer l'Ours. Mais le sort de Loup était plus important que sa vie à lui. Où était le louveteau, en ce moment ?

C'était une nuit glacée. Étoilée. Pas besoin de lever la tête pour *sentir* l'œil rouge du Grand Aurochs au-dessus. Qui se délectait des tourments du garçon.

Renn émergea de l'obscurité, les bras pleins de feuilles, de tiges et d'écorce.

— Tu as mis longtemps, grogna Torak.

— Je devais trouver les bons matériaux. Pas de signe de Loup ?

— Non.

La jeune fille s'agenouilla près du feu et posa son chargement sur le sol.

— Pendant que je ramassais ceci, dit-elle, j'ai entendu sonner des cornes. Des cornes en écorce de bouleau.

— Hein ? Où ça ?

Renn fit un geste vers l'ouest :

— Par là-bas. Très loin.

— C'était... Fin-Kedinn ?

— Oui.

Torak serra les paupières :

— J'aurais cru qu'il avait abandonné, à cette heure.

— Il n'abandonne jamais, lui apprit Renn, avec une pointe de fierté dans la voix qui irrita le jeune homme.

— Tu as oublié qu'il voulait me tuer, peut-être ? « Celui-qui-écoute donnera le sang de son cœur à la Montagne... »

— Bien sûr que non, je n'ai pas oublié ! s'emporta la jeune fille en se retournant vers lui. Mais j'ai peur pour eux. Si l'Ours n'est pas ici, il est dans le coin où ils sont. Sinon, pourquoi Fin-Kedinn ferait-il donner de la corne ?

Renn était inquiète. Comme lui. Ce n'était pas le moment de se disputer.

Le garçon prit à sa ceinture le petit sifflet en os de grouse qu'il avait fabriqué peu après avoir rencontré Loup.

— Tiens..., dit-il à Renn en lui tendant l'objet. Comme ça, tu pourras appeler Loup, toi aussi.

Elle le regarda, surprise.

— Merci, souffla-t-elle.

Le silence retomba. Torak lui demanda pourquoi elle avait besoin de tout ce qu'elle avait rapporté.

— Pour envelopper la dent de pierre, expliqua-t-elle. Nous devons trouver un moyen de la dissimuler à l'Ours. Sinon, il nous poursuivra.

« De même qu'il traque Loup en ce moment », songea Torak.

La douleur dans sa poitrine augmenta.

— Si les feuilles de sorbier et la peau de corbeau n'ont pas réussi à camoufler les yeux de la rivière, qu'est-ce qui te fait penser que l'armoise changera quoi que ce soit ? demanda-t-il.

— Je vais m'en servir pour tenter de créer une protection plus forte, répondit la jeune fille patiemment. J'ai essayé de me souvenir avec précision des conseils de Saeunn. Elle voulait toujours m'apprendre des trucs de Mage ; et moi, je voulais toujours aller chasser. Si seulement je l'avais mieux écoutée...

— Tu as de la chance de pouvoir tenter quelque chose, murmura Torak. Moi, je me sens impuissant...

— Et si je me trompe ? Ce sera ma faute !

Le garçon n'avait rien à répondre. Suspendu dans le ciel, le grand œil rouge se moquait de lui.

Si Loup réussissait à revenir, il entraînait l'Ours avec lui. Le monstre suivrait les yeux de la rivière. La seule manière pour Loup de s'en sortir consistait à abandonner les yeux de la rivière. Ce qui mettrait un terme à tout espoir de détruire l'Ours.

Il y avait sans doute un moyen d'éviter cela. Sans doute. Mais Torak ne voyait pas lequel.

TRENTE-CINQ

Loup fatiguait vite. Pas moyen d'échapper au monstre.

Pour le moment, le démon était trop loin pour sentir le contenu de la bourse en peau de corbeau. Mais il traquait Loup à l'odeur. Et il n'abandonnerait pas. Il le traquerait sans cesse. Loup finirait par ralentir quand ses muscles n'en pourraient plus. Alors, l'Ours le rattraperait.

La meute inconnue avait cessé de hurler depuis longtemps. Elle était partie en chasse, loin dans les Montagnes. Ses cris manquaient à Loup. Depuis que le silence était revenu, il se sentait perdu.

Le vent tourna. Il perçut une nouvelle odeur. Celle d'un renne. Loup n'avait jamais chassé de renne en solitaire. Cependant, il connaissait bien cette odeur. Sa mère lui rapportait souvent les espèces de branchages qui poussent sur la tête des rennes. Il restait toujours de la chair autour. Une chair délicieuse, que Loup avait plaisir à mâchonner.

À présent, il sentait la présence de la horde dans la vallée voisine. L'appel du sang raviva ses forces. L'espoir revint. S'il réussissait à leur tomber dessus...

Il progressa sur la pente. Le tonnerre des sabots se rapprocha. Soudain, les grandes proies surgirent près de lui. Elles galopaient, la tête haute. Leurs grands sabots martelaient le sentier. Leurs silhouettes se déversaient entre les hêtres, aussi impossibles à endiguer qu'une Eau Rapide.

Loup pivota sur une patte et bondit vers eux. Aussitôt, il se trouva entouré, et il plongea dans leur odeur puissante. Un mâle chargea. Loup évita de peu les deux branches de sa tête. Une femelle hennit pour lui conseiller de se tenir à l'écart, et il s'effaça pour éviter ses sabots. Mais, bientôt, la horde comprit que le louveteau ne les chassait pas, et elle l'oublia.

Loup parcourut la vallée avec eux. Il ne voulait pas les manger. Juste dissimuler son odeur dans la leur.

Ensemble, ils quittèrent les hêtres et s'enfoncèrent dans un bois d'épicéas. Les pierres devinrent plus grosses, les arbres plus petits. Puis il n'y eut plus d'arbres, pas un seul. Il ne resta qu'une vaste étendue rocailleuse comme Loup n'en avait jamais connu.

Grâce à l'odeur portée par le vent, Loup sut sans le voir que ce plateau était immense. Et il sut aussi que, au-delà de cette immensité, se dressait le Grand Glacier Blanc. Ce qu'était ce Grand Glacier Blanc, il l'ignorait. Mais quelque chose l'appelait là-bas. Quelque chose qui l'avait attiré depuis qu'il avait quitté sa première Tanière. Quelque chose qui l'avait fait avancer...

Loin derrière lui, le démon rugit. Il avait perdu l'odeur de Loup ! De contentement, Loup en jeta sa bourse dans les airs... avant de la rattraper au vol.

C'est alors qu'un autre bruit lui parvint, très léger, et pourtant très net : l'appel aigu et monodique que lançait Grand Sans Queue lorsqu'il portait son os d'oiseau au museau !

Puis Loup perçut un autre bruit, qu'il aimait encore davantage. Grand Sans Queue lui-même hurlait à Loup !

C'était le son que Loup préférait dans toute la Forêt !

La horde continuait sa chevauchée. Mais Loup devait faire demi-tour. Revenir dans la Forêt. L'heure de rejoindre le Grand Glacier Blanc, et ce qui se cachait au-delà, n'était pas venue. Le louveteau allait d'abord retrouver Grand Sans Queue.

TRENTE-SIX

Le lendemain matin, Renn était encore enveloppée dans ses couvertures, envisageant la possibilité de se lever, lorsque Torak apparut à l'entrée de l'abri et la fit sursauter.

— Faut qu'on y aille, déclara-t-il.

Il s'accroupit près du feu et lui tendit un lambeau de viande séchée. Renn remarqua les cernes sous ses yeux. Elle comprit qu'il n'avait pas mieux dormi qu'elle.

Elle s'assit et mordit dans son petit-déjeuner. La cicatrice sur sa joue était cuisante ; le bleu qu'elle avait à l'arcade sourcilière la lançait. Mais le pire, c'était l'appréhension qu'elle éprouvait. Plus que la peur de la grotte, toute proche, ou la terreur de l'Ours, qui risquait de surgir à chaque instant. Il y avait autre chose. Et elle ne voulait pas y penser.

— J'ai retrouvé la piste de Loup, annonça soudain Torak.

Elle s'arrêta de mâcher.

— Il est parti vers où ? demanda-t-elle.

— Vers l'ouest. Il a contourné la colline, puis il est passé par le bois de hêtres.

Il se leva pour disperser les cendres. Son visage était contracté par l'anxiété.

— L'Ours était juste derrière lui, déclara-t-il.

Renn imagina Loup courant à travers la Forêt, le monstre sur ses coussinets.

— Torak, dit-elle, tu te rends compte que, si nous traquons Loup, cela signifie que nous chercherons aussi l'Ours ?

— Oui.

— Et si nous le rattrapons...

— Je sais, la coupa le garçon. Mais je n'en peux plus. J'en ai assez d'attendre. Nous avons attendu toute la nuit, et rien, toujours rien. Nous devons partir à sa recherche. En tout cas, moi, je le dois. Toi, tu n'as qu'à rester ici, et...

— Ça ne va pas, non ? Je viens avec toi. Évidemment. Je voulais juste préciser les choses...

Elle regarda le gant en peau de saumon qui pendait au plafond de leur abri.

— Tu penses que ça va marcher ? demanda Torak en suivant son regard.

— J'aimerais en être sûre...

Pourquoi ces doutes ? Le charme qu'elle avait lancé avait paru si malin, la veille, quand elle l'avait expliqué !

« Quand quelqu'un tombe malade, avait-elle dit, l'air fière de ses connaissances, c'est souvent parce qu'il s'est empoisonné avec un mauvais aliment. Mais c'est aussi parfois parce que ses âmes ont été séduites par des démons. Elles ont besoin qu'on se porte à leur secours. J'ai vu Saeunn s'en charger à maintes reprises. Elle accroche de petits hameçons à ses doigts de main, pour l'aider à attraper les âmes malades. Puis elle prend une potion spéciale qui libère ses âmes à elle. Celles-ci peuvent alors quitter son corps et trouver le...

— Quel rapport avec le Nanuak ? avait lâché Torak.

— J'y viens. Pour trouver ces âmes malades, Saeunn doit cacher ses propres âmes aux démons.

— Ah... Donc, si tu reproduis ses gestes, tu peux dissimuler la dent de pierre à l'Ours ?

— Je crois, oui. Pour se déguiser, Saeunn se couvre le visage avec de la poudre d'armoise et d'ocre, puis elle met un masque en écorce de sorbier, qu'elle retient avec des cheveux de tous les membres du clan. C'est ce que je vais faire. Enfin, en fonction de mes connaissances... »

Sur ces mots, elle avait creusé une petite boîte dans du bois de sorbier. Elle l'avait badigeonnée d'armoise et d'ocre rouge. Elle y avait mis la dent de pierre, et elle avait scellé ce petit coffre avec ses cheveux mêlés à ceux de Torak.

Agir avait un peu soulagé la jeune fille. C'était si dur de rester impuissante pendant que Loup tentait d'échapper à l'Ours ! Et puis, Renn n'était pas mécontente d'elle. Pour tout dire, elle avait éprouvé une ombre d'orgueil.

Du moins sur le coup.

Parce que, à présent, dans l'aube givrante, les doutes fondaient sur elle tels des rapaces sur leur proie. Au fond, elle ne connaissait pas grand-chose à la Magie... Pour qui s'était-elle prise ? Qui avait-elle cru berner avec son rituel ? Elle-même ?

— Allez, lança Torak en sautant sur ses pieds, viens !
La piste est facile à suivre. La lumière est bonne et
rasante. Nous verrons sans être vus.

Renn jeta un coup d'œil à l'extérieur de leur abri.

— Et l'Ours ? souffla-t-elle. S'il a perdu l'odeur de
Loup, il va se rabattre sur nous.

— Ça m'étonnerait, rétorqua le garçon. À mon avis,
il est encore à la recherche de Loup.

Ce qui ne réconfortait pas beaucoup sa complice...

— Qu'est-ce qui ne va pas ? s'inquiéta Torak.

Elle se mordit les lèvres.

Voilà ce qu'elle aurait voulu dire : « Mon clan me
manque plus que beaucoup. Je crains que Fin-Kedinn ne
me pardonne jamais de t'avoir aidé à t'échapper. Je pense
que nous sommes fous de nous jeter délibérément aux
trousses d'un démon aussi puissant. J'ai l'intuition terrible que nous allons nous retrouver à l'endroit précis où
je ne veux surtout pas aller. Et j'ai peur : je ne devrais
pas être là, car, contrairement à toi, je ne suis pas Celle-
qui-écoute. La Prophétie ne parle pas de moi. Je suis
juste Renn. Et, en plus, je ne peux même pas te parler
de mes craintes : si je le faisais, tu m'ordonnerais de rester ici, étant donné que la seule chose qui t'intéresse,
à l'instant présent, c'est de retrouver Loup. »

Donc voici ce qu'elle dit :

— Rien. Tout va bien.

Torak lui lança un regard dubitatif, et finit d'éteindre
le feu.

*

* *

Pendant toute la matinée, ils suivirent la piste qui zig-zaguait dans le bois de hêtres ; puis ils continuèrent leurs recherches dans la forêt d'épicéas, où le sentier bifur-quait vers le nord-est... et grimpait fort.

Comme les jours précédents, Renn était sidérée par le talent de pisteur de Torak. Il paraissait entrer en transe, scrutant les alentours avec une patience sans limite, et dénichait souvent un signe minuscule que la plupart des chasseurs expérimentés auraient manqué.

En milieu d'après-midi, alors que la lumière commen-çait de décroître, le garçon s'arrêta.

— Que se passe-t-il ? demanda Renn.

— Chuuut ! J'ai entendu quelque chose !

Il mit ses mains à l'oreille.

— Ha ! Tu l'as entendu, là ?

— Quoi ? Qui ?

Torak lui décocha un sourire éclatant :

— Loup ! C'est Loup !

— Tu en es sûr ?

— Je reconnaîtrais son hurlement n'importe où. Allez, il est là-haut !

Le garçon tendit un doigt vers l'est. Le cœur de Renn se serra.

« Pas vers l'est, songea-t-elle, en plein désarroi. N'im-porte où, mais pas vers l'est... »

Mais Torak poursuivait dans cette direction, se repé-rant au bruit. Bientôt, le sol devint plus rocailleux. Les arbres rétrécirent : c'étaient des bouleaux qui leur arri-vaient à la taille ; c'étaient des saules maigrichons.

— Tu es sûr de toi ? insista Renn. Si on continue comme ça, on va finir au milieu de la lande.

Torak ne l'avait pas écoutée. Ni même entendue. Il avait disparu derrière un rocher. Un instant plus tard, il cria, tout excité :

— RENN !

Elle contourna le rocher en courant. Ici, le vent du nord était mordant. Glacial. Elle recula. Ils avaient atteint l'extrême limite de la Forêt. L'orée de la lande.

Devant la jeune fille s'étendait une vaste plaine sans arbres. Çà et là, des fougères et des arbustes rabougris (des saules nains, apparemment) ployaient vers le sol en une vaine tentative d'échapper au vent. De petits lacs tachetés de brun frissonnaient, bordés de marécages où barbotait un peu d'herbe. Loin vers l'horizon, un éboulis traître s'élevait au-dessus de la plaine. Et au-dessus de l'éboulis s'élevaient les Hautes Montagnes.

Mais, par-delà l'éboulis et en deçà des montagnes, on pouvait apercevoir un scintillement blanc. Là se trouvait ce que Renn redoutait.

Torak n'avait pas conscience de cela.

— Viens, Renn ! criait-il – et sa voix se perdait dans le vent. Par làààà !

La jeune fille baissa la tête. Elle vit Torak, agenouillé devant un petit torrent. Devant lui, couché, les mâchoires serrées sur la bourse contenant les yeux de la rivière, gisait Loup.

TRENTE-SEPT

— Il est vivant ! annonça Torak en frottant son visage contre la fourrure grise et humide.

Loup ouvrit un œil et agita faiblement la queue. Renn dévala la pente couverte de fougères pour les rejoindre.

— Il est épuisé, lui dit le garçon sans lever les yeux. Et trempé jusqu'aux os ! Il a couru dans le ruisseau pour cacher son odeur et semer l'Ours. Pas bête, hein ?

— Mais est-ce que ça a marché ? répliqua Renn en jetant un regard inquiet autour d'eux.

— Oh, oui ! Regarde ces pipits des marais ! Ils ne seraient pas là si l'Ours était dans les parages.

Moins confiante que le garçon, Renn s'agenouilla néanmoins à son tour près du louveteau. Elle plongea la main dans son sac et en tira un gâteau au saumon, qu'elle lui offrit. Il l'accepta et agita un peu plus fort la queue.

C'était formidable de revoir Loup. Mais elle se sentait déstabilisée. Partagée. Bousculée. Trop d'idées se pressaient en elle. Trop d'idées, dont Torak ignorait tout.

Elle s'empara de la bourse en peau de corbeau et l'ouvrit pour vérifier son contenu. Les yeux de la rivière étaient toujours là, dans leur nid de feuilles de sorbier.

— Oui, prends-la, dit Torak en portant Loup dans ses bras avant de le reposer en douceur sur un parterre d'herbe tendre. Nous devons dissimuler les yeux sans tarder !

Renn dénoua la mèche de cheveux et ouvrit le coffre en sorbier qui protégeait la dent de pierre. Elle y glissa les yeux de la rivière. Puis elle scella de nouveau la boîte, qu'elle glissa dans le sachet avant de le refermer.

— Il va aller mieux, maintenant, affirma Torak en se penchant pour lécher affectueusement le museau du louveteau. Nous pouvons construire un abri, là, au pied de cette falaise, faire un feu, et attendre qu'il se repose.

— Pas ici, répondit aussitôt Renn. Il vaut mieux retourner dans la Forêt.

Là, dans cette lande battue par les vents, elle se sentait exposée comme un insecte retourné sur le dos.

— Non, rétorqua Torak. Il vaut mieux rester ici.

Il désigna le nord. L'éboulis. Le scintillement blanc.

— C'est le chemin le plus court pour arriver à la Montagne, ajouta-t-il.

Renn sentit que son estomac se serrait.

— De... de quoi tu parles ? demanda-t-elle.

— Loup m'a raconté. C'est là qu'on doit aller.

— Mais... mais on ne peut pas monter là-haut !

— Et pourquoi pas ?

— Parce que... Parce que c'est la Rivière de Glace !

Surpris, Torak et Loup vrillèrent sur elle leurs yeux de loup – les uns couleur ambre, les autres gris pâle. Elle eut l'impression d'être une étrangère pour eux.

— Quelle importance, Renn ? reprit Torak patiemment. C'est le chemin le plus court vers la...

— Je m'en fiche !

La jeune fille chercha avec fièvre une raison qu'il pourrait accepter.

— Il faut qu'on trouve la troisième partie du Nanuak, n'est-ce pas ? s'écria-t-elle.

Elle récita :

> « *La plus profonde est un regard noyé ;*
> *Dent de pierre est la plus ancienne ;*
> *Et il n'est pas lumière plus noire que la plus froide.* »

— Nous n'allons pas la trouver là-bas, n'est-ce pas ? Oh, ça, il fera froid, ce n'est pas le problème ! Mais il n'y aura rien, rien, rien !

« Rien que la mort », ajouta-t-elle pour elle.

— Tu as vu comme moi le Grand Œil Rouge, la nuit dernière, lui rappela Torak. Il monte encore dans le ciel. Nous n'avons plus que quelques jours.

— ET ALORS ? riposta Renn. Tu n'écoutes pas quand je te parle ? Une Rivière de Glace nous attend. On ne peut pas la traverser !

— Mais si, on peut, soutint le garçon avec un aplomb inébranlable. On trouvera un moyen.

— Comment ? Il nous reste une gourde d'eau et quatre flèches en réserve. Quatre flèches ! Et l'hiver arrive, et tu n'as que tes vêtements d'été !

Il la fixa d'un regard pénétrant et conclut :

— Ce n'est pas pour ça que tu refuses d'aller là-haut.

Elle se mit debout et s'éloigna de quelques pas. Puis revint vers le louveteau et son compagnon.

— Mon père est mort sur une rivière de glace pareille à celle-ci, déclara-t-elle.

Le vent gémit tristement sur la lande. Torak posa les yeux sur Loup, puis sur Renn.

— Il y a eu une avalanche, continua la jeune fille. Papa était sur la rivière de glace qui surplombe le lac Tête-de-Hache. La moitié du glacier lui est tombée dessus. On n'a retrouvé son corps qu'au printemps. Saeunn a dû accomplir un rituel particulier pour réunir ses âmes.

— Je suis désolé, murmura Torak. Je n'imaginais pas que...

— Je ne t'ai pas raconté ça pour que tu sois désolé, le coupa-t-elle, mais pour que tu comprennes. Mon père était un chasseur très fort, très expérimenté, qui connaissait les montagnes comme personne d'autre. Et, cependant, la Rivière de Glace l'a tué. À présent, dis-moi : quelle chance – quel espoir – avons-nous d'en sortir vivants ?

TRENTE-HUIT

— Chuuuut ! souffla Renn. Pas un bruit ! Le moindre son risque de le réveiller !

Torak tendit le cou vers les récifs luisants qui les surplombaient. Il avait déjà vu de la glace, auparavant. Mais jamais rien qui ressemblât à ces rochers escarpés aux arêtes acérées, à ces à-pics vertigineux, à ces gouffres insondables, à ces cascades gelées bien plus grandes que des arbres. On aurait dit qu'une vague immense, monstrueuse, s'était figée en pleine envolée, touchée par le doigt de l'Esprit du Monde. Et pourtant, quand le garçon aperçut les glaciers qui s'élevaient de l'éboulis, ceux-ci ne semblaient qu'une mince goutte d'eau dérisoire dans la vaste et sinueuse rivière de glace.

Renn et Torak avaient laissé Loup se reposer une journée entière près du lac. Puis, tous les trois, ils avaient franchi les marais, direction l'éboulis. Là, ils avaient campé dans une anfractuosité qui leur avait procuré une manière d'abri contre le vent.

Ils n'avaient repéré aucune trace de l'Ours. Peut-être le monstre les attendait-il plus loin. Peut-être le sortilège du coffre avait-il opéré. Ou peut-être, comme l'avait fait remarquer Renn, l'Ours était-il plus à l'ouest, semant la terreur parmi les clans.

Le lendemain matin, ils avaient longé les berges de la rivière de glace ; et ils avaient commencé leur voyage vers le nord.

*

* *

Marcher sous les récifs de glace ? C'était de la folie pure. Une avalanche ou la chute d'un bloc pouvait anéantir les marcheurs n'importe quand. Mais ils n'avaient pas d'autre solution. Impossible de prendre par l'ouest : à la fonte des neiges, un torrent y avait creusé un gouffre bleu profond.

Impossible aussi d'avancer en silence. La neige crissait sous les bottes des voyageurs. Adieu, la discrétion : la nouvelle cape en roseau de Torak craquait comme des feuilles mortes qu'on écrase. Même son souffle paraissait assourdissant au garçon. Partout autour de lui, il entendait des craquements étranges et des grognements qui s'élevaient et se réverbéraient. La rivière de glace murmurait dans son sommeil. À l'entendre remuer, on sentait qu'il n'en faudrait pas beaucoup avant de la réveiller pour de bon.

Curieusement, cela ne semblait pas inquiéter Loup. C'est simple : il a-do-rait la neige. Gambader dessus.

Lancer des boules dans l'air. Puis, soudain, s'arrêter et écouter les lemmings et les rats des neiges.

Là, il s'était arrêté pour renifler une grosse congère. Il la tapotait avec une patte. Comme elle ne réagissait pas – et pour cause... –, il la poussa et l'invita à jouer avec lui en gémissant.

— Chuuut ! intervint Torak, qui en oublia de parler le langage des loups.

— Chuuut ! intervint à son tour Renn, qui marchait devant.

Pour s'assurer que Loup se tairait, Tork feignit d'avoir repéré une proie au loin. Il se figea et scruta l'horizon avec attention.

Loup l'imita. Mais il ne repéra aucune odeur. Aucun bruit. Alors, il agita ses moustaches et regarda Torak.

« Où est-elle ? Où est la proie ? »

Torak s'étira et bâilla.

« Il n'y a pas de proie, expliqua-t-il au louveteau.

— Quoi ? Dans ce cas, pourquoi chasse-t-on ?

— Reste tranquille ! »

De nouveau, Loup poussa un petit gémissement plaintif.

— Allez ! murmura Renn. Il faut qu'on ait fini de traverser avant la tombée de la nuit.

À l'ombre des récifs de glace, le froid était mordant. Ils s'étaient préparés comme ils avaient pu, tandis qu'ils campaient au bord du lac. Ils avaient fourré leurs bottes avec de l'herbe. S'étaient confectionnés des gants et des couvre-chefs avec la peau de saumon que Renn avait emportée et le reste du cuir. Puis ils avaient fabriqué une cape pour Torak avec des tiges de roseau, qu'ils avaient tressées à l'aide de brins d'herbe et cousues avec du fil de nerf. Mais ils étaient loin du compte. Leurs protections étaient très insuffisantes.

Et leurs réserves avaient atteint un niveau alarmant, elles aussi. Une gourde ; à peine assez de saumon et de viande pour quelques jours.

Torak savait ce que P'pa aurait dit : « Un voyage dans la neige, ce n'est pas un jeu. Si tu crois pouvoir jouer avec la neige, tu y trouveras la mort. »

Torak avait conscience qu'il ne jouait pas. Cependant, il se rendait compte à regret qu'il ne connaissait pas grand-chose à la neige. Ce qu'il y connaissait, c'était Renn qui le lui avait appris sans ménagement, avec sa manière habituelle, franche et directe :

« Tout ce que je sais, avait-elle déclaré, c'est que, dans la neige, il est beaucoup plus facile de traquer ses proies. Et que la neige est pratique pour les batailles de boules de neige. Et que, si on est pris dans une tempête de neige, le seul conseil qu'on puisse donner, c'est de se construire un abri, si c'est possible, et d'attendre que ça passe. Voilà, c'est tout. »

Pas très réconfortant.

*
* *

— J'espère qu'il connaît le chemin, murmura Renn en regardant Loup.

La neige devenait plus profonde. Ils en avaient jusqu'aux cuisses. Le louveteau suivait Torak. C'était intelligent : il profitait ainsi des traces laissées par le garçon.

— Je n'ai jamais été aussi loin au nord, avoua la jeune fille.

— D'autres l'ont déjà fait ? s'enquit Torak.

Renn fronça les sourcils :

— Euh, oui... Les clans des Glaces. Mais ils vivent dans les plaines. Pas sur les glaciers.

— Les clans des Glaces ?

— Les Renards Blancs. Les Ptarmigans. Les Narvals. Mais tu dois...

— Non, je ne les connais pas, la coupa le garçon d'un ton énervé. J'en ai même jamais entendu parl...

Derrière lui, Loup poussa un grognement pressant. Torak se retourna. Le louveteau courait se réfugier sous une solide arche de glace. Le garçon leva les yeux.

— Attention ! cria-t-il.

Il attrapa la main de Renn et l'attira sous l'arche.

Un craquement assourdissant... et un rugissement blanc les enveloppa. La glace tonna. S'écrasa sur la neige. Explosa en mille pics meurtriers. Tapi sous l'arche, Torak priait pour que leur abri ne s'écroulât pas. S'il cédait, ils seraient écrasés par le poids de la neige ; ce qui resterait de la jeune fille, du garçon et du loup ressemblerait à de la compote de baies...

La tempête de glace cessa aussi brusquement qu'elle avait commencé.

Torak expira longuement. À présent, on n'entendait plus que le doux murmure de la neige qui finissait de tomber.

— Pourquoi ça s'est arrêté ? souffla Renn.

— Peut-être que la rivière s'est juste retournée dans son sommeil..., suggéra Torak.

Renn posa son regard sur l'amas de glace pilée devant eux.

— Sans Loup, nous serions là-dessous à l'heure qu'il est, fit-elle observer.

Elle était blême. Ses tatouages claniques luisaient, livides. Torak supposa qu'elle pensait à son père.

Loup se leva et s'ébroua, les arrosant de neige humide. Il trotta un peu, inspira un bon coup, puis attendit que ses compagnons de meute le rejoignissent.

— On peut y aller, conclut Torak. Le danger est passé.

— « Le danger est passé » ? répéta Renn, incrédule.

C'était la chose la plus improbable qu'elle eût entendue depuis longtemps.

Mais, danger ou pas, les voyageurs reprirent leur route. Le Soleil naviguait vers l'ouest, cinglant à travers un ciel sans nuages. Des flaques de neige fondue apparurent çà et là, d'un bleu plus intense que Torak eût jamais vu. Bientôt, les températures devinrent nettement plus clémentes.

En milieu d'après-midi, le soleil se refléta sur les récifs, et, en un clin d'œil, les ombres glaçantes se dissipèrent, laissant place à des étendues blanches éclatantes. Torak eut trop chaud sous sa cape.

Renn lui tendit un rameau de bouleau.

— Tiens, arrange-le-toi et mets-le autour de tes yeux. Sinon, la neige te rendra aveugle.

— Je croyais que tu n'étais jamais allée aussi loin vers le nord...

— Moi, non, mais Fin-Kedinn, oui. Et il m'a raconté.

Torak découpa de fines ouvertures dans les feuilles. Pas facile d'avancer ainsi masqué, quand on veut rester sur ses gardes afin d'éviter l'un de ces paquets de neige ou de ces blocs de glace géants qui se détachaient sporadiquement des récifs...

Cependant, les voyageurs avançaient. Torak plus vite que Renn. Le garçon s'aperçut en effet que la jeune fille traînait. C'était une nouveauté. D'ordinaire, elle était toujours plus rapide que lui.

Il l'attendit... et constata avec inquiétude que les lèvres de sa complice s'étaient teintées de bleu.

— Ça va ? demanda-t-il.

Renn secoua la tête et se pencha en avant, les mains sur les genoux.

— Non, dit-elle. Toute la journée, je... j'ai senti que j'étais, euh... vidée... épuisée... Je pense... je pense que c'est le Nanuak.

Torak eut un pincement au cœur. Il s'était tellement concentré sur l'idée qu'il ne fallait pas réveiller la rivière, qu'il avait oublié que, pendant tout ce temps, Renn transportait la bourse en peau de corbeau.

— Donne-moi ça, dit-il. Chacun son tour.

La jeune fille acquiesça.

— Mais, dans ce cas, ajouta-elle, je prends la gourde. C'est normal.

Ils firent l'échange. Torak noua la bourse à sa ceinture. Renn regarda derrière elle pour évaluer la distance qu'ils avaient parcourue.

— On est trop lents..., constata-t-elle. Si on n'a pas traversé avant la tombée de la nuit...

Elle n'eut pas besoin de finir sa phrase. Torak les imagina en train de construire un igloo et de trembler dans l'obscurité, tandis que la rivière de glace craquerait et gronderait autour d'eux.

— Tu crois qu'on a pris assez de bois pour allumer un bon feu ?

— Non, déclara simplement Renn.

Avant d'attaquer la traversée de la rivière de glace, ils s'étaient munis chacun d'un fagot de bois et d'une petite réserve de feu. Pour cela, ils avaient coupé un morceau de ces prêles – des sabots-de-cheval – qui poussent au pied des bouleaux morts. Ils l'avaient allumé, puis l'avaient tassé de sorte qu'il se consumât lentement. Ensuite, ils l'avaient emballé fumant dans de l'écorce de bouleau, qu'ils avaient percée à plusieurs endroits afin de laisser le feu respirer ; et ils avaient couvert le tout de mousse pour le laisser couver. Le feu pouvait être transporté ainsi une journée entière. Il vivotait en attendant de se ranimer dès qu'on le nourrirait avec des brindilles en soufflant dessus, lorsque le besoin s'en ferait sentir.

Optimiste, Torak estimait qu'ils avaient assez de bois pour tenir une nuit. Rassurant. Mais il se doutait que si, par la suite, une tempête les obligeait à se creuser un abri et à s'y terrer des jours durant, ils mourraient de froid.

*
* *

Le voyage continua ainsi. Et le garçon ne tarda pas à comprendre ce que Renn avait enduré à cause du Nanuak. Les effets des yeux et de la dent étaient déjà sensibles.

Soudain, Renn s'arrêta et releva le rameau de bouleau qui lui protégeait les yeux.

— Le courant..., souffla-t-elle. Où il est passé ?

— De quoi tu parles ?

— De la neige fondue ! Je viens de remarquer que le ruisseau qu'elle formait avait disparu. Tu crois que ça veut dire qu'on pourrait passer *sous* ces récifs ?

Torak ôta lui aussi son rameau protecteur et plissa ses yeux pour s'accoutumer à la luminosité. Le cours d'eau était invisible, en effet.

— Je l'entends encore, murmura-t-il en avançant de quelques pas pour inspecter les environs. Peut-être qu'il s'est juste caché sous le...

Cette fois, il n'y eut pas d'avertissement. Pas de craquement. Pas de « woufff » signalant une grosse chute de neige. Simplement, le pied de Torak rencontra le vide, et le garçon bascula dans le néant.

TRENTE-NEUF

Torak se fit si mal au genou qu'il poussa un terrible cri de douleur.

— Torak ! murmura Renn depuis le bord du précipice. Ça va ?

— Je... je crois..., lâcha-t-il.

Mais ça n'allait pas. Il était tombé dans une crevasse. Seul un petit replat lui avait évité d'être précipité vers une mort certaine.

Dans la pénombre, il constata que le trou était étroit. Il pouvait en toucher les deux bords en écartant les bras. Par contre, le gouffre était sans fond. Il entendait courir sous lui le torrent de neige fondu.

Torak était *dans* la Rivière de Glace. Comment allait-il se tirer de là ?

Renn et Loup l'observaient, tendus. Ils devaient être trois pas[1] au-dessus de lui. Peu importait. Trois pas ou trente, le résultat était le même.

Il essaya de plaisanter pour ne pas paniquer :

— Au moins, maintenant, on sait où est passé le torrent...

— Tu n'es pas tombé si profond que ça, dit Renn pour le rassurer. Et puis, tu as toujours ton sac. Imagine s'il avait fallu aller le chercher en bas !

— Et j'ai aussi mon arc, renchérit le garçon, qui ne voulait pas paraître trop effrayé. Et le Nanuak.

Pris d'un doute, il vérifia. Ouf ! La bourse était toujours là, bien accrochée à sa ceinture. Il avait conservé le Nanuak.

Oui, mais... · s'il ne réussissait pas à sortir de là ? Il serait coincé pour toujours dans cette crevasse. Avec le Nanuak. Sans Nanuak, pas moyen de détruire l'Ours. La Forêt tout entière serait vouée à la destruction. Par sa faute à lui. Parce qu'il avait bêtement oublié de regarder où il mettait les pieds...

— Tu tiens le coup ? demanda Renn à voix basse.

Il voulut répondre oui. Mais seul un coassement sortit de sa bouche.

— Pas si fort ! siffla Renn. Tu risques de déclencher une avalanche ou... ou de refermer le trou sur toi.

— Merci pour tes encouragements, murmura-t-il. Je n'avais pas envisagé cette éventualité.

— Tiens, essaye d'attraper ça !

Elle se pencha dangereusement au-dessus du précipice. Elle tendait la tête de sa hache vers lui, la ficelle du manche attachée à son poignet.

---

1. Trois pas correspondent à environ trois mètres.

— Tu ne pourrais pas me soulever, répondit Torak. Je t'attirerais à moi, et nous tomberions tous les deux au fond...

— Au fond, fond, on..., répéta l'écho dans les profondeurs.

— Tu peux remonter un peu ? s'informa Renn, qui commençait de trembler.

— Sans problème, ironisa le garçon. À condition qu'il me pousse les griffes d'un carcajou...

Ce qui lui donna une idée.

Lentement, trrrrrès lentement, terrifié à l'idée de glisser, il ôta une bretelle de son sac à dos et inspecta son contenu. Avait-il toujours la ramure du chevreuil qu'il avait tué avant d'être attrapé par le clan des Corbeaux ? Oui ! Elle était courte. Solide. La base des bois était déchiquetée. S'il réussissait à en attacher un à chaque main, il parviendrait peut-être à se servir de ces bouts comme de piolets, qui l'aideraient à escalader les quelques pas qui le séparaient de l'air libre.

— Qu'est-ce que tu fabriques ? demanda Renn.

— Tu vas voir, dit-il.

Il n'avait pas le temps de s'expliquer. La corniche où il se trouvait devenait glissante sous ses bottes. Et son genou le faisait souffrir.

Il laissa la ramure dans son sac. Il s'en servirait plus tard. Il prit sa hache à sa ceinture et se justifia :

— Je dois entailler la glace pour me créer des prises. J'espère que la rivière de glace ne le sentira pas...

Renn ne donna pas son avis. Bien sûr, la rivière le sentirait. Mais comment Torak aurait-il pu procéder autrement ?

Le premier coup de hache projeta des éclats de glace. Ils tombèrent avec fracas au fond du gouffre. Même si la rivière n'avait rien senti, elle avait au moins entendu.

Les dents serrées, la mâchoire crispée, Torak s'obligea à frapper de nouveau. D'autres éclats tombèrent, et l'écho de leur chute se répercuta longtemps dans la crevasse.

La glace était dure, et le garçon n'osait pas donner de coups trop puissants, de peur de tomber du replat. Néanmoins, après une autre série de coups et au prix d'intenses sueurs froides, il disposait de quatre entailles réparties à des intervalles d'environ une coudée. Peu profondes – elles ne dépassaient pas la longueur d'une phalange de pouce – elles étaient plus inquiétantes qu'encourageantes. En outre, Torak se demandait si elles supporteraient son poids. Si l'une d'elles cédait, il basculerait au fond de l'abyme. Inéluctablement.

Il rajusta sa hache. Ôta ses gants. Chercha dans son sac à dos les ramures et les derniers morceaux de cuir dont il disposait. Ses doigts étaient gourds. La faute au froid intense. Résultat, Torak eut un mal fou à attacher les bois à ses poignets. Énervé, il y parvint néanmoins, et finit le travail en resserrant les nœuds avec ses dents. Il avait réussi !

De la main droite, il atteignit la prise la plus haute, et y enfonça profondément son bois, se hissa prudemment à la force du bras. La ramure parut tenir. Avec son pied gauche, il chercha la première entaille, creusée juste au-dessus du replat. Il la trouva et y plaça son pied.

Son sac l'attirant vers le fond, il tendait de toutes ses forces vers le haut, le visage collé à la paroi de glace... ce qui lui permettait de garder un équilibre précaire.

Loup lui aboyait de se dépêcher. De la neige tomba sur les joues du garçon.

— Reste ici ! ordonna Renn au louveteau. Ne bouge pas !

Torak perçut un bruit de lutte. De la neige lui retomba dessus. Puis Loup poussa un grognement.

— Encore un effort ! souffla la jeune fille. ET NE REGARDE PAS EN BAS !

Trop tard.

Torak *venait* de regarder en bas.

Et il avait vu la profondeur du gouffre.

Il allongea le bras pour atteindre la prise suivante. La rata. Arracha une croûte de glace, qui manqua de l'emporter avec elle. Déséquilibré, il tenta de nouveau de se rattraper. Son piolet improvisé s'enfonça juste à temps !

Sans se presser, il plia la jambe droite et trouva l'appui, à une coudée au-dessus de celui qui maintenait son pied gauche. Aussitôt, elle se mit à trembler et fut transpercée de douleur.

« Bien joué, Torak ! se tança-t-il intérieurement. Tu as mis tout ton poids sur ta mauvaise jambe – celle qui s'est blessée dans ta chute ! »

— Mon genou est coincé..., gémit-il. Je vais lâch...

— NON, tu ne vas pas lâcher ! affirma Renn. Monte encore un peu, et je te tirerai vers moi.

Les épaules de Torak, contactées à l'extrême, lui brûlaient. Il avait l'impression que son sac était plein de pierres. Il poussa avec force, et sa jambe se déplia. Puis une main saisit la poignée de son sac. Tandis que le garçon s'agrippait à la paroi, Renn le tirait vers la lumière. Et bientôt, il émergea du trou.

Torak et Renn s'effondrèrent, épuisés, au bord du gouffre. Puis ils se relevèrent et s'éloignèrent des récifs de glace... pour s'écrouler, haletants, un pas plus loin, dans la neige poudreuse. Loup, qui croyait à un jeu, gambada autour d'eux avec son grand sourire de loup.

Renn éclata d'un rire nerveux, dû à la panique qu'elle avait éprouvée.

— On est passés trop près de la catastrophe ! s'exclama-t-elle. La prochaine fois, regarde où tu vas !

— Je... j'essayerai ! promit Torak, le souffle court.

Il restait allongé sur le dos, laissant la brise piqueter ses joues de neige. Haut dans le ciel, des nuages blancs s'étiolaient comme des pétales. Le garçon n'avait jamais rien vu d'aussi beau.

Derrière lui, Loup grattait quelque chose pris dans la glace.

— Qu'est-ce que tu fabriques ? voulut savoir Torak.

Le louveteau avait dégagé sa trouvaille et la lançait haut dans les airs avant de la rattraper avec ses mâchoires. Un de ses jeux favoris. Il lança de nouveau l'objet, bondit, le rattrapa, le mâchonna, puis sauta encore et l'envoya droit sur le visage de Torak. Un autre de ses jeux favoris.

— Aïe ! protesta le garçon. Fais attention !

C'est alors qu'il vit ce qu'était le jouet de Torak. Une boule grosse comme un petit poing. Brune. Couverte de fourrure. Étrangement aplatie – sans doute par une chute de glace. La mine outragée de l'animal sembla hilarante à Torak.

— Qu'est-ce que c'est ? demanda Renn en buvant une gorgée au goulot de la gourde.

Un rire irrésistible gargouilla dans la gorge du garçon :

— Un lemming gelé !

Renn éclata de rire à son tour, renversant de l'eau sur la glace.

266

— Il est tout écrasé ! s'écria Torak, roulant sur la neige. Tu devrais voir sa tête. Il a l'air... stupéfait !

— Trop drôle ! s'exclama Renn en se tenant les côtes.

Les deux complices rirent jusqu'à en avoir mal. Loup gambadait autour d'eux dans une parade joyeuse, jetant et rattrapant le rongeur gelé. Après un moment, il le propulsa à une hauteur extravagante, exécuta un bond spectaculaire et l'avala tout rond.

Puis il décida qu'il avait chaud, et il s'aplatit dans une flaque de neige fondue pour se rafraîchir.

Renn s'assit. S'essuya les yeux. Demanda :

— Il ne te rapporte jamais les choses, au lieu de te les lancer au visage ?

— Non, dit Torak. J'ai essayé de le lui apprendre. Il ne veut pas.

Il se leva. L'air avait fraîchi. Le vent s'était renforcé. La poudreuse s'élevait du sol comme de la fumée. Les pétales de nuage avaient complètement recouvert la corolle du Soleil.

— Regarde ! murmura Renn.

Elle pointait son doigt vers l'est.

Torak suivit son geste. Voyant des nuages qui s'accumulaient sur les récifs de glace, il murmura :

— Oh, non...

— Oh, si..., lâcha la jeune fille d'une voix blanche.

Elle parla plus fort pour couvrir le bruit du vent :

— On est bons pour une tempête de neige.

La Rivière de Glace s'était réveillée. Et elle n'était pas contente.

QUARANTE

La fureur de la Rivière de Glace frappa les fuyards avec une force terrifiante.

Torak dut lutter contre les assauts du vent pour rester debout. Il serra sa cape autour de lui afin d'éviter qu'elle ne se déchirât. À travers le déluge de neige, il vit Renn se démener de toutes ses forces pour le rejoindre. Loup, ballotté par les rafales, plissait les yeux dans la bourrasque.

Ce n'était qu'un début. Les intrus étaient à la merci de la rivière de glace. Et elle ne les laisserait pas s'en tirer à si bon compte.

Elle hurla. Hurla à en vriller les tympans de Torak. Hurla et cribla le visage du garçon de projectiles de glace. Le tir était si nourri que Torak perdit de vue Renn,

Loup et même ses propres bottes. À tout instant, la tempête pouvait le projeter dans un gouffre.

À travers la blancheur tournoyante, le garçon vit une forme sombre. Un pilier. Était-ce une pierre ? Une grosse congère ? Ou tout simplement le signe qu'ils avaient atteint le bout de la rivière ?

Renn s'accrocha à son bras.

— On ne peut plus avancer ! cria-t-elle. Il faut creuser un abri et attendre que ça cesse !

— Non, attends ! protesta Torak. On y est presque ! Regarde !

Il se dirigea en trébuchant vers le pilier qu'il avait aperçu... lequel se dissipa. Ce n'était rien. Rien qu'un nuage de neige. Un mirage.

— Tu as raison ! lança Torak en se retournant. Il faut s'abriter en attendant que...

Mais Renn avait disparu.

— Renn ! hurla-t-il. RENN !

La rivière de glace arracha le nom de la jeune fille de ses lèvres et en jeta les morceaux dans l'obscurité qui montait.

Le garçon tomba à genoux et chercha Loup à tâtons. Ses doigts gantés trouvèrent de la fourrure. Torak resserra sa prise. C'était bien Loup.

L'animal flairait alentour pour capter l'odeur de Renn. Mais même avec un odorat très fin, on ne pouvait rien repérer dans une telle apocalypse !

Pourtant, les oreilles de Loup pivotèrent. Son regard se fixa droit devant. Torak crut voir passer une silhouette dans la neige.

— RENN !

Loup bondit après elle. Torak le suivit. Il n'alla pas loin : une bourrasque le projeta contre la glace. Il tomba en arrière, manquant de près le louveteau. Il avait buté contre une manière de colline de glace. Sur un côté du monticule était percé un trou juste assez grand pour qu'il pût s'y faufiler.

Un igloo ? Renn n'en avait pas construit un en si peu de temps !

D'un bond, Loup disparut à l'intérieur. Torak hésita un petit instant. Puis il suivit son compagnon dans la grotte de neige.

*
* *

À l'abri de l'igloo, c'était le silence qui se remarquait le plus. Dans la semi-obscurité, la clameur de la rivière de glace n'était presque plus qu'un murmure.

À tâtons, les mains protégées par des gants que la glace avait raidis, Torak inspecta les alentours. Le toit était bas, si bas qu'on ne pouvait se tenir debout : le garçon devait se déplacer accroupi ou à quatre pattes. Un bloc de glace près de l'entrée. Quelqu'un l'avait découpé pour faire une porte. Mais qui ?

— Renn ? chuchota le garçon.

Pas de réponse.

Il repoussa le bloc vers le mur, et le calme sembla se resserrer autour de lui. Il entendait Loup qui léchait la neige sur ses pattes. Il sentait la glace fondre et dégouliner sur ses épaules.

Il étendit sa main. Loup poussa un grognement d'avertissement.

Torak rabattit sa main. Les poils se hérissèrent sur son cou. Renn n'était pas là. Mais quelque chose attendait dans la pénombre.

— Il y a quelqu'un ? demanda-t-il.

L'obscurité de glace parut se raidir.

Torak ôta ses gants avec ses dents. Il dégaina son couteau.

— IL Y A QUELQU'UN ? répéta-t-il.

Toujours pas de réponse.

Il prit dans son sac une chandelle que Renn lui avait donnée. Ses doigts étaient si engourdis par le froid qu'il fit tomber sa petite bourse. Il mit une éternité à la retrouver. Quand il réussit à activer le feu, des étincelles sautèrent sur le bout de l'écorce d'if qu'il tenait dans ses mains, et la lumière finit par jaillir.

Torak cria. Oublia la Rivière de Glace. Oublia même Renn.

À ses pieds gisait un homme.

Mort.

QUARANTE-ET-UN

Torak s'aplatit contre le mur de glace. Si Loup ne l'avait pas averti, il aurait touché le cadavre. Et toucher les morts, c'était courir un danger terrible. Quand les âmes quittaient le corps, elles pouvaient être furieuses, perdues, ou simplement peu désireuses de s'embarquer pour le Voyage mortuaire. Si un être vivant s'approchait trop d'elles, ces âmes libérées risquaient de le posséder ou de le suivre jusque chez lui.

Tout cela traversa l'esprit de Torak tandis qu'il regardait l'homme mort.

Les lèvres du gisant semblaient taillées dans la glace. Sa chair était d'un jaune cireux. De la neige sortait de ses narines, comme si elle avait voulu imiter le souffle de l'homme. Mais ses yeux couverts de givre étaient ouverts. Ils regardaient quelque chose que Torak ne pouvait voir. Quelque chose qu'il tenait dans le creux de son bras.

Loup ne paraissait pas avoir peur. Il semblait plutôt attiré par le corps. Il l'observait avec calme, le museau posé sur ses pattes.

L'homme avait les cheveux longs, bruns, lâchés, sauf une mèche sur le front, maintenue avec de l'ocre rouge. Torak se souvint des marques que portait la femme du clan du Grand Cerf, celle qu'il avait aperçue lors de la rencontre organisée par les Corbeaux. Cet homme faisait-il partie du même clan qu'elle... donc du même clan que la mère de Torak ?

Le garçon éprouva de la pitié pour le défunt. Comment s'appelait-il ? Qu'était-il venu chercher, dans ces contrées hostiles ? Et comment était-il mort ?

Puis Torak remarqua que, sur son front brun, un cercle irrégulier, aux contours tremblants, avait été dessiné à l'ocre rouge. Son épais manteau d'hiver était ouvert ; et un autre cercle apparaissait sur la poitrine. Torak supposa que, s'il avait été assez fou pour ôter les lourdes bottes fourrées, il aurait trouvé une marque similaire sur chacun des talons. Les Marques mortuaires. L'homme avait dû sentir la mort qui approchait. Il avait alors eu le temps de se marquer lui-même : ainsi, ses âmes resteraient solidaires après son dernier souffle. Il avait laissé la porte ouverte afin de libérer ses âmes.

— Tu as été courageux, déclara Torak à voix haute. Tu ne t'es point soustrait à ton trépas.

Il se souvint de la silhouette qu'il avait avisée, dans la tempête. Il se demanda s'il n'avait pas vu les âmes qui entamaient leur dernier voyage. Mais peut-on voir les âmes ? Torak l'ignorait.

— Repose en paix, déclara-t-il solennellement au cadavre. Que tes âmes trouvent le repos et restent ensemble.

Et il inclina la tête en signe de recueillement.

Loup s'assit, les oreilles pointées vers le corps. Curieux, ça. On aurait dit que Loup *écoutait* le mort.

Torak avança. Suivit le regard serein du mort qui fixait ce qu'il avait dans le creux du bras.

Quand le garçon découvrit ce dont il s'agissait, il fut sidéré. C'était une lampe ordinaire. Un récipient ovale lisse de grès rouge, de la taille d'une paume, destiné à contenir de l'huile de poisson, et muni d'un trou pour laisser passer la mèche en mousse. Celle-ci était consumée depuis longtemps ; il n'en restait plus qu'une vague tache grisâtre.

Derrière Torak, Loup poussa un gémissement aigu et doux. Les poils de son encolure étaient hérissés ; et cependant, il ne paraissait pas effrayé. Non, son gémissement était plutôt... un bonjour.

Torak se raidit. Loup avait agi ainsi une fois. Dans la grotte, près des Chutes-du-Tonnerre.

Ses yeux revinrent vers l'homme. Il imagina ses derniers moments. Couvert de neige. En train de regarder brûler la petite flamme brillante qui, comme sa vie, avait fini par vaciller et s'éteindre.

Soudain, Torak se rappela la dernière énigme de la Prophétie :

« *Il n'est pas lumière plus noire que la plus froide.* »

La lumière la plus noire, c'est la dernière lueur que voit un homme avant de mourir.

Le garçon avait trouvé la troisième partie du Nanuak.

QUARANTE-DEUX

La chandelle dans une main, Torak défit le sac en peau de corbeau de l'autre. Il posa la boîte sur la neige.

Loup aboya :

— Wouf !

Torak dénoua la cordelette de cheveux et souleva le couvercle. Les yeux de la rivière dardèrent sur lui leur regard aveugle. Ils s'étaient nichés dans le creux de la dent de pierre.

À côté d'eux, il y avait juste assez de place pour la lampe. « Comme si, pensa Torak, Renn avait pressenti quelle taille devait avoir la boîte et l'avait taillée sur mesure. »

Avec ses doigts gourds, il passa un gant et se pencha vers l'homme mort, veillant à ne pas le toucher. Et il dégagea la lampe. Ce n'est qu'une fois la boîte refermée et le sac noué qu'il se rendit compte qu'il avait retenu son souffle pendant l'opération.

Il respira. Puis se secoua : il était temps de partir à la recherche de Renn. Vite, il attacha la bourse à sa ceinture. Mais, au moment où il allait passer la porte, quelque chose l'arrêta.

Il avait trouvé la dernière partie du Nanuak. Ici. Dans cette cabane de neige. Où il était en sécurité.

« Quand on est pris dans une tempête de neige, avait dit Renn, le seul conseil qu'on puisse donner, c'est de se construire un abri, si c'est possible, et d'attendre que ça passe. »

Ignorer cela maintenant, braver la colère de la Rivière de Glace pour partir à la recherche de la jeune fille, c'était voir ses chances de survie réduites à néant. La neige l'avalerait. Et le Nanuak serait enterré avec lui. Toute la Forêt serait détruite.

Mais, s'il ne sortait pas, Renn allait mourir.

Torak s'assit sur ses talons. Loup le regardait intensément. Ses yeux d'ambre n'avaient plus grand-chose de commun avec les yeux d'un louveteau.

La flamme de la chandelle vacilla dans la main de Torak. Il était perplexe : d'un côté, il ne pouvait pas abandonner la jeune fille : elle était devenue son amie. De l'autre, il ne pouvait pas – il ne devait pas – mettre le sort de la Forêt en jeu pour la retrouver.

P'pa lui manquait comme jamais encore il ne lui avait manqué. P'pa aurait su quoi faire. P'pa aurait pris la bonne décision.

Sauf qu'il n'était plus là.

« Alors, c'est à toi de trancher, se dit-il. À toi, Torak. À toi tout seul. »

Loup pencha la tête sur le côté, et attendit de voir ce que Grand Sans Queue allait décider.

QUARANTE-TROIS

— TORAK ! cria Renn du plus fort qu'elle put.
TORAK ! LOUP !

Elle était seule dans la tempête. Torak et Loup étaient-ils déjà loin... ou juste à trois pas de là ? De toute manière, elle ne pouvait pas les voir. S'ils étaient tombés dans un ravin de glace, elle n'aurait pas entendu leurs cris.

Une bourrasque la projeta contre une congère. La jeune fille s'effondra dans la neige, et perdit l'un de ses gants, que la Rivière de Glace fit disparaître d'un coup de vent.

— NON ! hurla-t-elle en martelant la neige avec ses poings. Non, non, non !

Tirant sur ses bras, poussant sur ses genoux, elle avança contre le vent.

Elle devait reprendre son calme. Trouver de la neige solide. Creuser un abri.

Après une lutte acharnée, elle buta contre un promontoire. Le vent avait durci la neige, mais celle-ci restait un peu moins dure que de la glace. Dégainant la hache qu'elle portait à la ceinture, elle entreprit d'y creuser un trou.

« Torak est sûrement en train de faire pareil, songeat-elle. Je l'espère, par l'Esprit ! »

Renn fut étonnée par la vitesse avec laquelle elle parvint à creuser un trou juste assez grand pour qu'elle pût s'y tapir avec son sac... en se tassant bien. Creuser l'avait réchauffée. Mais elle ne sentait plus sa main nue.

La jeune fille recula au fond de son abri. Empila des morceaux de glace au-dessus d'elle pour se protéger du vent. Bientôt, son souffle fit fondre la glace qui recouvrait ses vêtements. Elle se mit à trembler. Quand ses yeux s'habituèrent à l'obscurité, elle s'aperçut que ses doigts nus étaient blancs. Et rigides. Elle essaya de les plier. Impossible de les bouger.

Elle connaissait le danger du gel. Aki, le fils du chef du clan du Sanglier, avait perdu trois orteils l'hiver précédent. Si elle ne trouvait pas un moyen de réchauffer sa main, ses doigts deviendraient noirs. Puis mourraient. Et elle devrait les couper. Sans quoi, elle mourrait à son tour.

Paniquée, elle souffla dessus. Puis les glissa dans sa tunique. Sous son aisselle. Sa main était lourde. Glacée. Elle ne lui appartenait plus.

De nouvelles terreurs s'éveillèrent en elle. Allait-elle mourir seule, ainsi que son père était mort ? Ne reverrait-elle jamais Fin-Kedinn ? Où étaient passés Torak et

Loup ? Même s'ils survivaient tous les trois, comment les retrouverait-elle ?

Elle ôta le gant qui lui restait. Farfouilla autour de son cou. Elle cherchait le sifflet en os de grouse que Torak lui avait offert. Elle souffla fort. Pas un son n'en sortit. Avait-elle soufflé correctement ? Loup l'entendrait-il, au milieu de la tempête ? Peut-être le sifflet ne fonctionnait-il qu'avec Torak. Pour être entendu, peut-être fallait-il être Celui-qui-écoute.

Cependant, elle avait conscience de tenir là l'un de ses seuls espoirs. *Son* seul espoir. Aussi siffla-t-elle jusqu'à se sentir nauséeuse et épuisée. « Ils ne viendront jamais, songea-t-elle. Ils doivent être calfeutrés depuis longtemps. S'ils sont encore vivants. »

Le sifflet avait un goût salé. À cause de l'os de grouse ? ou parce qu'elle pleurait ? Elle se morigéna : « Ça ne sert à rien de pleurer. Mieux vaut siffler. » Et, serrant les paupières, elle continua de siffler. Et de pleurer.

*
* *

Lorsqu'elle se réveilla, il faisait chaud. Merveilleusement chaud. La neige était aussi accueillante qu'une fourrure de cerf. Elle voulut s'y glisser. Mais elle était fatiguée... Si fatiguée qu'elle n'arrivait même pas à soulever ses paupières. Beaucoup trop fatiguée pour se glisser dans ses couvertures.

Des voix la retinrent éveillée. Fin-Kedinn et Saeunn étaient venus lui rendre visite.

« Je préfèrerais qu'ils me laissent tranquille », pensa-t-elle mollement.

Son frère était là aussi. Il se moquait d'elle. Comme toujours.

« Pourquoi s'est-elle taillé un abri aussi petit ? ironisa-t-il. Elle ne peut donc rien faire correctement !

— Tu exagères, Hord, protesta Fin-Kedinn. Elle a paré au plus pressé.

— Elle aurait quand même pu mieux se protéger, objecta Saeunn.

— J'étais trop fatiguée », expliqua Renn.

C'est alors que sa protection vola en éclats, projetant des éclats de glace partout autour d'elle.

— Fermez la porte ! gémit-elle.

Un chien lui sauta dessus, la couvrant de neige et frottant son museau glacé sous le menton de la jeune fille. Elle le repoussa un peu.

— Méchant chien ! lâcha-t-elle.

— RÉVEILLE-TOI, RENN ! lui cria Torak dans l'oreille.

QUARANTE-QUATRE

— Je *dors*, prétendit Renn en plongeant le visage dans la neige.

— Non, c'est pas vrai ! s'écria Torak.

Lui aussi avait très sommeil. Mais il devait d'abord faire de la place pour lui et pour Loup ; et, surtout, il devait garder Renn éveillée. Si elle s'endormait, ce serait pour toujours.

— Allez, Renn ! lança-t-il. Réveille-toi !

Il la saisit aux épaules et la secoua.

— RÉVEILLE-TOI !

— Je veux dormir, grommela-t-elle. Je vais bien.

C'était un mensonge. Des éclats de glace avaient entaillé et enflammé son visage. Ses yeux étaient si gonflés qu'ils étaient presque fermés. Les doigts de sa main droite étaient rigides et cireux. Aussi immobiles que le cadavre de l'homme du clan du Cerf Rouge.

Tout en attaquant la neige à la hache, Torak se demanda combien de temps la jeune fille aurait tenu si Loup ne l'avait pas trouvée. Et combien de temps lui et Loup auraient tenu s'ils n'avaient pas déniché l'igloo de la jeune fille. Le garçon était épuisé. Il tenait à peine debout. Il n'aurait jamais eu la force d'en bâtir un en repartant de zéro.

Des trois voyageurs, c'est Loup qui se révélait le plus résistant. Sa fourrure était si épaisse que la neige se déposait dessus sans même fondre. Il s'ébrouait ; et, hop ! des flocons tombaient sur Torak et sur Renn.

Titubant de fatigue, Torak finit d'agrandir l'abri creusé par Renn. Il reboucha l'entrée de leur modeste grotte improvisée, laissant juste un petit interstice au-dessus pour la fumée du feu qu'il s'était promis de faire. Ensuite, il s'agenouilla au côté de Renn. Après quelques tentatives, il réussit à tirer les couvertures que la jeune fille avait coincées sous elle. Il les étendit et grogna :

— Monte là-dedans !

Renn le repoussa d'un coup de pied.

Il prit de la neige dans ses poings gelés et en tartina le visage et les mains de la jeune fille.

— HOOOOO ! glapit celle-ci.

— Réveille-toi ou je te tue ! la menaça Torak.

— Tu es en train de me tuer !

Le garçon était déjà passé à la suite de son plan : faire un feu. Et vite. Il frotta donc ses propres mains avec la neige, puis tenta de les réchauffer sous ses bras. Bientôt, les sensations revinrent ; et, avec elles, la douleur.

— Aïe, gémit-il. Aïaïaïe, j'ai maaaal...

— Qu'est-ce que tu dis ? lâcha Renn en s'asseyant... et en se cognant le front contre le plafond bas. Ouille !

— Rien !

— Si, tu disais quelque chose. Tu parlais dans ta barbe.

— Moi, je parlais dans ma barbe ? C'est la meilleure ! Tu ne t'es pas entendu parler à tout ton clan, toi !

— Moi ? s'exclama-t-elle, indignée. Tu mens, je n'ai parlé à personne !

— Siii, je te jure, tu n'as pas arrêté de marmonner ! lança-t-il avec un grand sourire.

Elle se réveillait. Enfin.

Torak n'avait jamais été aussi heureux de se disputer.

*
* *

En s'aidant mutuellement, les deux adolescents réussirent à faire un feu. Pour prendre, le feu a besoin d'être protégé. Aussi se servirent-ils d'une partie du bois qu'ils avaient emporté pour empêcher la neige de tomber sur le bûcher. Cette fois, Torak se souvint des braises emportées dans son sac. Ça irait plus vite.

Au début, le feu conservé dans le coffre en bouleau refusa de se ranimer. Le garçon souffla dessus jusqu'à se mettre à tousser. D'abord sans résultat notable. Mais Renn sentit que la mousse se réchauffait ; et bientôt, comme pour récompenser leurs efforts, apparut une flamme – petite, et alors ? c'était quand même une flamme !

Et elle leur réchauffait le cœur... peut-être plus que les doigts.

Les deux complices avaient les cheveux trempés. Ils se pressèrent autour du modeste feu en claquant des dents. Les flammes leur redonnaient espoir. Toutes les nuits, depuis qu'ils étaient nés, ils avaient perçu ce sifflement, ces craquements, cette odeur douce-amère de fumée de bois. Le feu, c'était un petit morceau de la Forêt qui les accompagnait dans ce monde hostile.

Torak fouilla son sac et dénicha le dernier morceau de viande séchée. Il le partagea en trois. Renn lui tendit la gourde. Le garçon ne s'était pas rendu compte qu'il avait soif. Quand il eut bu une grande gorgée, il se sentit mieux. Plus vif.

— Comment m'as-tu retrouvée ? demanda Renn.

— J'y suis pour rien, dit-il. C'est Loup. Je sais pas comment il a fait.

Renn réfléchit.

— Moi, je crois savoir, affirma-t-elle.

Elle lui montra son sifflet.

Torak sourit de nouveau en la voyant saine et sauve. Il l'imaginait en train de souffler dans l'os de grouse. Seule dans la tempête. Lui, au moins, avait Loup.

Il lui parla du cadavre qu'il avait côtoyé, et de la troisième partie du Nanuak. Mais il n'évoqua pas le moment horrible où il avait envisagé d'abandonner la jeune fille à son sort. Il avait trop honte.

— Une lampe de pierre, murmura Renn. Je n'y aurais pas pensé...

— Tu veux la voir ?

— Non, non...

Elle se tut un instant avant d'avouer :

— Moi, à ta place, j'aurais réfléchi à deux fois avant de quitter l'igloo. Tu risquais de perdre le Nanuak.

Torak resta silencieux. Puis murmura :

— J'y ai réfléchi à deux fois. J'ai envisagé de rester où j'étais. De ne pas sortir à ta recherche.

La jeune fille ne réagit pas tout de suite.

— J'aurais hésité, moi aussi, dit-elle enfin.

Torak ignorait s'il était plus léger, maintenant qu'il avait lâché la vérité. Pas certain.

— Mais qu'aurais-tu *fait* ? insista-t-il. Comment aurais-tu agi, en fin de compte ? Serais-tu restée dans l'igloo, ou serais-tu partie à ma recherche ?

Avec le dos de la main, Renn essuya son nez, qui coulait. Puis elle lui décocha son sourire carnassier :

— Qui sait ? Peut-être s'agissait-il d'une espèce de test ?

— Un test ? Dans quel but ?

— Pas pour voir si tu étais capable de trouver la troisième partie du Nanuak. Juste pour voir si tu oserais te mettre en danger de la perdre pour sauver une amie...

*
* *

Le lendemain matin, Torak se réveilla dans un halo bleuâtre. Où était-il donc ?

— La tempête est passée ! lança Renn. Et j'ai mal au cou.

— Moi aussi, grogna le garçon.

Il se tourna dans ses couvertures pour se trouver face à la jeune fille.

Ses yeux n'étaient plus gonflés. Mais son visage était rouge et pelé. Elle sourit au garçon... ce qui lui arracha une grimace de douleur.

— Aïe ! On a quand même survécu !

Torak sourit à son tour... et, à son tour, s'en mordit les lèvres. Son visage le cuisait. Il avait l'impression de l'avoir frotté avec du sable. Il était sûrement aussi rouge et pelé que Renn.

— Maintenant, on n'a plus qu'à quitter la Rivière de Glace, résuma-t-il.

Loup gémit pour sortir de l'abri. Torak agrippa sa hache et découpa un trou. La lumière entra à flots. Loup disparut. Le garçon rampa à sa suite.

Il émergea dans un paysage scintillant, où alternaient collines de neige et ravins creusés par le vent. Le ciel était d'un bleu intense, comme s'il avait été nettoyé à fond. Un calme absolu régnait autour. La rivière de glace s'était replongée dans son sommeil.

Sans prévenir, Loup surgit et se jeta sur Torak, qui buta contre une congère et tomba. Avant qu'il eût pu se relever, Loup bondit sur sa poitrine, souriant et agitant la queue. Le garçon se mit à rire et voulut le caresser. Mais Loup esquiva sa main. Hors de portée, il exécuta un saut carpé, la queue enroulée autour de son postérieur.

« On joue ? proposa-t-il.

— D'accord ! dit Torak, qui resta couché. »

Le louveteau se précipita sur lui, et ils roulèrent l'un sur l'autre. Loup mordillait et tirait les cheveux de Torak, qui, en retour, lui attrapait le museau ou le prenait par la peau du cou. Puis le garçon lança une boule de neige très haut ; et le louveteau, s'élevant grâce à l'une de ces détentes prodigieuses qu'il affectionnait, la fit exploser entre ses mâchoires, s'enfonça dans un tas de neige fraîche et émergea, le bout du museau couvert de flocons.

Tandis que Torak se remettait sur pied avec difficulté, Renn sortit de leur abri en bâillant.

— J'espère qu'on n'est pas trop loin de la Forêt, déclara-t-elle. Qu'est-ce qui est arrivé à ta cape ?

Il allait lui expliquer que la tempête l'avait déchirée quand il aperçut, derrière la jeune fille, les Hautes Montagnes. Elles étaient si proches...

Des jours durant, le brouillard les avait masquées. Puis, la veille, les récifs de glace avaient entouré les voyageurs, leur barrant l'horizon, les empêchant de voir au loin. À présent, à la lumière claire et froide, les Montagnes dévoraient le ciel.

Torak se raidit. Il en entendait parler depuis toujours, de ces Montagnes ! Et voilà qu'elles n'étaient plus une vague ombre, lointaine et floue, qui se profilait à l'est. Voilà qu'il se tenait à leur pied ; voilà que, en levant les yeux vers le sommet de ces immenses parois de glace, il pouvait distinguer les pics noirs qui transperçaient les nuages ; voilà qu'il en ressentait la puissance et le danger.

Les Hautes Montagnes étaient le domaine des esprits. Pas des hommes.

« Quelque part au milieu de ces pics, se dresse la Montagne de l'Esprit du Monde, pensa Torak. La Montagne que j'ai jurée de trouver. »

QUARANTE-CINQ

L'œil rouge était haut dans le ciel. Et il montait encore. Torak n'avait que quelques jours pour trouver la Montagne.

Mais, même s'il la trouvait, que se passerait-il ? Que devait-il faire des trophées du Nanuak ? Comment ceux-ci l'aideraient-ils à détruire l'Ours ?

Renn marcha dans la neige pour se placer près de lui.

— Viens, dit-elle. Nous devons quitter la rivière de glace et rentrer dans la Forêt.

À cet instant, Loup sursauta et courut vers le sommet d'un promontoire neigeux, les oreilles penchées vers les contreforts.

— Qu'est-ce qu'il lui prend ? murmura Renn. Qu'est-ce qu'il a entendu ?

Torak avait perçu quelque chose, lui aussi. Des cris. Loin dans la Montagne. Qui se mêlaient. Formant la plainte d'une meute de loups.

Loup rejeta la tête en arrière. Pointa son museau vers le ciel. Et hurla : « Je suis là ! Je suis là ! »

Torak était stupéfait : pourquoi Loup hurlait-il avec cette meute ? Les loups solitaires ne se comportaient pas ainsi ! En général, ils essayaient d'éviter leurs congénères.

Le garçon gémit pour demander à Loup de le rejoindre. Mais Loup resta où il était. Les yeux plissés. Les lèvres retroussés sur ses dents. Poussant encore et encore son hurlement.

Torak remarqua de nouveau qu'il n'avait plus grand-chose d'un louveteau. Ses jambes avaient grandi. Sa fourrure était plus fournie ; elle formait déjà un beau manteau noir, bien dense, autour de son garrot. Même son hurlement avait perdu ses accents enfantins.

— Qu'est-ce qu'il leur dit ? s'enquit Renn.

— Il... il leur dit où il est.

— Et eux ? Que disent-ils, eux ?

Torak écouta, sans quitter Loup des yeux.

— Le gros de la troupe parle avec deux loups partis en éclaireurs, traduisit-il, qui sont descendus dans la lande chercher des chevreuils. Et j'ai l'impression que... Oui, ils ont trouvé un petit troupeau. Les éclaireurs expliquent aux autres loups où est le gibier. Ils leur conseillent de hurler en gardant le museau dans la neige.

— Pourquoi ? s'étonna la jeune fille. À quoi ça sert ?

— C'est une astuce dont se servent les loups pour faire croire qu'ils se trouvent plus loin qu'ils le sont en réalité.

Renn eut l'air mal à l'aise.

— Tu peux comprendre tout ça ? demanda-t-elle.

Torak haussa les épaules.

La jeune fille frappa la neige avec son talon :

— Je n'aime pas quand tu parles loup. Ça me fait bizarre !

— Et moi, je n'aime pas quand Loup parle aux autres loups, signala Torak. Ça me fait bizarre, à moi aussi...

— Pourquoi ?

Torak garda le silence. C'était trop douloureux à mettre en mots. Il commençait de se rendre compte qu'il avait beau connaître le langage des loups, il n'était pas – et il ne deviendrait pas – un vrai loup. Un loup véritable. D'une certaine manière, il y aurait toujours une barrière entre le louveteau et lui.

Loup cessa de hurler et redescendit de son promontoire. Torak s'agenouilla et passa un bras autour de lui. Il sentit les os si fins derrière la dense fourrure hivernale, et le battement trépidant de ce cœur loyal. Comme il se penchait pour sentir l'odeur d'herbe grasse du louveteau, celui-ci lui lécha la joue et frotta doucement son front contre celui de Torak.

Torak serra les paupières.

« Ne me quitte pas, voulut-il hurler. Ne me quitte jamais ! »

Mais il ne savait pas comment on exprimait cela en langage de loup.

QUARANTE-SIX

Le voyage vers le nord commença.

C'était épuisant. La tempête avait dessiné un labyrinthe de collines de neige gelée, entre lesquelles on s'enfonçait jusqu'à la taille. Torak et Renn se méfiaient surtout des abymes de glace. Ils tâtaient la neige devant eux avec des flèches, ce qui les ralentissait encore plus. Et, toujours, ils sentaient peser sur eux le regard que les Montagnes dardaient dans leur direction pour assister à leur échec.

À la mi-journée, les voyageurs avaient peu progressé. Ils n'étaient pas repassés devant l'igloo où Torak s'était réfugié. Par contre, ils durent franchir un nouvel obstacle : un mur de glace. Trop vertical pour y grimper. Trop dur pour y creuser un passage. Une de ces facéties sauvages dont raffolait la Rivière de Glace.

Renn décida d'aller explorer les alentours pour chercher un moyen de contourner la paroi. Torak, lui, resterait où il était avec Loup. Le garçon n'était pas fâché de se reposer. La bourse en peau de corbeau alourdissait chacun de ses pas.

— Fais attention aux gouffres ! lança-t-il en la regardant avec anxiété se diriger vers deux des crevasses les plus vertigineuses qui bordaient leur route.

— Il y a peut-être un passage, là..., murmura-t-elle.

Elle ôta le sac de son dos, se glissa entre les parois de glace et disparut.

Torak allait s'élancer à sa suite quand la tête de la jeune fille apparut :

— Torak ! Torak ! Viens voir ! On a réussi ! On a réussi !

Loup bondit vers elle. Torak laissa tomber son sac et les rejoignit. Longer les ravins, il détestait ça. Son séjour dans l'abyme lui revenait en mémoire. Pourtant, quand il parvint de l'autre côté, il poussa un cri de stupéfaction.

À ses pieds, en contrebas, s'étendait un torrent immobile de glace. Une sorte de cascade gelée en pleine chute. Dessous, un long chemin semé de rochers enneigés. Et, au-delà, à un jet de pierre, scintillant dans son manteau d'hiver, s'étendait la Forêt.

— Je croyais que je ne la reverrais plus jamais, murmura Renn d'une voix fervente.

Loup leva le museau pour sentir les odeurs qui en émanaient. Puis il regarda Torak et agita la queue.

Le garçon était incapable de parler. Il ne s'était pas rendu compte à quel point il souffrait – ce n'était pas une exagération – d'avoir quitté la Forêt. De se trouver loin d'elle. Ils n'avaient passé que trois nuits à l'extérieur.

Pourtant, il avait l'impression de l'avoir quittée depuis trois lunes !

Ils allèrent chercher leurs sacs et se remirent en route. Vers le milieu de l'après-midi, ils avaient quitté la rivière de glace et gagné le chemin rocailleux qui zigzaguait dans le paysage. Les ombres tournaient au violet. Les sapins s'inclinaient sous le poids de la neige. Ce fut un immense soulagement pour les voyageurs de retrouver l'abri de la Forêt. De se cacher enfin à la vue des Montagnes.

Cependant, les environs étaient très calmes. Donc inquiétants.

— L'Ours n'y est pour rien, souffla Renn, perturbée par cette paix trop parfaite. Il n'y avait pas de trace de lui sur la rivière de glace. Et s'il avait résolu de la contourner, il en aurait encore pour des jours et des jours.

Torak jeta un coup d'œil à Loup. Le louveteau avait les oreilles dressées ; mais son poil n'était pas hérissé.

— Je ne crois pas que le danger soit tout proche, conclut le garçon. Mais je ne crois pas qu'il soit loin non plus.

— Regarde ! s'exclama Renn en montrant la neige au pied d'un genévrier. Des empreintes d'oiseau...

Torak se pencha pour les examiner.

— Un corbeau, dit-il. Il marchait. Il ne sautillait pas. Ce qui signifie qu'il n'avait pas peur. Et un écureuil est aussi passé par là.

Il désigna des restes de pommes de pin au pied d'un sapin. Chacune avait été grignotée. Les dents des rongeurs y avaient laissé des traces comme sur un fruit.

— Et là, continua-t-il, des empreintes de sanglier. Fraîches. Il y a même des poils.

— Si elles sont fraîches, c'est bon signe ! fit remarquer Renn.

— Hum, peut-être... Mais ça, par contre, ça n'est pas bon signe.

Un aurochs gisait sur le flanc, pareil à un grand rocher marron. Debout, il aurait été plus grand que le plus grand des hommes. Avec ses énormes cornes noires et brillantes, il était presque aussi large que haut. Mais l'Ours avait ouvert son ventre d'un coup de griffes. Il l'avait laissé mourir dans une mare d'entrailles et de neige fondue.

En admirant l'imposant animal, Torak éprouva un sentiment de révolte. De colère. En dépit de leur taille gigantesque, les aurochs étaient des créatures d'un tempérament doux et posé. Ils ne se servaient de leurs cornes que lors des parades nuptiales, pour impressionner leurs rivaux, ou pour défendre leur progéniture. Aucun de ces taureaux au nez écrasé ne méritait une mort aussi brutale et ignominieuse.

Sa carcasse n'avait même pas servi à nourrir les autres animaux de la Forêt. Ni les renards, ni les martres ne s'en étaient approchés. Aucun corbeau n'était venu festoyer sur sa dépouille. Nul ne toucherait à la victime de l'Ours.

— Wouf ! lança Loup, qui courait en cercles concentriques, les poils du cou hérissés.

— Reste ici ! lui ordonna Torak.

La lumière décroissait. Mais il pouvait encore repérer les traces du démon, et il ne voulait pas que Loup les effaçât.

— Il l'a tué il y a un bout de temps, murmura Renn. C'est déjà ça, pas vrai ?

Torak étudia le cadavre. Évita soigneusement de brouiller les empreintes laissées par le monstre. Effleura l'aurochs avec un bâton. Acquiesça.

— Il est gelé, constata-t-il. Sa mort remonte au moins à un jour.

Derrière lui, Loup grogna.

« Pourquoi est-il aussi agité ? se demanda le garçon. La proie est ancienne, pourtant... »

— J'imaginais qu'on serait plus tranquilles dès qu'on aurait regagné la Forêt, commença Renn. Je me disais que...

Torak ne sut jamais ce qu'elle se disait. Soudain, derrière les arbres, la neige éclata ; et de hautes silhouettes vêtues de blanc encerclèrent les voyageurs.

Le garçon comprit un peu tard que Loup ne les mettait pas en garde contre l'aurochs, mais contre leurs assaillants silencieux.

« Regarde derrière toi, Torak ! lui avait rabâché P'pa. Tu oublies toujours. »

Il avait oublié. Une fois de plus.

Son couteau dans une main, sa hache dans l'autre, il s'approcha de Renn, qui avait déjà encoché une flèche. Dos à dos, Torak et Renn affrontèrent leurs ennemis. Une auréole de flèches brillantes les entourait.

La plus grande des silhouettes en tenue de camouflage s'avança et rejeta son capuchon en arrière. Dans le crépuscule, sa tignasse roux foncé était presque noire comme du jais.

— J'ai fini par t'avoir ! s'écria Hord.

QUARANTE-SEPT

— Qu'est-ce que tu fabriques ? protesta Renn. Il essaye de nous aider. Tu ne peux pas le traiter comme un bandit !

— Mais si, je peux, regarde ! s'exclama Hord en poussant son prisonnier dans la neige.

Le garçon s'efforça de conserver son équilibre. Pas évident. On lui avait lié les mains dans le dos. Aucun espoir de s'échapper. Il était encadré par Oslak et quatre autres membres du clan des Corbeaux.

— Dépêche-toi ! aboya Hord. Nous devons atteindre le campement avant la nuit.

— Torak *est* Celui-qui-écoute ! protesta Renn. Je peux le prouver !

Elle désigna la bourse en peau de corbeau à la ceinture de Torak.

— Il a trouvé les trois parties du Nanuak ! s'exclamat-elle.

— Non ? murmura Hord.

Sans ralentir, il dégaina son couteau et coupa le lien qui retenait la bourse à la ceinture de Torak.

— Eh bien, désormais, le Nanuak est à moi ! déclarat-il.

Renn était scandalisée :

— Qu'est-ce que tu... Rends-le-lui !

— Tais-toi, traîtresse ! rugit Hord.

— Et pourquoi je me tairais ? De quel droit tu me parles sur ce...

Hord la frappa. Un coup sec, puissant, qui projeta la jeune fille à terre. Elle tomba sur la hanche.

Oslak émit un grognement de protestation. Hord lui lança un regard d'avertissement. La respiration saccadée, il regardait Renn s'asseoir.

— T'es plus ma sœur ! cracha-t-il. On t'a crue morte quand on a retrouvé ton carquois dans le courant. Fin-Kedinn en a perdu la parole pour trois jours. Pas moi. Ça ne me faisait ni chaud ni froid. En réalité, ça me faisait plutôt chaud. Oui, j'étais ravi. Tu as trahi notre clan. J'ai honte de toi. De ce que tu représentes. J'espérais que tu avais disparu pour toujours.

Renn posa une main tremblante sur sa lèvre. Elle saignait. Un filet rouge coulait aussi sur sa joue.

— Tu n'aurais pas dû la frapper, dit Torak.

Hord se tourna vers lui tout d'un bloc :

— Toi, occupe-toi de tes affaires !

Le garçon fixa son adversaire. Le changement qui s'était opéré en lui était flagrant. Le jeune homme musclé qu'il avait combattu un mois auparavant n'était plus que l'ombre de lui-même. Un fantôme. Ses yeux étaient injectés de sang. Le manque de sommeil, sans doute. La main avec laquelle il tenait la bourse n'avait plus d'ongles. Il ne restait que la chair à vif.

Quelque chose rongeait Hord de l'intérieur.

— Baisse les yeux ! ordonna le jeune homme.

— Faut qu'on reparte, Hord ! signala Oslak. L'Ours...

Hord pivota. Ses yeux tentaient de percer l'obscurité.

— L'Ours... l'Ours..., répéta-t-il, comme si le seul son des deux mots le faisait souffrir.

— Allez, viens, Renn ! lança Oslak en tendant une main secourable à la jeune fille. On va mettre un cataplasme sur ta coupure. Le campement n'est plus très loin.

Renn refusa son aide. Pas besoin de lui. Elle se remit debout toute seule.

Torak balaya le chemin des yeux. Il avisa un éclair orangé dans la pénombre qui se densifiait.

Son cœur se serra. Près de là, il aperçut, au pied d'un jeune épicéa, à peine dissimulés dans la nuit tombante, deux iris couleur d'ambre qui suivaient le cortège. Si Hord voyait Loup, qui sait comment il réagirait...

Par chance, toute l'attention des membres du clan du Corbeau était tournée vers Renn.

— Mon frère est le chef du clan ? persiflait-elle. C'est à lui que vous obéissez ? Fin-Kedinn ne compte plus ?

Les Corbeaux courbèrent l'échine.

— C'est compliqué, dit Oslak. L'Ours nous a attaqués, il y a trois jours. Et il a... il a tué...

Sa voix se brisa.

— Il a tué deux des nôtres, acheva-t-il.

Renn blêmit. Elle s'approcha du colosse, au bord des larmes. Les sourcils et les fossettes de l'homme étaient marqués à la craie grise.

Torak ignorait la signification de ces marques. Mais quand Renn les repéra, elle manqua de pleurer à son tour :

— Non, ce n'est pas vrai...

Elle prit la main d'Oslak. La serra longuement. L'homme acquiesça et s'éloigna.

— Et Fin-Kedinn ? s'enquit Renn d'une voix suraiguë. Il est...

— Au plus mal, l'interrompit Hord. Gravement blessé à la jambe. S'il meurt, je serai le chef du clan, je te prie de me croire !

La jeune fille porta ses mains à la bouche et courut vers le campement.

— RENN ! cria Oslak. REVIENS !

— Laisse-la, grogna Hord. On s'en fiche.

« Toi peut-être, pensa Torak, pas moi. »

Sans elle, le garçon se sentait seul. Abandonné. Il ne connaissait même pas le nom de ses autres gardiens.

— Oslak, dit-il, explique à Hord qu'il doit me rendre le Nanuak ! C'est le seul espoir de vaincre l'Ours. Je suis sûr que, toi aussi, tu en es convaincu !

Avant que le colosse ouvrît la bouche, Hord tapa dans les mains.

— Ton rôle est fini, annonça-t-il à Torak. Je vais prendre le Nanuak et je l'apporterai à la Montagne de l'Esprit du Monde. C'est à moi qu'il reviendra d'offrir le sang de Celui-qui-écoute ! C'est moi qui te saignerai, et moi encore qui sauverai mon peuple !

QUARANTE-HUIT

Loup était si effrayé qu'il aurait voulu hurler.

Comment aider son frère de meute ? Pourquoi leur progression s'était-elle arrêtée si près du but ?

Tandis qu'il suivait les Grands Sans Queue de taille adulte à travers la Froidure-douce-et-brillante, il sentait la faim lui tenailler le ventre. Et il détectait l'odeur que dégageait le museau humide des lemmings qui rôdaient à quelques foulées de là. Et il luttait contre l'Attraction, si forte à présent qu'il la percevait en continu, et contre sa peur du démon. Et il essayait de ne plus entendre les hurlements lointains de la meute inconnue. Une meute vis-à-vis de laquelle il ne s'estimait pas étranger, plutôt parent – parent éloigné, mais parent.

Il devait ignorer tout cela. La priorité : son frère de meute en danger. Loup devinait la douleur et la peur de

Grand Sans Queue. Il percevait aussi la colère des Grands Sans Queue adultes, ainsi que leur peur à eux. Ils craignaient Grand Sans Queue autant que lui les craignait.

Le vent tourna, et Loup huma l'air chargé d'une vague d'odeurs en provenance de la grande Tanière des Sans Queue. Sons et odeurs le submergèrent. Tous de mauvais augure.

Le courage du louveteau flancha. Il gémit et fila se cacher derrière un tronc d'arbre.

La Tanière des Sans Queue représentait un péril redoutable. Elle était énorme. Complexe. Pleine de chiens en colère qui n'écoutaient pas les ordres qu'on leur donnait. Et avec une kyrielle de Brillants-monstres-à-la-morsure-brûlante.

Mais le pire, c'étaient les Sans Queue eux-mêmes. Ils n'entendaient pratiquement rien, ils ne sentaient pratiquement rien ; par contre, ils fabriquaient des choses extrêmement malignes avec leurs pattes antérieures. Et ils n'hésitaient pas à envoyer leurs Longues-serres-qui-volent-loin se planter dans leurs proies.

S'enfuir ? Rester ? Loup hésitait.

Pour mieux réfléchir, il mâchonna une branche, puis prit une bouchée de la Froidure-Douce-Et-Brillante. Il se mit à courir en cercles concentriques. Il avait beau chercher, aucune solution n'était la bonne. Aucune idée ne s'imposait avec la force de l'évidence. Loup aurait tant aimé éprouver en cet instant l'étrange certitude qui s'emparait parfois de lui pour lui indiquer la conduite à adopter, lui dire où il devait aller. Mais elle ne germait pas. Elle s'était envolée tel un corbeau vers l'En-Haut.

Que faire ?

QUARANTE-NEUF

Torak s'en voulait. À cause de son insouciance, Hord l'avait dépossédé du Nanuak. Il l'avait perdu. Par sa faute. Sa très grande faute.

Autour de lui, les arbres couverts de neige projetaient leurs ombres bleutées sous la Lune.

— C'est ta faute, semblaient-ils répéter sans fin.

— On s'active ! aboya Hord en le poussant dans le dos.

Les Corbeaux avaient dressé leur campement dans une clairière que bordait un torrent de montagne. Au cœur de la clairière, un grand feu où brûlaient trois imposants troncs de pin dégageait un ample halo orangé.

Réparties en cercle, les cabanes en bois des membres du clan étaient éclairées de feux plus petits. Autour des abris, on avait planté des piquets protecteurs. Çà et là, des sentinelles munies de lances montaient la garde.

Vu la taille du campement, tous les membres du clan avaient migré vers le nord.

Hord courut devant tandis que Torak attendait près d'une cabane, sous la surveillance d'Oslak. Le garçon aperçut Renn. Son moral remonta aussitôt. La jeune fille était agenouillée devant l'entrée d'un abri, de l'autre côté de la clairière. Elle parlait avec fougue et n'avait pas vu Torak.

Des gens se pressaient près du feu principal. L'atmosphère était tendue, l'angoisse perceptible. D'après Oslak, des éclaireurs avaient repéré des signes indiquant la présence de l'Ours à peine deux vallées plus loin.

— Il est de plus en plus fort, signala le colosse. Il réduit la Forêt en miettes, comme s'il cherchait quelque chose ou... quelqu'un.

Torak frissonna. Le rythme trépidant imposé par Hord avait au moins eu le mérite de lui tenir chaud. Mais là, dans la nuit glaciale, fatigué et vêtu d'une simple tunique d'été, il était gelé. Il espérait que les Corbeaux ne concluraient pas de son frisson qu'il avait peur.

Oslak dénoua ses liens. Puis il posa une main sur son épaule, et le guida à travers la clairière. Torak oublia le froid quand il parvint à proximité du grand feu. Des voix bourdonnaient autour du brasier, vives comme un essaim d'abeilles furieuses.

Le garçon vit Saeunn, assise en tailleur sur une peau de chevreuil, la bourse en peau de corbeau sur les genoux. Hord était près d'elle. Il se mordait le pouce. La belle Dyrati, le visage anxieux, dévorait le jeune homme des yeux.

Le silence se fit. Les gens s'écartèrent pour laisser passer les quatre hommes qui portaient une civière en cuir d'aurochs, sur laquelle gisait Fin-Kedinn. Le visage du chef des Corbeaux était pâle, et sa jambe gauche couverte de bandages maculés par des taches de sang séché. Son visage se crispa légèrement lorsque ses brancardiers le posèrent près du feu. Ce fut le seul signe de douleur qu'il montra.

Renn apparut. Elle faisait rouler devant elle une bûche de sapin. Elle la plaça derrière Fin-Kedinn afin qu'il pût s'y adosser. Elle s'assit près de lui, sur une couverture en peau de daim. Elle ne regardait pas Torak, la tête obstinément tournée vers le feu.

Oslak donna une bourrade dans le dos du garçon. Torak fit quelques pas hésitants vers la litière. Le chef des Corbeaux leva ses yeux sur lui. Et le garçon éprouva un immense soulagement. Le regard bleu du chef était aussi intense et indéchiffrable que naguère. Hord devrait encore attendre avant de devenir chef de clan...

— Quand nous avons trouvé ce garçon, déclara Fin-Kedinn – et sa voix résonnait dans la nuit, ferme et claire –, nous ne savions pas qui il était. Ni ce qu'il était. Nous avions juste des soupçons. Depuis, il a trouvé les trois parties du Nanuak. Et il a sauvé la vie de l'une des nôtres.

Il se tut un instant. Puis reprit :

— Personnellement, je n'ai plus de doutes. Il est Celui-qui-écoute. La question que je me pose, à présent, la voici : doit-on le laisser emporter le Nanuak vers la Montagne ? Doit-on laisser un enfant, faible et seul, se charger d'une tâche aussi considérable, aussi capitale ? ou doit-on envoyer notre meilleur chasseur, un homme accompli, qui aura bien plus de chances de vaincre l'Ours s'il lui faut l'affronter ?

Hord cessa de se ronger les doigts. Il carra les épaules. Torak se raidit.

— Le temps nous est compté, dit Fin-Kedinn en jetant un œil vers le ciel nocturne où brillait le Grand Aurochs. Dans quelques jours, l'Ours sera trop fort pour être vaincu. Nous n'avons pas le loisir de réunir les clans. Je dois prendre seul dès ce soir une décision, au nom de tous les clans de la Forêt.

Il se tut de nouveau. On n'entendait plus que les sifflements et les craquements du feu.

Les Corbeaux étaient suspendus aux lèvres de leur chef.

— Nombre d'entre nous, reprit celui-ci, pensent sans doute que ce serait folie de confier notre destin à un garçon.

Hord bondit en avant :

— Bien sûr que ce serait folie ! Je suis le plus fort ! Laisse-moi aller à la Montagne ! Laisse-moi sauver mon peuple !

— Tu n'es pas Celui-qui-écoute, rétorqua Torak.

— Aurais-tu oublié le reste de la Prophétie ? intervint Saeunn avec sa voix rauque qui évoquait le cri du corbeau. Elle la récita :

« Celui-qui-écoute donnera le sang de son cœur à la Montagne, et l'Ombre se dissipera. »

— Pourras-tu donner le sang de ton cœur ? lança-t-elle.

Le garçon inspira.

— Oui, s'il le faut, lâcha-t-il.

— Il ment ! s'écria Hord. Il vaut mieux procéder autrement. Tuons-le, et je porterai son sang à la Montagne de l'Esprit du Monde. Au moins, ainsi, nous aurons une vraie chance de réussir !

Un murmure d'approbation courut dans l'assistance. Fin-Kedinn leva une main pour réclamer le silence. Puis il dit à Torak :

— Avant, tu affirmais avec force que tu n'étais pas Celui-qui-écoute. Pourquoi as-tu changé d'avis aussi radicalement ?

Le garçon leva le menton :

— L'Ours a tué mon père. C'est pour ça qu'il a été conçu. Et je...

Hord ricana :

— Tu n'as rien compris ! Il ne s'agit pas de ta petite vengeance personnelle !

— Ni de ta petite ambition personnelle, répliqua Torak.

Il s'adressa à Fin-Kedinn :

— Moi, je me fiche d'être le sauveur de mon peuple. « Le sauveur de mon peuple », franchement ! *Quel* peuple ? Je n'ai jamais rencontré les membres de mon propre clan. J'ai presque toujours vécu à l'écart des autres humains. Mais j'ai juré à mon père que je trouverais la Montagne. Il m'a demandé de le jurer sur ma vie. Et j'ai juré.

— On perd du temps, là, intervint Hord. Donnez-moi le Nanuak, laissez-moi saigner ce gamin, et je m'acquitterai de cette tâche.

— Ah, oui ? dit une voix calme. Et comment ?

C'était Renn.

— Comment trouveras-tu la Montagne de l'Esprit du Monde ? insista-t-elle.

Hord hésita.

Renn se leva :

— À ce qu'on sait, il s'agit d'un sommet éloigné, situé vers l'extrémité nord-est des Hautes Montagnes. Eh bien, nous *sommes* à l'extrémité nord-est des Hautes Montagnes. Alors ? Où est la Montagne de l'Esprit du Monde, Hord ? Comment s'y rend-on ?

Elle leva les mains dans un geste d'impuissance :

— Moi, je n'en sais rien.

Elle se tourna vers Hord :

— Et toi ?

Le jeune homme grinça des dents.

— Et toi, Saeunn ? poursuivit-elle. Non. Et tu es notre Mage !

Elle se pencha vers le chef des Corbeaux :

— Fin-Kedinn, sais-tu où est la Montagne de l'Esprit du Monde ?

— Non, reconnut l'homme.

Renn désigna Torak.

— Même lui n'en sait rien, s'emporta-t-elle, et il est censé être Celui-qui-écoute !

Elle se tut. Puis lança :

— Mais quelqu'un sait.

Elle fixa le garçon, les yeux perçants.

Torak comprit où elle voulait en venir. « Elle est maligne ! songea-t-il. Pourvu que ça marche ! »

Il porta les mains à ses lèvres. Les plaça en porte-voix. Et hurla.

Les Corbeaux se figèrent, surpris. Quant aux chiens du campement, ils bondirent et poussèrent des aboiements furieux.

Une fois de plus, Torak hurla.

Soudain, un éclair gris fendit la clairière et se jeta sur le garçon.

Stupéfaits, les membres du clan murmuraient entre eux. Ils montraient Torak du doigt. Les chiens continuèrent leur cacophonie sauvage tant que les hommes ne les chassèrent pas à coups de pied. Un petit enfant se mit à rire en voyant le nouveau venu.

Torak s'agenouilla. Enfouit son visage dans la fourrure de Loup. Lui lécha le museau en signe de reconnaissance. Le louveteau avait fait preuve d'un courage extrême en répondant à son appel.

Mais le brouhaha ne cessait pas. Alors, Torak se redressa et dit à Fin-Kedinn :

— Seul Loup connaît le chemin de la Montagne. Il nous a menés jusqu'ici. Sans lui, Renn et moi n'aurions pas déniché le Nanuak.

Le chef du clan des Corbeaux passa une main sur sa barbe rousse flamboyante.

— Rendez-moi le Nanuak, supplia le garçon. Laissez-moi l'apporter à la Montagne de l'Esprit du Monde. C'est votre unique chance. Je vous assure que vous n'en aurez pas d'autre.

Le feu craqua et cracha une gerbe d'étincelles. De la neige tomba d'un épicéa proche. Les membres du clan, immobiles, attendaient la décision de leur chef.

Fin-Kedinn finit par trancher :

— Nous te fournirons de quoi te nourrir et te vêtir pour ton voyage. Quand veux-tu partir ?

Torak souffla.

Renn lui adressa un signe discret d'encouragement.

Hord cria son désaccord. D'un regard, le chef le réduisit au silence. L'homme répéta sa question :

315

— Quand veux-tu partir ?
— Euh... demain ? proposa Torak.

CINQUANTE

Torak partirait donc le lendemain avec Loup. Dans la Forêt que hantait l'Ours. Et sans aucune idée de ce qu'il conviendrait de faire.

Même s'il atteignait la Montagne, que se passerait-il ensuite ? Lui suffirait-il de laisser le Nanuak par terre ? Devrait-il invoquer l'Esprit du Monde pour le prier de détruire l'Ours ? Lui faudrait-il affronter le démon lui-même ?

— Tu en veux de nouvelles, ou tu préfères qu'on répare celles-ci ? cracha la compagne d'Oslak, qui prenait les mesures du garçon pour lui tailler ses vêtements d'hiver.

— Hein ?

— Tes bottes, dit la femme d'un ton impatient. On les ravaude ou on les remplace ?

Elle avait les yeux fatigués. Des marques grises sur les joues, comme celles d'Oslak. Et elle était agressive à l'égard du garçon. Celui-ci ne comprenait pas pourquoi.

— Je me suis habitué à mes bottes. Je préférerais les garder. Si vous pouviez juste...

— ... les sauver ?

La femme ricana :

— Je crois que j'en suis capable !

— Merci bien, souffla Torak, qui avait préféré adopter le profil bas.

Il jeta un coup d'œil à Loup. L'animal s'était réfugié dans un coin, les oreilles basses.

La compagne d'Oslak sortit un long nerf et mesura le tour d'épaules du garçon.

— Oh, ça lui ira sans problème..., murmura-t-elle. Eh bien, qu'est-ce que tu attends ? Assieds-toi, assieds-toi donc !

Torak obéit et l'observa en train de faire des nœuds pour marquer ses mesures. Les yeux de la femme étaient humides et papillotaient sans cesse. Elle surprit son regard insistant :

— Qu'est-ce que tu as ?

— R... rien. Je dois me déshabiller ?

— Non. Sauf si tu as envie de finir en glaçon. Tu auras tes nouvelles affaires à l'aube. Donne-moi tes bottes.

Torak s'exécuta. La femme les prit et les examina comme s'il s'était agi de poisson pourri.

— Il y a moins de trous dans un filet de pêche que dans ces chaussures ! lâcha-t-elle.

Et, sur ces mots, elle sortit de la cabane, au grand soulagement de Torak.

La compagne d'Oslak n'était pas partie depuis long-temps quand Renn entra dans l'abri. Loup s'avança vers elle et lui lécha les doigts. Elle le gratouilla entre les oreilles.

Torak voulut la remercier d'avoir pris son parti ; mais comment commencer ? Le silence s'installa entre eux, persista et s'épaissit.

— Comment ça se passe avec Vedna ? demanda Renn tout à trac.

— Vedna ?

— La compagne d'Oslak.

— Je crois qu'elle ne m'aime pas beaucoup.

— Ça n'a rien à voir avec toi. C'est à cause des vête-ments qu'elle te confectionne.

— À cause de...

— Elle les avait taillés pour son fils. Et elle va finir de les coudre pour toi.

— Son fils ?

— L'Ours l'a tué.

« Pauvre Vedna ! pensa Torak. Et pauvre Oslak... »

Voilà pourquoi la femme avait sur le visage les mêmes marques de craie grise que son compagnon, sans doute signes de deuil chez les membres du clan des Corbeaux. Cela expliquait l'émotion qu'avait manifestée Oslak en annonçant la mort de deux d'entre eux, au moment où Torak avait été rattrapé...

Sur la joue de Renn, l'hématome avait tourné au vio-let.

— Tu as mal ? s'enquit le garçon.

— Non.

« Elle doit avoir honte du comportement de son frère », songea-t-il.

— Et Fin-Kedinn ? demanda-t-il pour changer de sujet. Comment va sa jambe ?

— Mal. L'os est touché. Même s'il n'y a pas de noirceur morbide...

— C'est une bonne chose. Il t'en veut ?

— Oui.

— Beaucoup ?

— D'après toi ? Mais ce n'est pas pour ça que je suis venue te voir.

— Alors qu'est-ce qui...

— Demain, je partirai avec toi, annonça la jeune fille.

— Tu... tu... Écoute, Renn, je crois qu'il ne doit y avoir que Loup et moi.

— Et pourquoi ça ?

— Parce que... Je ne sais pas. Je le crois, c'est tout.

— C'est idiot.

— Peut-être. Mais c'est comme ça.

— On dirait Fin-Kedinn qui parle par ta bouche ! ironisa Renn.

— Normal : de toute façon, il ne t'autoriserait jamais à m'accompagner.

— Et tu t'imagines que ça suffirait à m'en empêcher ?

Torak sourit.

Pas Renn. Furieuse, elle se dirigea vers le feu qui brûlait près de la porte de la cabane.

— Tu dois manger avec lui, ce soir, déclara-t-elle. Sache qu'il s'agit d'un grand honneur. Au cas où tu ne l'aurais pas deviné.

Torak baissa la tête. Il craignait Fin-Kedinn ; cependant, d'une certaine façon (qui lui paraissait étrange), il avait envie d'avoir son approbation. Manger avec lui était à la fois inquiétant et excitant.

— Tu es invitée, toi aussi ?

— Non.

— Ah...

Encore un silence.

— Si tu veux, proposa la jeune fille, je garderai Loup avec moi. Il vaut mieux qu'il ne traîne pas tout seul au milieu des chiens.

— Merci.

Renn opina. Puis elle avisa les pieds nus de Torak.

— Je vais voir si je peux te dénicher une paire de bottes de rechange, en attendant, ajouta-t-elle.

*
* *

Et c'est pourquoi, peu après, Torak se rendit dans la cabane de Fin-Kedinn en boitillant : ses bottes d'emprunt étaient beaucoup trop grandes pour lui !

Il trouva le chef du clan des Corbeaux en grande discussion avec Saeunn. Les deux se turent dès qu'il s'approcha. Saeunn semblait d'une humeur massacrante. Le visage de Fin-Kedinn ne laissait rien paraître.

Torak s'assit en tailleur sur une peau de chevreuil. Nulle trace de nourriture dans la cabane. Mais il avait vu des femmes s'affairer autour de récipients, sur le feu principal. Il espéra qu'on les servirait bientôt. Et se demanda pourquoi on l'avait fait venir.

— Je t'ai dit ma manière de penser, conclut Saeunn, rageuse.

— Je t'ai entendue, répondit Fin-Kedinn d'une voix calme.

Ils ne firent aucun effort pour associer Torak à leur discussion, au contraire. Ce qui permit au garçon d'examiner l'aménagement de la cabane de Fin-Kedinn.

L'abri n'était pas plus grand que les autres. Comme ailleurs, les affaires de chasse étaient suspendues au plafond. Mais la corde du grand arc en bois d'if était brisée. La parka en cuir blanc était maculée par des taches de sang séché. Autant de souvenirs de la confrontation entre le chef du clan des Corbeaux et l'Ours. Dont Fin-Kedinn était sorti sinon vainqueur, du moins vivant.

Soudain, Torak remarqua un homme qui, tapi dans l'ombre, le regardait.

Il avait des cheveux bruns, coupés court, et un visage taillé à la serpe.

— Voici Krukoslik, membre du clan du Lièvre de montagne, dit Fin-Kedinn.

L'homme plaça ses deux poings sur son cœur et inclina la tête.

Torak s'empressa de l'imiter.

— Krukoslik connaît cette région mieux que quiconque, poursuivit le chef des Corbeaux. Parle avec lui avant de partir. À tout le moins, il t'apprendra quelques astuces pour survivre dans les Montagnes. Je n'ai pas vraiment été admiratif de l'état dans lequel tu étais quand nous t'avons remis la main dessus... Pas de vêtements d'hiver. Une seule gourde. Et plus de réserves de nourriture. Ton père n'aurait pas été fier de toi !

— Vous... vous le connaissiez ?

Saeunn voulut intervenir, mais Fin-Kedinn l'en empêcha.

— Oui, je le connaissais, déclara-t-il. À une époque, il a même été mon meilleur ami.

Saeunn se détourna, outrée.

Torak aussi était en colère :

— Vous prétendez avoir été son meilleur ami, et vous m'avez condamné à mort, *puis* vous m'avez laissé combattre Hord, *puis* vous m'avez gardé pieds et poings liés en attendant que les clans décident de me sacrifier, *puis* vous m'avez chassé avec...

— Il me fallait voir de quel bois tu te chauffais, l'interrompit Fin-Kedinn posément. Il ne sert à rien, celui qui n'utilise pas son courage. À quoi bon nourrir un pleutre ? Par contre, chaque fois, s'il t'en souvient, je t'ai donné une chance de t'en sortir. Par exemple, lorsque les clans délibéraient sur ton sort, tu as pu rompre tes liens et profiter de ce qu'aucun gardien n'avait été posté devant ton abri. Penses-y : il y avait une petite lame qui traînait, et je t'avais même laissé ton loup avec toi...

Torak réfléchit à ce qu'il venait d'entendre.

— Vous... vous voulez dire que... que vous me testiez ? murmura-t-il d'une voix hésitante.

Deux hommes s'éloignèrent du feu central et entrèrent dans la cabane avec quatre bols en bois de bouleau qui fumaient.

— Mange, dit Krukoslik en tendant l'un d'eux à Torak.

Fin-Kedinn lui lança une cuillère en corne, et, pendant un moment, Torak oublia tout. Affamé, il piochait dans son bol avec avidité. C'était un bouillon léger agrémenté de quelques morceaux de viande, cuit avec des baies et ces champignons durs et sans goût qu'on appelait des oreilles d'aurochs. Pour l'accompagner, on offrit au garçon une petite galette rôtie, très amère, mais mangeable une fois trempée dans le bouillon.

— Je suis désolé que nous ne puissions t'offrir mieux, dit Fin-Kedinn. Les proies sont rares.

Ce fut la seule fois, ce soir-là, où il évoqua l'Ours.

Torak avait trop faim pour s'en soucier. Ce n'est qu'après qu'il s'aperçut que Fin-Kedinn et Saeunn avaient à peine touché au leur.

La Mage rapporta les récipients vers la marmite, puis elle reprit sa place. Krukoslik passa sa cuillère à sa ceinture, alla s'agenouiller devant le feu, à l'entrée de la cabane, et, rapidement, rendit grâces pour le repas qu'il venait de faire.

Le garçon n'avait jamais vu quelqu'un comme cet étranger. Il portait une épaisse tunique brune en peau de chevreuil qui lui descendait jusqu'aux chevilles ; à la taille, il arborait une large ceinture rouge en peau de bouc. Son insigne clanique était constitué d'une fourrure de lièvre, teinte en rouge vif, qui lui entourait les épaules. Ses tatouages de clan avaient la forme d'un éclair qui zébrait son front. Sur sa poitrine pendait un long doigt pointu de pierre translucide et fumée.

Il s'aperçut que Torak regardait son amulette et commenta en souriant :

— L'aspect fumé, c'est pour rendre hommage au Feu de l'Esprit. Les clans de la montagne vénèrent le feu plus que tout.

Le garçon se souvint du réconfort et du soulagement que le feu leur avait procuré, à Renn et à lui, dans leur abri de fortune.

— Je peux le comprendre, dit-il.

Le sourire de Krukoslik s'élargit.

Lorsque le repas fut terminé, Fin-Kedinn demanda à la Mage et à Krukoslik de partir, afin qu'il puisse s'entretenir en tête-à-tête avec Torak. Le montagnard se leva et salua. Saeunn poussa un sifflement agacé et s'éloigna en traînant les pieds.

Et le garçon se retrouva face à Fin-Kedinn.

CINQUANTE-ET-UN

— Saeunn pense que tu n'as pas besoin d'en savoir davantage, dit le chef des Corbeaux. Elle estime que je ne devrais pas t'en dire plus pour que tu ne sois pas déconcentré, demain.

— M'en dire plus à quel sujet ?

— Au sujet de ce qu'il t'intéresserait de savoir.

Torak réfléchit.

— Je veux tout savoir, déclara-t-il.

— Impossible. Autre chose ?

Le garçon arracha un petit morceau de ses jambières.

— Pourquoi moi ? demanda-t-il finalement. Pourquoi suis-je Celui-qui-écoute ?

Fin-Kedinn se passa une main dans la barbe.

— C'est une longue histoire..., murmura-t-il.

— C'est à cause de mon père ? Parce qu'il était le Mage du clan des Loups, et l'ennemi du vagabond boiteux qui a fabriqué l'Ours ?

— En partie, oui.

— Mais qui était-il, au fond ? Et quels étaient ses ennemis ? P'pa ne m'a jamais parlé d'eux !

Le chef des Corbeaux attisa le feu avec un bâton. Torak vit une discrète grimace de souffrance crisper les commissures de ses lèvres.

— Ton père t'a-t-il au moins parlé des Mangeurs d'Âmes ? demanda Fin-Kedinn.

— N... non. Je n'ai jamais entendu parler d'eux.

— Tu dois bien être le seul dans toute la Forêt !

L'homme se tut. Les flammes projetaient des ombres dansantes sur son visage anguleux.

— Les Mangeurs d'Âmes étaient sept Mages, de sept clans différents, reprit-il. Au début, ils ne s'appelaient pas ainsi, et ils n'étaient pas mauvais. Au contraire. Ils aidaient leurs clans. Chacun avait un don particulier. Le premier était malin comme un serpent, toujours à s'occuper de simples et de potions. Le deuxième était fort comme un chêne ; il aspirait à entrer en contact avec l'esprit des arbres. La troisième avait un esprit plus vif qu'une chauve-souris. Elle adorait posséder de petites créatures pour s'en servir comme d'esclaves. Le quatrième était fier et ambitieux. Il était fasciné par les démons. Il rêvait de les contrôler. Les Mangeurs d'Âmes disaient que le cinquième était capable d'invoquer la Mort.

Il attisa de nouveau le feu. Et se tut. Torak rassembla son courage et osa signaler :

— Ça fait cinq. Vous aviez dit qu'ils étaient sept.

Fin-Kedinn ignora sa question.

— Il y a bien des hivers de cela, raconta-t-il, ils se sont réunis en secret. Ils se sont appelés les Guérisseurs, pour commencer. Ils se sont convaincus qu'ils agissaient pour le mieux ; que leur but était de guérir les malades et de protéger les humains des démons.

Les lèvres de l'homme se tordirent :

— Mais ils ne tardèrent pas à sombrer dans le Mal, guidés par la seule faim de puissance.

Les doigts de Torak se crispèrent sur ses genoux.

— Pourquoi les appelait-on les Mangeurs d'Âmes ? s'enquit-il sans presque bouger les lèvres. Mangeaient-ils les âmes pour de bon ?

— Qui sait ? répondit le chef des Corbeaux. Ils faisaient peur aux gens, et, quand les gens ont peur, la rumeur vaut la vérité.

Son expression devint lointaine au fur et à mesure que les souvenirs affluaient.

— Avant toute chose, les Mangeurs d'Âmes cherchaient la puissance, résuma-t-il. C'est pour cela qu'ils vivaient. Pour obliger chacun à satisfaire leurs exigences. Pour être obéis au doigt et à l'œil. Par les animaux, les humains et les autres créatures. Or, un jour, il y a quelque treize hivers de cela, un événement est survenu, qui a fait voler en éclats leur pouvoir.

— Quel événement ? murmura le garçon. Qu'est-il arrivé ?

Fin-Kedinn soupira :

— Tout ce que tu dois savoir, c'est qu'il y a eu un grand feu, et que les Mangeurs d'Âmes ont été éparpillés. Certains étaient gravement blessés. Ils ont dû se cacher. Nous pensions que la menace qu'ils représentaient avait disparu pour toujours. Nous avions tort.

Il cassa le bâton en deux et le jeta dans le brasier.

— L'homme que tu appelles le vagabond boiteux – l'homme qui a créé l'Ours démoniaque – était l'un d'entre eux.

— C'était un *Mangeur d'Âmes* ?

— Je l'ai compris dès que Hord m'a parlé de l'animal. Seul un Mangeur d'Âmes avait les capacités de piéger un démon aussi puissant.

Fin-Kedinn regarda son interlocuteur droit dans les yeux.

— Ton père était son ennemi, dit-il. C'était l'ennemi juré de tous les Mangeurs d'Âmes.

Torak ne pouvait pas se détacher du regard bleu glacier.

— Il ne m'a jamais rien dit à ce sujet, avoua-t-il.

— Il avait ses raisons. Ton père... Ton père n'a pas toujours bien agi dans sa vie. Mais il s'est engagé à corps perdu pour arrêter les Mangeurs d'Âmes. C'est pourquoi ils l'ont tué. Et c'est aussi pourquoi il t'avait emmené à l'écart.

— Pour qu'ils ignorent mon existence ?

— Exactement.

— Pourquoi ça ?

Fin-Kedinn ne l'écoutait plus. Il contemplait le feu.

— Cela paraît impossible, murmura-t-il, mais personne n'imaginait qu'il avait eu un fils. Pas même moi.

— Saeunn était au courant. P'pa le lui avait raconté, il y a cinq étés, lors de la réunion des clans près de la Mer. Elle a dû vous le...

— Non. Elle ne m'a rien rapporté.

— Je ne comprends pas, avoua Torak. Pourquoi les Mangeurs d'Âmes auraient dû ignorer mon existence ? Qu'est-ce que j'ai fait de mal ?

Le chef des Corbeaux dévisagea le garçon, puis lâcha :

— Ils doivent ignorer ton existence parce que...

Il secoua la tête comme si cela lui avait coûté de s'arracher ces mots :

— Parce que, un jour, tu seras peut-être en mesure de les anéantir.

— M... moi ? Les anéantir ? Mais comment ?

— Je l'ignore. En revanche, je suis absolument certain que, s'ils découvrent ton existence, ils se lanceront à tes trousses.

Ses yeux cherchèrent ceux de Torak.

— Voilà ce que Saeunn ne voulait pas que tu saches, déclara-t-il. Moi, je crois que tu *dois* être mis au courant. Si tu survis – si tu parviens à détruire l'Ours –, ton aventure ne sera pas terminée pour autant. Les Mangeurs d'Âmes apprendront qui aura vaincu l'un des leurs. Ils retrouveront ta trace. Et, tôt ou tard, ils se lanceront à tes trousses.

Le feu craqua.

Torak sursauta.

— Alors, même si je survis demain, je passerai ma vie à fuir ? s'exclama-t-il.

— Non. Ce n'est pas ce que j'ai dit. Tu peux fuir ou combattre. Dans la vie, on a toujours le choix.

Le garçon leva les yeux vers le manteau maculé de sang. Hord avait vu juste. C'était un combat pour hommes forts. Pas pour petits enfants. Mais il n'était plus un simple garçon. Ou plus tout à fait.

— Pourquoi P'pa ne m'a-t-il rien révélé de tout ça ?

— Ton père avait ses raisons, affirma Fin-Kedinn. Il a parfois mal agi, c'est sûr. Très mal agi. Il a commis des actes que je ne lui pardonnerai jamais. Pourtant, avec toi, je pense qu'il s'est comporté comme il fallait.

Le silence retomba, à peine troublé par les crépitements du feu.

— Tu as remarqué, Torak ? reprit le chef. La Prophétie parle de Celui-qui-écoute. Pas de Celui-qui-parle. Ni de Celui-qui-voit. Et c'est logique. Tu sais pourquoi ?

Torak fit signe que non.

— Parce que Celui-qui-écoute doit partir à la chasse au Nanuak. Or, la qualité la plus importante d'un chasseur, c'est d'être attentif. D'écouter. D'écouter ce que le vent lui rapporte. D'écouter ce que les autres chasseurs et ce que les proies t'apprennent sur la Forêt. D'écouter avec tous ses sens, avec son cœur et son intelligence. Voilà le don que ton père t'a transmis. Il ne t'a pas appris la Magie. Ni l'histoire des clans. Il ne t'a pas enseigné les traditions. Il t'a appris à chasser. À être vigilant et courageux.

Le silence retomba de nouveau. Bref.

— Pour réussir demain, voilà ce qu'il te faudra être : vigilant et courageux.

*
* *

La nuit était très avancée ; et cependant, Torak restait assis près du grand feu, dans la clairière. Il regardait les formes noires des Hautes Montagnes qui se détachaient dans l'obscurité.

Il était seul. Loup était parti pour l'une de ses errances solitaires. Seuls signes de vie au campement : les Corbeaux silencieux qui gardaient l'enceinte ; et les ronflements bruyants qui provenaient de la cabane d'Oslak.

Torak aurait aimé réveiller Renn. Lui raconter ce qu'il avait appris. Mais il ignorait où elle dormait. Sans compter qu'il n'était pas sûr de pouvoir lui parler de P'pa. De ces actes horribles que Fin-Kedinn reprochait à son meilleur ami.

« Si tu survis, ton aventure ne sera pas terminée..., avait affirmé le chef. Les Mangeurs d'Âmes se lanceront à tes trousses... Tu peux fuir ou tu peux combattre... Dans la vie, on a toujours le choix... »

Des images effrayantes défilèrent dans l'esprit du garçon à la vitesse d'une avalanche. Les yeux meurtriers de l'Ours. Les Mangeurs d'Âmes, ombres à demi estompées, tout droit sorties d'un mauvais rêve. Le visage de P'pa, juste avant la mort.

Il n'avait aucune idée de la manière dont il se débrouillerait le lendemain. Mais Fin-Kedinn lui avait donné une piste à explorer. S'il voulait avoir sa chance face au démon, il ne devrait pas subir. Attendre. Il devrait se servir de sa tête. Anticiper. Être courageux et attentif. « Aide-toi, disait le proverbe, et l'Esprit du Monde t'aidera. »

Une fois de plus, il se récita la Prophétie :

« Alors viendra Celui-qui-écoute.
Son arme, c'est l'air ; et son langage, le silence. »

Une idée commença de germer en lui...

CINQUANTE-DEUX

Les doigts de Torak tremblaient tant que le garçon ne réussit pas à ouvrir sa bourse à remèdes.

Pourquoi avoir laissé cela pour le dernier moment ? À présent, Loup s'agitait dans la cabane, les Corbeaux avaient hâte qu'il décampât, et cette maudite bourse ne voulait toujours pas s'ouvr...

— Un coup de main ? demanda Renn depuis le seuil.

Elle avait le visage pâle et les yeux cernés.

Torak lui tendit sa bourse à remèdes. Elle ôta le lien de chêne noir avec ses dents.

— Tu en as besoin pour quoi ? demanda-t-elle en le lui restituant.

— Les Marques mortuaires, répondit-il sans la regarder.

— Les... les Marques mortuaires ? Comme celles de l'homme sur la rivière de glace ?

Torak acquiesça.

— Mais ça n'a rien à voir ! protesta la jeune fille. Lui sentait la mort venir. Toi, tu vas...

— Vais-je survivre ou mourir ? Comment le savoir ? l'interrompit le garçon. Alors, pourquoi prendre le risque de voir mes âmes se séparer ? Je ne veux pas devenir un démon.

— Tu n'as pas tort, reconnut-elle en se penchant pour gratter Loup entre les oreilles. « Prudence est mère de sûreté... »

Torak jeta un œil dans la clairière, derrière elle. Une aube bleu sombre poignait. Pendant la nuit, des nuages étaient descendus des Montagnes. Ils avaient recouvert la Forêt d'un manteau de neige épaisse. Le garçon se demanda si c'était une bonne ou une mauvaise chose pour lui.

Il versa un peu d'ocre rouge dans sa paume. Voulut cracher dedans. N'y parvint pas. Bouche trop sèche. Pas moyen de faire une pâte.

Renn lui rendit ce service. Puis elle prit un peu de neige, la réchauffa dans ses mains et l'ajouta au mélange.

— Merci, murmura Torak.

Il dessina en tremblant les quatre cercles : sur ses talons, sa poitrine et son front. Quand il eut terminé le dernier, il ferma les yeux. La dernière (et la première) fois qu'il avait accompli un tel rituel, ç'avait été pour P'pa.

Loup se serra contre lui. Déposa son odeur sur les nouvelles jambières de son compagnon. Appuya une patte sur le bras du garçon :

« Je suis avec toi.

— Je sais », lui fit comprendre Torak en frottant son nez contre le museau de l'animal.

— Tiens, lui dit Renn en lui tendant la bourse en peau de corbeau. J'y ai remis de l'armoise, et Saeunn a vérifié le tout. Le charme de dissimulation devrait fonctionner. L'Ours ne sentira pas le Nanuak.

Le garçon noua la bourse à sa ceinture. Il sentait déjà les Marques mortuaires durcir sur sa peau.

— Prends ça, lança la jeune fille.

Et elle lui présenta un petit ballot enveloppé de bouleau.

— C'est quoi ?

Renn parut surprise :

— Ben... Ce que tu as demandé. Ce que j'ai passé la nuit à confectionner.

Ce fut au tour de Torak d'être stupéfait. Il avait failli l'oublier. Or, sans cet objet, son plan serait tombé à l'eau.

— J'y ai ajouté des herbes de purification, signala la jeune fille.

— Pour quoi faire ?

— Eh bien, si... si tu tues l'Ours, tu seras impur. Même s'il est possédé par un démon, l'ours reste un ours et un chasseur, non ? Donc, tu auras besoin de te laver.

Comme Renn voyait loin ! Comme c'était bon de savoir qu'elle croyait en ses chances !

Loup poussa un gémissement impatient. Torak inspira un bon coup. L'heure du départ avait sonné.

*
* *

Le garçon était en train de traverser la clairière lorsqu'il se souvint de sa corne à simples qu'il avait laissée

337

dans la cabane. Il courut la chercher. En sortant, il ouvrit sa bourse à remèdes avec des doigts encore tremblants, et la corne lui tomba des mains.

Fin-Kedinn la ramassa.

Le chef du clan des Corbeaux s'appuyait sur des béquilles. Il examina l'objet. Et blêmit.

— C'était à ta mère, souffla-t-il.

Torak cilla :

— Qu'en savez-vous ?

L'homme garda le silence, puis lui rendit l'objet :

— Prends-en soin. Et ne la perds pas. Elle est précieuse.

Le garçon glissa la corne dans sa bourse. Il trouvait l'intervention de Fin-Kedinn curieuse, vu ce qui l'attendait...

Au moment où il partait pour de bon, le chef le rappela :

— Torak...

— Oui ?

— Sache qu'il y a une place pour toi parmi nous à ton retour. Si tu le désires...

La surprise rendit Torak muet. Le temps qu'il se reprît, le chef s'éloignait, le visage indéchiffrable, comme toujours.

Le Soleil parait d'or les Hautes Montagnes lorsque Torak se dirigea vers les Corbeaux. La neige crissait sous ses bottes. Oslak lui donna ses couvertures et une gourde ; Renn sa hache, son carquois et son arc. De manière inattendue, Hord l'aida à endosser son sac. Le jeune homme était hagard, mais il paraissait avoir accepté l'idée qu'il n'avait pas été désigné pour chercher la Montagne de l'Esprit du Monde.

Saeunn fit un signe de la main sur Torak, puis sur Loup.

— Que le gardien vous protège sous son aile et vole à vos côtés ! proféra-t-elle.

— Et qu'il coure aussi avec vous ! compléta Renn en essayant de sourire.

Torak hocha la tête. Maintenant, il voulait juste s'en aller.

Les Corbeaux le regardèrent s'éloigner en silence, Loup sur ses talons.

Le garçon ne se retourna pas.

CINQUANTE-TROIS

Pas un bruit dans la Forêt. Loup prit la tête sans méfiance. Il semblait ravi de repartir.

Torak trottinait derrière lui. Son souffle dessinait de la buée dans l'air glacé. Cependant, grâce aux vêtements cousus par Vedna, il ne se rendait pas compte du froid. La compagne d'Oslak avait laissé les habits et les bottes dans sa cabane pendant qu'il dormait.

Le garçon portait à même le corps une tunique en duvet de canard, dont les plumes étaient douces contre sa peau. Et, par-dessus, un chaud manteau d'hiver à capuche, taillé dans du cuir de renne. Des gants en peau de sanglier, attachés à ses manches. Et ses vieilles bottes, réparées avec dextérité à l'aide de la peau très solide d'un jarret de renne, rembourrées grâce à la fourrure de martre et ressemelées avec la peau d'une roussette coriace pour améliorer l'adhérence.

Vedna avait même pris soin de découdre l'insigne du clan du Loup sur la vieille tunique de Torak, afin de la fixer sur son manteau. La bande de fourrure de loup était usée et sale, mais si précieuse : c'est P'pa qui l'avait préparée.

Soudain, Loup s'arrêta pour examiner quelque chose. Aussitôt, le garçon se raidit. Des empreintes d'écureuil. Minuscules. Ressemblant à une main. Torak suivit des yeux le parcours de l'animal qui bondissait entre les buissons de genévrier puis, effrayé, se mit à exécuter des sauts plus longs avant de disparaître dans les hauteurs d'un pin.

Torak rejeta sa capuche et regarda autour de lui.

La Forêt était toujours aussi calme. Ce qui avait effrayé l'écureuil avait disparu. Mais le garçon était mécontent de lui. Il aurait dû remarquer ces empreintes sans l'aide de Loup. S'il ne restait pas vigilant, il allait le payer cher.

Un geai accompagna les voyageurs, volant d'arbre en arbre au fur et à mesure de leur progression. Le Soleil se levait dans un ciel sans nuages. Bientôt, Torak eut le souffle court. Il s'enfonçait jusqu'aux genoux dans une neige fraîche, qui l'éblouissait, scintillant au soleil. Il avait préféré ses bottes aux chaussures de neige. Avec les chaussures, on marchait plus vite, mais elles ralentissaient ceux qui les portaient quand il fallait exécuter un mouvement d'urgence.

Loup avait moins de difficultés. Son poitrail encore étroit fendait la muraille blanche comme un canoë aurait fendu l'eau. Néanmoins, vers le milieu de la matinée, même lui fatiguait.

Le chemin montait fort. Krukoslik avait prévenu le garçon.

« Jadis, mon grand-père s'est approché de la Montagne, avait-il expliqué lorsque Torak était allé le réveiller au milieu de la nuit. Il était si près d'elle qu'il en sentait les vibrations. À partir de cet endroit, il faut suivre le courant vers le nord. Le chemin s'élèvera toujours jusqu'à ce que tu te trouves à l'ombre des Hautes Montagnes. Vers la mi-journée, tu tomberas sur un épicéa frappé par la foudre. Son tronc mort se dresse à l'entrée d'un ravin aux parois escarpées. Trop escarpées pour qu'on puisse y monter. Mais il y a un chemin qui y grimpe par le flanc ouest.

— Un chemin ? avait demandé le garçon. Quel genre de chemin ? Qui l'a tracé ?

— Nul ne le sait. Prends-le. L'arbre foudroyé, c'est un protecteur. Il éloigne le Mal du sentier. Peut-être étendra-t-il son bouclier sur toi.

— Bien, et après ? Où irai-je, après ?

Krukoslik avait levé les mains :

— Suis le sentier. Quelque part au bout du ravin, tu trouveras la Montagne de l'Esprit du Monde.

— Elle est loin ?

— Nul ne le sait, avait avoué pour la deuxième fois l'homme. Mon grand-père n'avait pas beaucoup progressé avant que l'Esprit ne l'arrête. L'Esprit arrête tous les voyageurs. Peut-être que... Peut-être que, pour toi, il en ira autrement... »

« Peut-être », pensa Torak en revenant à la réalité, les deux pieds enfoncés dans la neige.

Si son plan fonctionnait, si l'Esprit du Monde décidait d'exaucer sa supplique, l'Ours serait détruit. Et la Forêt survivrait. Dans le cas contraire, il n'y aurait pas de seconde chance. Ni pour lui, ni pour la Forêt.

Devant, Loup leva la tête et renifla. Les poils hérissés. Il avait senti quelque chose. Quoi ?

À quelques pas de là, le garçon remarqua que de la neige avait été balayée au bout des branches, à hauteur d'épaule. Puis il repéra un jeune genévrier dont plusieurs rameaux avaient été déchiquetés.

— Un grand cerf, murmura-t-il.

Une série d'empreintes conforta sa déduction. Il semblait s'agir d'un animal solitaire. Sans doute un mâle. Les femelles lèvent davantage les pattes ; or, les traces prouvaient que les sabots de l'animal avaient traîné dans la neige.

Bien. Mais, s'il s'agissait d'un cerf, pourquoi Loup avait-il les poils hérissés ?

Torak regarda autour de lui. Il devinait que la Forêt retenait son souffle.

Devant lui, il y avait les traces de l'Ours.

Il ne les avait pas vues auparavant parce qu'elles étaient trop espacées. Cependant, à présent, il lisait la panique dans les empreintes du cerf. Il le *voyait* filer vers le vallon, en dessous. Il imaginait l'Ours qui lui courait après – non pas à grandes foulées, mais à foulées gigantesques.

Le garçon essaya de conserver son calme. De bien étudier la situation. L'Ours avait filé à quatre pattes. On apercevait les empreintes des antérieurs, qui rappelaient celles d'un homme, situées devant celles des postérieurs, plus larges. Chacune d'entre elles était trois fois plus grosse que la tête de Torak.

Et elles étaient fraîches, quoique leurs contours fussent légèrement effondrés. Mais bon, sous ce soleil, les empreintes ne mettaient pas longtemps à s'effacer.

Loup bondit sur ces traces, pressé de les laisser derrière lui.

Le garçon suivit. Plus lentement, car, à ses yeux, tous les buissons, tous les rochers prenaient la forme de l'Ours tapi...

*
* *

Les deux compagnons continuèrent ainsi leur montée par l'ouest. Loup était de plus en plus excité. Il bondissait en avant, puis finissait par revenir vers Torak, l'incitant à se dépêcher à grand renfort de grognements-gémissements.

Peut-être approchaient-ils de la Montagne. Peut-être cela expliquait-il que le louveteau fût plus émoustillé qu'effrayé. Le garçon aurait aimé partager cette fièvre. Hélas, tout ce qu'il était capable de ressentir, c'était le poids du Nanuak à sa ceinture et, quelque part, imprécise et obsédante à la fois, la menace de l'Ours.

Soudain, un rugissement lointain secoua la Forêt.

Le geai qui suivait les voyageurs jasa et s'envola à tire-d'aile.

Torak crispa les doigts sur le manche de son couteau. Il les crispa si fort qu'il se fit mal. Où était l'Ours ? Était-il aussi loin qu'il paraissait ? Pas moyen d'en être sûr.

Loup attendait qu'il le rejoignît, les poils hérissés, mais la queue dressée. Une posture claire : « Pas encore. »

Le garçon avança. Se demanda ce qu'il était advenu des âmes de l'Ours. Renn l'avait bien rappelé : tout démon qu'il fût, l'Ours était toujours un ours. Il avait pêché le saumon. Il s'était régalé de baies. Il avait passé la saison froide au fond d'une caverne, à hiberner. Ses âmes étaient-elles retenues prisonnières par le démon ? Terrorisées ? Piégées ?

Torak contourna un gros rocher. Découvrit l'épicéa foudroyé.

Et perdit courage.

CINQUANTE-QUATRE

Devant Torak se dressaient les Hautes Montagnes. Si hautes. D'une blancheur aveuglante, elles montaient jusqu'au ciel. Le ravin les traversait à la manière d'une entaille faite au couteau. Il fendait les Montagnes en deux. Son extrémité se perdait dans une nuée opaque. Un petit sentier menait à son côté occidental. Il sinuait jusqu'à l'endroit où Torak se tenait debout.

Et la même question revint au garçon : qui avait tracé ce chemin ? dans quel but ? Qui oserait poser le pied dessus ? Qui oserait s'aventurer en ces territoires hantés ?

Soudain, le brouillard qui masquait le bout du ravin s'écarta, et Torak vit ce qui l'attendait. Sur les flancs du défilé, des nuages orageux. Descendant du sommet, un froid vif s'imposait sans que la moindre bise soufflât. Et, incroyablement haute, perçant le ciel, elle était là – la Montagne de l'Esprit du Monde.

Le garçon serra les paupières. Malgré cela, il sentit la puissance de l'Esprit qui l'obligeait à s'agenouiller. Il sentait sa colère. Les Mangeurs d'Âmes avaient conjuré un démon de l'Autremonde. Lâché un monstre dans la Forêt. Brisé le pacte. Pourquoi l'Esprit aiderait-il les clans ? Certains de leurs membres s'étaient révélés si mauvais !

Torak courba l'échine. Son chemin s'arrêtait là. Impossible d'aller plus loin. Ce n'était pas son domaine. Il l'avait pressenti. Désormais, il en avait la preuve : la Montagne n'était pas faite pour les hommes. Elle appartenait aux esprits.

Lorsqu'il rouvrit les yeux, la Montagne avait disparu, de nouveau dissimulée par des nuées.

Torak s'accroupit. « Je ne peux pas le faire, songea-t-il. Je ne peux pas aller là-haut. »

Loup s'assit devant lui. Ses yeux en amande étaient purs comme l'eau d'un torrent. « Si, tu peux, disaient-ils. Tu peux le faire. Tu n'es pas seul. »

Le garçon secoua la tête.

Le louveteau ne le lâcha pas du regard.

Et Torak pensa à Renn. À Fin-Kedinn. Aux Corbeaux. À tous les clans qu'il ne connaissait pas. Dont il n'avait même jamais entendu parler. Il pensa aux innombrables vies qu'abritait la Forêt. Il pensa à P'pa. Pas au P'pa mourant dans les ruines de leur abri, mais au P'pa de juste avant l'attaque de l'Ours. Le P'pa qui avait éclaté de rire en entendant la blague de son fils.

Un sentiment de culpabilité monta dans sa poitrine. Il sortit son couteau. Enleva son gant. Posa sa main sur la lame bleue et glacée. Et se morigéna.

— Tu ne peux pas arrêter maintenant, déclara-t-il à haute voix. Tu as juré. À P'pa. Sur ta vie.

Il ôta son arc et son carquois. Les posa contre l'épicéa foudroyé. Fit de même avec son sac à dos, ses affaires de couchage, sa gourde et sa hache. Il n'aurait pas besoin de tout cela. Pas là-bas. Il ne prendrait que son couteau, la bourse en peau de corbeau où il transportait le Nanuak, et le petit coffre en bois de bouleau de Renn, dans sa bourse à remèdes, pour se purifier.

Puis il jeta un dernier coup d'œil sur la Forêt et suivit Loup sur le chemin.

CINQUANTE-CINQ

Torak avait à peine posé le pied sur le sentier que le froid s'intensifia. Lui gerça les narines. Colla ses sourcils. Autant d'avertissements de l'Esprit : il ferait mieux de renoncer.

Mais pas question.

Sous ses bottes, le sol était gelé. Chacun de ses pas résonnait sur les parois du ravin. Les pattes de Loup, elles, n'émettaient aucun bruit. Comme de coutume, l'animal dut se tourner et attendre son compagnon de voyage. Il avait le museau détendu. Agitait mollement la queue. Semblait heureux d'être là.

Torak arriva à son niveau en haletant. Le sentier était si étroit qu'ils avaient à peine la place d'avancer de front. Et il s'élevait vite. Lorsque le garçon regarda en bas, il aurait aimé n'en avoir rien fait. La vue était vertigineuse ; le fond du ravin déjà loin.

Et les voyageurs continuaient de grimper. Plus haut, toujours plus haut.

Le Soleil éclairait le côté opposé du ravin. Son éclat ne tarda pas à devenir aveuglant. À un moment, Torak s'approcha trop du bord du sentier. La glace se craquela, et le garçon manqua de tomber par-dessus bord.

Quarante pas plus loin, le sentier s'élargissait quelque peu sous un promontoire rocheux, hélas trop petit pour faire une grotte. À peine un recoin où affleurait le même basalte noir qu'on voyait sur les parois du ravin. Quand il le vit, Torak se sentit mieux. Il espérait trouver un abri de ce type. Il en aurait besoin si son plan venait à...

Devant lui, Loup se raidit.

Il regardait en bas, vers le fond du ravin, les oreilles pointées vers l'avant, tous les poils dressés.

Une main en visière, Torak scruta la cuvette. Rien. Des troncs noirs. Des rochers couverts de neige. Décontenancé, il s'apprêtait à partir quand l'Ours apparut. Soudainement. Comme le font les ours. D'abord un mouvement au fond du ravin. Puis le monstre se découpa nettement.

Même à cette distance – le garçon était à cinquante ou soixante pas au-dessus de lui –, il paraissait énorme. Torak, pétrifié, le regardait se dandiner d'un pied sur l'autre, cherchant à repérer une odeur.

Il n'en trouva pas. Torak était trop haut. L'Ours ignorait où se cachait son ennemi. Celui-ci le regarda pivoter et longer le ravin. Vers la Forêt.

Le garçon devait accomplir l'impensable. Attirer le monstre vers lui.

Une seule façon d'y parvenir : ôter ses gants, souffler sur ses doigts pour les réchauffer ; puis dénouer la corde qui liait la bourse en peau de corbeau à sa ceinture, défaire la mèche de cheveux qui l'attachait, ouvrir la boîte en écorce de bouleau. Le Nanuak était là, qui le regardait. Les yeux de la rivière. La dent de pierre. La lampe.

Loup poussa un grognement-gémissement discret.

Torak humecta ses lèvres gercées par le froid. De sa bourse à remèdes, il tira ce que Renn lui avait donné. Mit les herbes de purification et l'écorce de bouleau dans le col de son manteau. Examina ce que Renn lui avait préparé. Un petit sac muni d'un cordon d'herbes tressées. La ficelle de la bourse était si fine qu'elle empêcherait tout juste les yeux de la rivière de tomber du coffre, tout en laissant rayonner le Nanuak d'une lumière invisible pour Torak mais parfaitement perceptible pour l'Ours.

Prenant garde de ne pas toucher le Nanuak avec ses mains nues, il plaça la lampe, la dent de pierre et les yeux de la rivière dans la bourse tressée par Renn. Puis il la ferma et se la passa autour du cou. Ainsi, il portait le Nanuak en évidence sur la poitrine.

Les yeux de Loup brillèrent d'une pâle lueur dorée, tremblotante. Si le louveteau voyait le Nanuak, le démon le verrait aussi. Torak comptait dessus.

Il se retourna pour se montrer de face à l'Ours. Le monstre était encore en train d'errer dans le ravin. Il avançait vers lui sans effort malgré la neige.

— Le voilà..., murmura Torak, en veillant à parler assez bas pour ne pas fâcher l'Esprit du Monde. Voilà ce après quoi tu cours. La plus brillante de ces âmes brillantes que tu hais tant. Que tu aimerais tant détruire à jamais. Viens la chercher... Viens !

L'Ours s'arrêta. Un mouvement nerveux agita l'épaisse fourrure qui couvrait ses épaules. Sa grosse tête se tourna brusquement. L'animal pivota, aperçut Torak et entreprit de le rejoindre.

Torak exulta. Une férocité incroyable s'était emparée de lui. Le monstre avait tué P'pa. Depuis lors, le garçon avait fui. C'était fini. Désormais, il ne fuirait plus. Il se battrait.

L'Ours était plus vif que Torak ne l'avait imaginé. Bientôt, il fut tout près. Dressé sur ses antérieurs et marchant à la manière d'un homme. À cinquante pas de lui, le garçon le voyait aussi nettement que s'il avait été à portée de main.

Le monstre leva la tête et croisa son regard. Torak oublia l'Esprit. Le serment. P'pa. Il n'était plus sur un sentier de montagne glacée. Il était de retour dans la Forêt. Devant la cabane en ruine. Il entendait le cri sauvage de P'pa : « Cours, Torak ! Cours ! »

Le garçon restait immobile. Il voulait courir. Dévaler le sentier. Disparaître dans l'anfractuosité qu'il avait repérée. Mais il en était incapable. Le démon annihilait sa volonté. Il l'engourdissait... l'engourdisssait... l'engourdisssssait...

Loup grogna.

Torak se ressaisit. Se remit en marche. Croiser le regard du monstre, ç'avait été comme fixer le Soleil : les contours verdâtres de la silhouette continuaient de se dessiner, lumineux, dans son esprit.

Il entendit la glace craquer. L'Ours gravissait la paroi du ravin, serres en avant. Le garçon imagina le démon qui progressait avec une facilité létale. Il était temps de gagner le refuge surplombé d'un toit de pierre. Faute de quoi, il n'aurait pas la moindre chance.

Loup ouvrait le chemin. Torak glissa. Mit un genou à terre. Se releva tant bien que mal. Regarda par-dessus bord. L'Ours avait déjà escaladé un tiers de la paroi.

Le garçon courut. Atteignit le refuge, plié en deux. Se jeta sous l'anfractuosité rocheuse, le souffle court. Plus qu'une chose à faire : appeler l'aide de l'Esprit.

Il se força à se redresser. Remplit d'air sa poitrine. Rejeta la tête en arrière. Et *HURLA*.

Le cri de Loup se mêla au sien. Et leurs hurlements perçants ricochèrent dans le ravin. D'une paroi à l'autre. De l'autre à l'une. Puis alla se répercuter dans les Montagnes.

« Esprit du Monde, hurlait Torak, je te rapporte le Nanuak. Entends-moi ! Envoie ton pouvoir, qu'il détruise l'Ours et protège la Forêt ! »

Derrière lui, le garçon entendait l'Ours approcher. Et les éclats de glace tombant dans le ravin.

Il hurla encore. Hurla jusqu'à ce que ses côtes lui fissent mal.

— Esprit du Monde, entends mes supplications !

Et il ne se passa rien.

Alors, il cessa de hurler. L'horreur le tenaillait. L'Esprit du Monde n'exaucerait pas sa prière. Par contre, l'Ours l'avait entendu ; il venait le chercher.

Soudain, il s'aperçut que Loup, lui aussi, avait cessé de hurler. Dans sa tête, une voix familière s'éleva : « Regarde derrière toi, Torak... Tu oublies toujours de regarder derrière toi ! »

Il se retourna juste à temps pour voir Hord projeter sa hache vers lui.

CINQUANTE-SIX

Torak plongea en avant, et la hache siffla à ses oreilles, s'enfonçant dans la paroi et faisant éclater la glace à l'endroit où il se tenait un instant plus tôt.

Hord la libéra et rugit :

— Donne-moi le Nanuak ! C'est moi qui dois l'apporter à la Montagne de l'Esprit du Monde !

— Pousse-toi de là ! cria Torak. Laisse-moi tranquille !

Du bord du ravin lui parvenaient les bruits des bris de glace. L'Ours atteignit le sommet.

Le visage de Hord était hagard. Déformé par la douleur. Le garçon avait peine à imaginer comment son adversaire avait réussi à le traquer dans la Forêt que hantait le démon. Et comment il avait osé braver la colère de l'Esprit en s'aventurant sur le sentier sacré.

— DONNE-MOI LE NANUAK ! répéta Hord
d'une voix rauque.

Loup se dirigea vers lui, tout son corps tendu. Il
n'avait plus rien d'un louveteau. C'était un jeune loup
sans pitié qui s'apprêtait à défendre son frère de meute.

Hord l'ignora.

— Je l'aurai ! jura-t-il. Ce qui arrive est ma faute !
C'est à moi d'y mettre un terme !

Et, brusquement, Torak comprit.

— C'était donc vrai ! murmura-t-il. Tu as assisté à la
possession de l'Ours quand tu étais avec le clan du
Grand Cerf, *et tu as aidé le vagabond boiteux à piéger le
démon...*

— Je ne pouvais pas savoir, gémit Hord. Il a dit qu'il
avait besoin d'un ours. Je lui en ai attrapé un jeune spé-
cimen. Je n'avais aucune idée de ce qu'il comptait en
faire !

L'instant d'après, plusieurs événements survinrent
presque simultanément.

Hord projeta sa hache vers la gorge de Torak...
... Torak se pencha pour l'éviter...
*... Loup se jeta sur Hord et planta ses dents dans son poi-
gnet...*
*... Hord aboya et laissa tomber sa hache, puis, de son poing
nu, frappa violemment la tête vulnérable et exposée de
Loup...*

— NON ! cria le garçon.

Il tira son couteau et se jeta sur Hord, qui attrapa
Loup par la peau du cou et le projeta de toutes ses forces
contre le basalte. Puis le jeune homme se retourna et ten-

dit la main vers le Nanuak qui se balançait au cou de Torak.

Le garçon bondit hors de sa portée. Hord lui saisit les jambes et le fit basculer en arrière sur la glace. Cependant, en tombant, Torak ôta le Nanuak et le lança sur le chemin, loin de son ennemi. Loup réussit à se redresser et bondit vers la bourse, qu'il attrapa au vol. Mais il atterrit dangereusement près du bord du ravin.

— LOUP ! hurla Torak, qui se débattait sous Hord, lequel appuyait sur sa poitrine et retenait ses bras avec ses genoux.

L'animal patinait sur le bord, tentant de retrouver son équilibre et d'éviter la chute. Juste sous lui, un grognement menaçant retentit. Puis les serres noires de l'Ours fendirent l'air, frôlant les pattes de Loup... qui exécuta un saut désespéré et regagna le sentier. Sauvé !

Sauf que, pour une fois – la première –, il décida de faire ce qu'il n'avait jamais fait : rendre à Torak ce que celui-ci lui avait lancé. Il se précipita vers lui, la bourse au Nanuak dans la gueule.

Hord tenta de saisir la bourse d'une extension. Torak parvint à dégager une main et à dévier le bras de son adversaire. Si seulement sa main qui tenait le couteau n'était pas restée coincée sous le genou de Hord...

Un rugissement extraordinaire secoua le ravin. Horrifié, Torak vit l'Ours – énorme – se dresser sur le sentier. Et sur Hord et lui-même.

À ce moment décisif où Loup s'était figé, le Nanuak dans ses mâchoires ; à ce moment décisif où Torak se débattait sous Hord ; à ce moment décisif où l'Ours s'apprêtait à les détruire, tous les trois – à ce moment décisif, donc, Torak comprit ce que voulait vraiment dire la Prophétie.

« *Celui-qui-écoute donnera le sang de son cœur à la Montagne, et l'Ombre se dissipera.* »

Le sang de son cœur.

Loup.

« NON ! » cria-t-il dans sa tête.

Mais il savait ce qu'il avait à faire. Il poussa un hurlement surpuissant :

— Emporte-le sur la Montagne, Loup ! Wouf ! Wouf ! Wouf !

Le regard doré de Loup croisa le sien.

— Wouf ! souffla Torak.

Les yeux lui piquaient.

Loup tourna les coussinets et s'élança sur le sentier, vers la Montagne.

Hord poussa un aboiement furieux. Courut après l'animal. Glissa. Tomba en avant. Cria. Trop tard. L'Ours l'avait saisi entre ses pattes.

Torak se remit debout. Son ennemi criait toujours. Le garçon devait l'aider.

Loin au-dessus d'eux, un craquement assourdissant retentit.

Le sentier trembla. Torak se retrouva à genoux. Le craquement devint un rugissement épouvantable. Le garçon se jeta sur la saillie de pierre. Un instant plus tard, dévalant l'à-pic à une vitesse grandissante, une avalanche de neige déferla. Et, en hurlant, Hord disparut avec l'Ours : tous deux avaient été précipités vers une mort inéluctable.

L'Esprit du Monde avait entendu la supplication de Torak.

La dernière chose que vit Torak, ce fut Loup, le Nanuak entre les mâchoires, qui courait sous la tempête et le tonnerre pour gagner la Montagne.

— LOUP ! cria-t-il.

Puis tout devint blanc.

CINQUANTE-SEPT

Torak ne sut jamais combien de temps il était resté accroupi contre la paroi de pierre, les paupières convulsivement serrées.

Il finit par se rendre compte que le tonnerre avait cessé ; n'en subsistaient plus que des échos – des échos de moins en moins puissants. L'Esprit du Monde se retirait dans les montagnes.

Le bruit de sa retraite ne devint qu'un souffle – celui de la neige qui se tasse...

Puis vint un murmure...

Puis plus rien.

Le silence.

Torak ouvrit les yeux.

Il pouvait voir l'autre côté du ravin. Il n'avait pas été enseveli vivant. L'Esprit du Monde était passé par-dessus son abri et lui avait épargné la vie. Mais où était Loup ?

Torak se mit debout et se dirigea vers le bord du sentier. Le froid mortel avait cessé. Les Montagnes apparaissaient derrière un halo de neige figée. Aux pieds de Torak, le ravin avait disparu dans un chaos de glace et de pierre. Quelque part sous cette chape gisaient Hord et l'Ours.

Le jeune homme avait payé son audace de sa vie. L'Ours était une enveloppe vide. L'Esprit en avait banni le démon de l'Autremonde. Peut-être les âmes de l'Ours étaient-elles à présent en paix, après avoir été longtemps emprisonnées en compagnie du démon.

Torak avait rempli le serment fait à P'pa. Il avait donné le Nanuak à l'Esprit du Monde. Et l'Esprit avait détruit l'Ours.

Le garçon en était conscient. Pourtant, il ne le *ressentait* pas. Tout ce qu'il éprouvait, c'était une douleur dans la poitrine. Où était passé Loup ? Avait-il atteint la Montagne avant le passage de l'avalanche ? Ou avait-il été lui aussi emporté par la coulée, et reposait-il désormais dans un tombeau de glace ?

— Qu'il soit vivant..., chuchota Torak à l'Esprit. Je t'en prie. Je t'en supplie. Je ne demanderai plus jamais rien.

Une brise caressa ses cheveux. Sans apporter de réponse.

Un jeune corbeau vola à travers les Montagnes, coassant et dansant, heureux d'évoluer dans le ciel.

De l'est monta un grondement de sabots. Torak comprit ce signal. Les rennes remontaient de la lande. La Forêt reprenait vie.

Il se tourna. Vit que la voie du sud n'avait pas disparu. Il pouvait revenir vers Renn, Fin-Kedinn et les autres membres du clan des Corbeaux.

C'est alors que, vers le nord – de l'autre côté d'un torrent de glace qui bloquait le chemin, derrière les nuages qui cachaient la Montagne de l'Esprit du Monde –, un loup poussa son hurlement.

Pas un hurlement suraigu, strident de jeune louveteau : la chanson pure, profonde, venant du cœur d'un jeune loup. Et pas de n'importe quel jeune loup non plus – Torak avait reconnu le cri inimitable de Loup.

La douleur qui étreignait la poitrine de Torak disparut. Le libéra.

Il écouta la mélodie de Loup. Et constata que d'autres voix se joignaient pour accompagner la chanson. S'élevant puis se taisant, mais ne noyant jamais la voix claire et tant aimée. Loup n'était pas seul.

Les yeux de Torak se brouillèrent de larmes. Il comprenait. Loup avait poussé un cri d'adieu. Il ne reviendrait pas.

Le hurlement cessa. Torak baissa la tête.

— Au moins, il est vivant, dit-il à haute voix. C'est cela qui compte : il est vivant.

Il aurait aimé hurler une réponse. Dire à Loup que ce n'était pas un vrai adieu. Que, un jour, ils trouveraient un moyen d'être de nouveau réunis. Il ne savait pas comment le formuler. Car – et il le déplora une fois de plus – le langage des loups ignore le futur.

Alors, il parla dans sa langue. Loup ne comprendrait pas. Mais il savait aussi que c'était surtout à lui qu'il faisait une promesse. Presque plus qu'à Loup.

— Un jour, déclara-t-il, et sa voix vibra dans l'air radieux, un jour, nous nous reverrons. Nous chasserons ensemble dans la Forêt, mon frère. Ensemble...

Sa voix se brisa. Cependant, il termina son serment :

— Je te le promets, mon frère loup.

Pas de réponse. Qu'importe. Torak n'en attendait aucune. Il avait prononcé sa promesse. Sa promesse de Frère de Loup.

Il se pencha. Prit une poignée de neige pour rafraîchir son visage brûlant. C'était bon. Il prit plus de neige afin d'effacer les Marques mortuaires sur son front.

Puis il se purifia, fit demi-tour et entama son voyage de retour vers la Forêt.

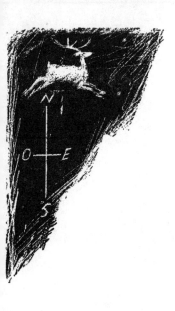

Fin

Retrouve Torak dans le tome 2 des
Chroniques des Temps Obscurs
"L'Esprit-qui-marche"
À paraître en 2006

NOTE DE L'AUTEUR

Si vous pouviez replonger dans le monde de Torak, vous le trouveriez tantôt étonnamment familier, tantôt résolument étrange. Vous seriez projetés six millénaires en arrière, à une époque où la Forêt couvrait tout le nord-ouest de l'Europe. L'âge de glace s'était achevé quelques millénaires plus tôt. La plupart des arbres, des plantes et des animaux étaient semblables à ceux d'aujourd'hui. Les chevaux sauvages étaient sans doute plus costauds et moins graciles que nos chevaux domestiques. Et vous seriez probablement stupéfaits en voyant un aurochs apparaître devant vous. C'était un bœuf énorme, pourvu de cornes formidables qui pointaient vers l'avant, et dont la hauteur au garrot atteignait deux mètres !

Les gens qui vivaient à l'époque de Torak vous paraîtraient très semblables à ce que nous sommes, vous et moi ; cependant, leur manière de vivre était radicalement différente. C'étaient des chasseurs qui vivaient en petits clans et voyageaient beaucoup. Parfois, ils ne dressaient leur campement que pour quelques jours, comme Torak et P'pa du clan du Loup ; d'autres restaient sur place une lune voire une saison avant de repartir (ainsi font le clan du Corbeau et celui du Sanglier dans cette histoire). Ces nomades ignoraient l'art de cultiver des légumes, d'écrire, de manier les métaux... ou de tailler des roues. Ils n'en avaient pas besoin. C'étaient des survivants-nés. Ils connaissaient sur le bout des doigts les animaux, les arbres, les plantes et les différentes pierres de la Forêt. Lorsqu'ils désiraient quelque chose, ils savaient où le trouver ou comment le fabriquer.

La plupart de mes connaissances, je les ai tirées des découvertes archéologiques. En d'autres termes, j'ai interrogé les traces que nous ont laissées les clans dans la Forêt, *via* leurs armes, leur nourriture, leurs vêtements, leurs abris. Mais ce n'est qu'un élément de ma réflexion. Car comment *pensaient*-ils ? Quelles étaient leurs croyances, concernant la vie, la mort et l'origine de l'humanité ? Pour répondre à ces questions, j'ai étudié l'art de vivre de chasseurs plus proches de nous. Parmi eux, je me suis intéressée à certaines tribus d'Indiens d'Amérique, aux Inuits (aussi appelés Eskimos), au peuple des San d'Afrique du Sud et des Ainus japonais.

Et néanmoins, cela laisse pendante la question du sentiment qu'on éprouve en vivant dans la Forêt. Quel est le goût de la résine d'épicéa, du cœur de renne ou de l'élan fumé ? Qu'éprouve-t-on quand on est membre du clan du Corbeau et qu'on vit en permanence dans des cabanes sans porte ?

Heureusement, on peut obtenir des réponses – dans certaines limites – car des parties de la Forêt subsistent. Je m'y suis rendue. Et, parfois, il arrive qu'on puisse se projeter six mille ans en arrière en trois secondes chrono. Écoutez le grand cerf bramer à minuit ; découvrez des empreintes fraîches de loups recouvrant les vôtres ; tentez de convaincre brusquement un ours très proche que vous n'êtes pour lui ni une menace, ni une proie... et vous serez projetés dans le monde de Torak !

*
* *

Pour terminer, je veux remercier certaines personnes.

Je veux remercier Jorma Patosalmi pour m'avoir guidée dans la forêt du nord de la Finlande, laissé essayer une corne en bois de bouleau, montré comment transporter un peu de feu grâce à des champignons, ainsi que plein d'autres astuces de chasse et de repères de la Forêt.

Je veux aussi remercier M. Derrick Coyle, le maître des corbeaux de la Tour de Londres, pour m'avoir présentée à de très augustes spécimens.

Concernant les loups, je suis profondément débitrice des travaux de David Mech, Michael Fox, Lois Crisler et Shaun Ellis.

Enfin, je veux remercier Peter Cox, mon agent, et Fiona Kennedy, mon éditrice, pour leur enthousiasme indéfectible et leur soutien.

Michelle PAVER

Londres, 2004

Composition JOUVE - 62300 Lens
N° 890570P

Impression réalisée sur CAMERON par
BRODARD ET TAUPIN
La Flèche
en mars 2005

Dépôt légal Imprimeur : 28725 – Éditeur : 54509.
20-16-0911-6/01 – ISBN : 2-01.200911-5.
Loi n° 49-956 du 16 juillet 1949 sur les publications destinées à la jeunesse.
Dépôt légal : mars 2005

MER

N
O · E
S

VERS L[...]
Clans d[...]
du Narva[...]

CLAN DU
PTARMIGAN

Riv[...]
G[...]

Vallée[...]
Marche[...]

Te[...]

CLAN
LA LO[...]

ORÉE DE LA FORÊT
où vivent les clans nomades
tel que le clan du Loup

Chutes-
du-Tonn[...]

CLAN DE
DE MER

CLAN DE L'AIGLE

Grandes Eaux

CLAN DU SANGLIER

Campement
des
Corbeaux

Eaux-du-Vent

Vers les îles
du Phoque

CLAN DU
PHOQUE

CLAN DE
LA BALEINE

CLAN DU
CORBEAU

Chute-de-Pierre

CLAN DU
SAUMON

CLAN DU SAULE

E[...]

Eaux-Rouges

Mort de P'p[...]

CLAN DE LA VIPÈRE

DATE DE RETOUR

26 Sept 07		
≡ 7 NOV. 2014		